서문문고 162

욘손단편선집

에이빈드 욘손 지음
김 창 활 옮김

※ 욘손단편선집

해 설

金 昌 浩

1974년 노벨문학상의 영광은 스웨덴의 두 원로 작가 에이빈드 욘손과 하리 마르틴손에게 돌아갔다. 우리에게 ≪바라바≫로 낯익은 페르 파빈 라게르 크비스트의 1951년도 수상 이후 23년 만에 다시 스웨덴 작가에게 수상의 영광이 돌아간 것이다.

풍부한 신화와 전설, 그리고 북구의 설화가 바탕에 깔려 있는 스웨덴을 비롯한 이 북구문학은 우리에게 많은 소개는 되어 있지 않지만, 우리에게 친근감을 주는 요소가 너무나 많다. 그들에게 전통적으로 내려오는 문학에서의 그 낭만적이고 이상적인 기질 이 그것이고, 북구 특유의 신화와 전설을 잠재적인 지주로 하여, 강한 현실성과 신비주의라는 상반되는 두 요소의 갈등과 대립, 또는 조화를 모색하는 그 소박한 추구가 또한 그런 요소들일 것 이다. 그들에게선 필재를 자랑한다든가 시대의 유행을 타는 것은 보기가 힘들다.

여기 소개하는 에이빈드 욘손도 그러한 북구 작가의 한 사람이 다. 그의 작품들은 북구문학에선 보기 드물게 기지와 실험정신에 차 있으나, 그것도 북구문학의 전통 속에서 그러한 것이지, 우리를 당혹게 하는 그런 것들은 아닌 것이다.

1900년 7월 29일 스웨덴의 북부 지방 스바르트비에른스뷘에
서 태어난 욘손의 본명은 에이빈드 올로프 베르네르 욘손이라는
긴 이름이다. 그는 초등학교 교육밖에 못 받은 채 14세부터 채석
장의 석수, 벌목꾼, 벽돌공장 직공 등의 허드렛일에 종사하며 떠
돌다가 19세에 스톡홀름으로 가서 3년간 머물면서 작가 수업을
시작했다. 그러나 21세 때 다시 방랑생활을 시작, 독일·프랑
스·스위스·영국 등을 오랜 기간 떠돌며 작가 수업을 계속했다.
이런 외국 생활과 그 체험이 작품에서 큰 작용을 하여 그의 문학
을 범세계적인 것으로 확대시키는 데 공헌했다.

나이 50이 되어 다시 고국 스웨덴에 돌아와 작가로서 정착.
57년에 스웨덴 아카데미 회원으로 선출되었고, 62년에 헬싱키
에서 노르딕카운실(Nordic Council) 문학상을 받아 작가로서의
지위를 확고히 했다.

그는 이보다 앞선 53년에 고덴버그에서 박사 학위를 얻어 고
학의 영광을 빛내기도 했다.

출판된 작품집은 30권이 넘고, 4부작의 자서전적 소설 ≪올로
프에 관한 이야기(Romanenom Olof)≫를 대표작으로 갖고 있
다.

중요 작품으로는 ≪장미와 불의 꿈≫, ≪오디세우스의 귀향
≫, ≪각하의 나날≫ 등이 있다.

1. 루푸 씨

루 푸 씨라고 하면 여러분은 그가 누군가 하겠지만, 그는 사람이 아니고 한 마리의 수참새다. 그의 부인은 그러니까 암참새인데, 루푸 부인이라고 부른다. 여자들이란 결혼을 하게 되면 자기 이름을 잊어버리게 마련이니까.

어느 봄날이었다. 루푸 부인은 새끼들이 깨어 나올 그녀의 소중한 알들을 둥지에서 품고 있었고, 모이를 물고 돌아온 루푸 씨는 둥지 가장자리에 앉아 저녁 해를 눈 깜박거리며 바라보고 있었다.

사람들은 우리 참새를 아주 얌치가 없고, 매일 싸움이나 해대는 족속들로 알고 있는데, 도대체 뭘 보고 그렇게 생각을 하게 되었는지 난 모르겠단 말이야, 하고 루푸 부인은 생각했다. 우리 남편에게선 그런 점은 찾아보려야 볼 수 없는 게 아닌가, 물론 모든 수참새의 귀감이 될 만한 위인은 못 되지만, 그래도 그렇게 개차반은 아닌 양반이거든. 그러나 그 옆에서 태양만 멀뚱거리고 바라보고 있던 루푸 씨는 심심했다.

"이것 봐, 나도 알을 좀 품어 보고 싶은데."

"어머나, 별 못 하는 소리가 다 없으셔. 안 돼요!"

루푸 부인은 딱 잘라 말했다. 아이들의 교육적인 견지에서 볼 때 남자가 알을 품는다는 건 망측스럽기만 한 일이었다.

"쩩 쩩!"

루푸 씨는 아내의 대꾸에 성이 나서 말했다.

"당신이 품고 있는 알은 내 알이기도 하단 말이야!"

"안 된다니까요! 한번 안 된다고 하면 안 되는 줄 아세요!"

역시 고집에서가 아니라 자녀들의 교육적인 견지에서 루푸 부인이 대꾸했다.

루푸 씨는 핏대가 나서 부인을 날개로 한 대 쥐어박았다.

"나에게도 알을 품어 볼 권리가 있단 말이야! 그건 내 알이고, 난 그 아버지거든!"

그는 소리를 질렀다.

"날개로 때리지 좀 말아요!"

루푸 부인은 말했다.

"최소한 알을 품고 있을 땐! 그러니까 알이 깨어져 유산이라도 되면 당신 어떡하려는 거예요! 그렇지 않아도 당신네들 남자들은 후딱 하면 날개로 여자들을 치곤 하는데 난 못 참겠어. 도대체 뭐 어쨌다고 후딱 하면 날갯짓이야, 날갯짓. 물론 내가 품고 있는 알은 당신 알이기도 해요. 하지만 당신의 알이기보다는 내 알이라고 하는 게 더 옳아요. 알을 낳은 것은 나니까요. 하지만 네 알, 내 알이 어디 있어요. 결혼한 부부 사이에. 당신 알이 내 알이고, 내 알이 당신 알이지, 당신도 머지않아 아기 아빠가 된다는 걸 좀 생각하세요."

"내가 그걸 생각 않는 줄 알아?"

"생각하는 양반이 알 품고 있는 제 여편넬 칠까."

"내가 치긴 언제 쳤다고 그러니!"

"안 쳤을까 그럼? 또 치려고 날갤 펼치네!"

"매일 매만 맞으면서 살아 온 여편네 같은 소릴 하네! 이게 어디 때리려는 날갯짓이니?"

"그럼 뭐예요?"

"외출을 하려는 거다, 난."

"어딜 가시려고요! 날 다 저물었는데?"

"클럽엘 가지, 어딜 가겠어."

그러면서 루푸 씨는 주둥이로 날개를 다듬었다.

"가지 마세요, 여보."

루푸 부인이 말했다.

"당신에게도 당신 알을 품어 보게 해드릴게요."

"흥, 곧 죽어도 자기 알이라고 뻗대더니, 내가 클럽엘 간다니까 그게 내 알이 되는구먼?"

루푸 씨는 빈정댔다.

"제가 언제 당신 알이 아니란 적 있어요? 괜히 생트집 마시고 한번 품어 보세요. 아침부터 내내 품고 있었기 때문에 저도 좀 쉬어야겠어요. 하지만 조심해서 품어야 돼요."

루푸 씨는 못 이기는 척하고 아내와 교대로 알을 품어 보았다. 아내의 체온으로 따뜻한 것이겠지만, 그에겐 알 자체가 살아서 그렇게 따뜻한 것처럼 느껴져 알에게 새삼 애정이 가는 것이었다.

"하여튼 당신이 잔소리해 대면 난 그땐 클럽으로 가버릴 테니까 그런 줄이나 알라구."

"왜, 클럽에 보아 둔 예쁜 계집이라도 있소?"

루푸 부인의 말.

"여편네들이 생각하는 거라니 그저 그렇지, 사내들을 그저 매일 그 생각밖에 없는 위인들로 안다니까."

"사실이 그렇지 뭐예요!"

"사실이 그랬음 내가 여태껏 임잘 데리고 살까."

"에게게, 누가 할 소릴 하는지, 당신 같은 부실한 남편을 그래도 나니까 모시고 사는 줄 아세요."

"시끄러워. 나만큼 가정에 충실한 남자가 그리 흔한 줄 알았다간 오산이야."

"두 번만 충실했다간 제 식구 굶겨 죽이겠다."

"어라?"

"왜요?"

"알에서 무슨 소리가 들리는데?"

"네?"

부부는 귀를 기울여 보았다. 알 하나에서 쩍쩍거리는 소리가 들려 나왔다.

"어머나, 정말!"

루푸 부인은 행복의 탄성을 질렀다.

"어쩜, 어쩜 이렇게 영특한 알이 다 있을까!"

"벌써부터 재재거리는 걸 보면 보나마나 그건 딸이겠군."

루푸 씨의 말.

"그야 물론이죠. 지능이 먼저 발달하는 게 여자들이니까요."

루푸 부인은 남편을 날카롭게 쏘아보며 말했다.

아내의 말에 루푸 씨는 적이 기분이 상했다.

"하지만 알을 먼저 깨고 나오는 놈은 사내아이야!"

그는 무뚝뚝하게 소릴 질렀다.

그러나 루푸 부인은 까딱도 안 하고 대꾸했다.

"먼저 알을 깨고 나오는 것도 먼저 쩍쩍거린 아일 걸요. 그러니까 딸애가 먼저 나오는 거예요."

"듣기 싫어!"

"여하튼 이젠 이리 나오세요. 제가 품어야겠어요. 아이들이 알에서 나올 때가 제일 손을 잘 봐줘야 하는 때거든요. 비켜요."

"나도 잘할 수 있어."

"이이가 정말! 내 알이란 말이에요. 비켜요!"

"흥 내 알이라니, 또 자기 알이 되는군? 좋다고. 어서 계집애들이나 실컷 까놓으라고!"

그는 자리를 비켜 주었다.

"난 클럽에나 갈 테니까."

"어서 가세요! 누가 말린댔어요!"

그러나 루푸 씨는 가지 않았다.

"아 클럽에 가신다더니, 왜 안 가고 우두커니 서 있어요?"

"새끼가 나오는 판에 가긴 어딜 가?"

얼마 안 있어 첫 번째 새끼가 알을 까고 나왔다.

그리고 그 놈은 고추가 달린 놈이었다.

루푸 씨는 너무 좋아서 입이 귀밑까지 벌어졌다. 굉장한 환호성이라도 나올 것 같은데, 너무 좋아 놓으니 막상 아무 소리도 나오지 않았다. 그러나 그보다도 더 마음을 졸이고 있던 것은 그의 부인이었다. 행여 딸아이가 먼저 나와 남편을 실망시키면 어떡할까 하고 그녀는 여간 마음을 졸였던 것이 아니다. 이제는 됐다. 저이도 저렇게 좋아하니 우리 부부는 이제, 보다 더 행복해질 수 있을 것이다.

"아 클럽에 가신다더니 뭘 그렇게 바보처럼 입만 벌리고 서 있어요!"

"클럽에?"

"그래요!"

"가야지, 가서 한잔 해야지. 이렇게 기쁜 날 아니 마실 수 있나, 내 후딱 다녀오리다."

"그렇게 하세요. 그리고 돌아오실 때 애들 먹을 것 구해 오는 것 잊지 말구요."

"알았어, 내 번개같이 다녀오리다."

날갯짓으로 요란스럽게 클럽을 향해 날아가는 루푸 씨를 루푸 부인은 행복한 얼굴로 배웅해 주고 있었다. 이처럼 개운한 저녁은 그녀 생애에서 이게 처음이었다.

2. 소녀와 늑대

저 녁의 밝은 기운이 하늘에서 가라앉자 하늘에는 별을 희미하게 내리비치는 엷은 흰 구름만이 남았다. 별들은 구름 사이로 반짝인다. 별들이 이렇게 반짝이는 것은 그들이 너무도 조그마해서 캄캄한 것이 무서워 짐짓 용기를 내려고 그렇게 반짝이는 것 같다. 난 물론 캄캄한 것쯤 무섭지 않다.

힐데와 나는 창밖을 내다보고 있었다. 나도 비록 꼬마지만, 그래도 힐데한테는 삼촌이 된다. 그리고 힐데는 이 세상에서 제일 예쁜 소녀다. 그것은 결코 내가 힐데의 삼촌이 되어서 하는 소리는 아니다. 다른 소녀와 삼촌이 된대도, 하다못해 불란서나 영국이나 독일이나 소련이나 검둥이나 에스키모 소녀의 삼촌이 된대도 두말 않고 힐데가 제일 예쁘다고 할 것이니 말이다. 나는 이래 보여도 사실대로 말하길 좋아하는 사람이다.

힐데도 나를 좋아한다. 그것은 내가 자기보다 크고, 그리고 이를 가느라 내 앞니가 두 개 빠진 덕이다. 내가 낮잠을 자려고 하면 힐데는 종종 조심스럽게 문을 열고 들어오곤 한다. 그러고는 데리고 들어온 자기 동무에게 비밀스럽게 속삭인다.

"이리 와서 우리 꼬마 삼촌 한번 봐, 애. 우리 꼬마 삼촌은 앞
니가 두 개 빠졌다, 너."

힐데는 내 앞니가 두 개 빠진 것이 몹시 자랑스러운 모양이었
다. 그래서 나는 앞니가 그렇게 볼품없이 빠져 버린 것이 오히려
다행스러웠다.

힐데는 또 어떤 땐 이렇게 말하기도 했다.

"우리 꼬마 삼촌이 잔다. 이리 와봐. 우리 꼬마 삼촌 얼마나 우
습게 생겼나."

힐데는 귀엽다. 그애는 동무들에게 자기 장난감을 몽땅 나눠주
기도 한다. 언젠가는 나한테까지도 주었다. 그러나 난 받지 않는
다. 어른들은 내가 힐데에게 그것들을 뺏은 줄 아니까. 한번은 힐
데가 자기 여자 동무를 데리고 얼굴이 상기되어서 날 찾아왔다.

"꼬마 삼촌, 잉게는 삼촌이 없대."

"나도 알아."

나는 대꾸했다.

"꼬마 삼촌, 그럼 오늘부터 꼬마 삼촌이 잉게의 삼촌도 되어
줄 수 없어? 잉게는 삼촌이 하나도 없다니 불쌍해 죽겠어. 꼬마
삼촌이 우리 둘의 삼촌이 되어 줘. 반은 애 삼촌하구, 반은 내 삼
촌하구."

그래서 나는 힐데와 잉게에게 반반씩의 삼촌이 되어 주기로 했
다.

하지만 지금은 우리 단둘이서 달랑 집을 지키며 밤이 되어 오
는 것을 창밖으로 지켜보고 있다. 그것은 조금도 지루하지 않았

다. 우리는 구름을 나누어 가지고 있었다. 저 구름은 내 것, 저쪽 것은 네 것. 그래서 우리는 하얗고 엷은 구름 조각을 일곱 개씩 나누어 가졌다. 구름 조각을 다 나눠 갖자, 힐데는 소꿉장난을 하자고 했다. 나는 싫다고 했다. 삼촌 체면에 소꿉장난을 같이 할 수는 없는 것이 아닌가. 그러자 힐데는 뾰로통해졌다.

"그럼 꼬마 삼촌하군 말도 안 할 테야."

할 수 없는 일이었다. 힐데는 소꿉장난감을 가지고 왔고 나는 소년 신문을 펼쳐 들었다. 힐데는 혼자서 소꿉장난을 하며 놀았다. 입은 꼭 다물고. 그러나 나는 힐데가 내가 얘길 걸어 줬으면 하고 있는 걸 안다. 조금만 버티면 저쪽에서 굽히고 들어온다. 아니나다를까, 힐데 쪽에서 먼저 입을 열어 왔다.

"나 비둘기만한 풍뎅이 봤다."

"어디 보여 줘 봐. 그런 풍뎅이가 어디 있어?"

내가 대꾸했다.

"싫다, 내가 뭐 삼촌의 심부름꾼인가 뭐."

그래서 나도 다시 응수했다.

"난 풍뎅이만한 비둘기를 봤지."

"그렇게 쪼그만 비둘기가 어디 있어, 있음 보여 줘 봐."

힐데는 걸려들었다.

"싫다, 내가 뭐 네 심부름꾼이냐?"

그런 식으로 우린 한동안 더 수작들을 주고받는다. 그러다가 힐데가 하품을 했다. 힐데가 하품을 하는 것은 저녁 아홉 시 십오 분이 되었다는 것을 나타낸다. 힐데는 언제나 그 시간만 되면 하품을 하니까. 그것은 무슨 프로그램처럼 정해 놓고 그랬다. 이제 오 분 동안은 힐데가 손을 안 씻고 그냥 잠자리에 들겠다고 버틴다. 결국 나의 옛날 얘기를 약속받고야 손을 씻는다.

우리 둘 사이의 옛날 얘기는 대부분이 늑대 이야기였다. 우리가 사는 시내엔 늑대가 없다. 버스가 곧장 집 앞에 정차하는 셈이니 무슨 늑대가 있겠는가. 우리가 사는 도시는 대도시이다. 동물원을 찾으면 늑대쯤은 얼마든지 볼 수가 있었다. 그런데도 동물원의 늑대 울은 늘 비어 있었다. 그래서 힐데가 본 것은 그림책에서 본 늑대뿐인 것이다. 그리고 그녀가 귀를 찢어 놓은 장난감 늑대와.

"힐데야, 이제 삼십 초 안에 네가 잠들지 않으면 내가 숲 속의 큰 늑대를 불러 올 테야!"

나는 을러댄다. 그래서 내가 "늑대야, 와라!" 하고 소리를 쳐야만 후닥닥 침대로 뛰어들어 담요를 머리끝까지 뒤집어쓴다. 그렇게 이삼 초 동안 가만 있다가 다시 고개를 내민다. 맨 처음엔 금발의 머리칼이 나오고, 그 다음엔 하얀 이마가 나오고, 그 다음엔 웃고 있는 눈이 나타난다.

"이제 늑대 갔어?"

힐데는 묻는다.

"그래, 갔어."

힐데는 내가 늑대 얘길 좀더 계속하길 바란다. 그러나 나는 그럴 생각이 별로 없다.

"꼬마 삼촌이 늑대 얘길 좀더 해주지 않으면 내가 숲 속의 큰 늑대를 불러 올테야."

힐데가 나를 을러댄다.

지금까지는 내가 조금 버티는 시늉을 하다가, 그녀가 늑대를 부르면 내가 숨는 시늉을 하고, 조금 있다가, 겁먹은 소리로 늑대가 이젠 갔느냐고 물었다. 그런데 오늘밤만은 왠지 그러기가 싫었다. 어쩌면 나처럼 커다란 놈이, 그것도 버스가 바로 집 앞에 정차하는 시내 복판에 살면서 숲 속의 늑대 같은 것을, 물론 진짜로 나타난다면 기절초풍할 노릇이지만 어린 조카 앞에서 무서워한다는 것이 창피했는지도 모른다. 그래서 이번만은 우리의 놀이 규칙을 무시하고 이렇게 소리쳤다.

"난 늑대 같은 건 조금도 무섭지 않다!"

"하지만 늑대는, 큰 수건 두 갤 합친 것만큼이나 크단 말이야."

"상관없어. 나도 목욕탕 수건 두 개 합친 것만큼 크니까. 그까짓 늑대 나타나기만 하면 불고기감으로 저며 놓고 말 테다."

나 자신 왜 그런 식으로 대거리해 버렸는지 모를 일이었다.

"꼬마 삼촌이 어떻게 늑대를 그렇게 저며 놓는단 말이야?"

나는 대꾸를 않음으로써 대꾸를 했다.

"그럼 두 마리가 나오면 어떡할 테야?"

"조금도 겁날 것 없어."

"그럼 내가, 늑대란 늑댄 모두 불러 오면 어떡할 테야?"

"그럼 모두 다 때려죽이지."

"이 세상, 늑대란 늑대는 모두?"

"그래."

"조그만 늑대도? 아주 조그만 늑대도 때려죽인단 말이야?"

"물론이지, 세상에서 늑대란 늑댄 몽땅 없애 버리고 말 테다."

용감성을 나타내 보인다는 것이 그만 지나치게 잔인한 소리까지 하게 되고 말았다. 그러자 힐데는 울기 시작했다. 나는 당황해서 왜 그러냐고 물었다.

"왜 그러니? 왜 울어?"

"삼촌은 왜 쪼그만 새끼늑대까지도 때려죽인다는 거야? 불쌍하고, 귀여운 조그만 새끼늑댈 왜 죽여!"

"네가 불쌍하고 귀여운 늑대라곤 안 했지 않아."

"하여튼 삼촌은 아주 조그만 귀여운 새끼늑대도 때려죽인댔어!"

힐데는 그만 큰소리로 흐느껴 가며 울었다.

"삼촌은 나쁜 사람이야!"

그래서 나는 조그맣고 귀여운 새끼늑대엔 손가락 하나 안 대겠다고 맹세를 해야 했다. 그제야 힐데는 울음을 그쳤다. 그러더니 나를 교활하게 살피며 말했다.

"삼촌, 삼촌이 늑대 얘길 더 해주지 않으면 나 새끼늑대를 모두 부를 테야."

나는 별수없이 힐데의 뜻대로 늑대 이야기를 다시 시작해야 했다. 그러나 힐데는 내가 늑대 이야기를 꺼내는 순간부터 이미 잠속으로 빠져들고 있었다. 나는 창가에 한동안 더 기대서서 별들이 반짝이는 것을 바라보았다. 별들은 서로 무섭지 않다는 말들을 주고받는 것 같았다.

3. 스웨덴식 결혼

안젤름은 수줍음을 몹시 타는 총각이었지만, 안젤라에게 사랑한다는 고백을 하고야 말았다. 물론 영화에서처럼 찌릿하고, 가슴이 두근거려지는 사랑의 고백은 못 되었다. 여느 때보다도 꺼끌거리는 목소리로, 여느 때보다도 더 퉁명스럽게 들리는 사랑 고백이었다.

하지만 이 고백을 끌어내기 위해서 안젤라는 얼마나 애를 먹었던가. 결코 취향에 딱 맞는 사랑 고백은 못 되었지만, 그래도 그가 좋은 것은 사실인즉, 물론 더 나은 상대가 나타나면 그때 가서 바꿀 것이겠지만, 그녀는 그 정도로 일단 만족했다. 사실 또 그런데 그렇게 까다롭게 굴 시간도 없었으니, 그녀의 바로 위의 언니가 내달에 결혼식을 올리게 되어 있었다. 자매들이란 형제 중에 누가 결혼을 하게 되면, 자신은 아직 그러기엔 터무니없이 어린 나이인데도, 곧잘 그렇게 들뜨게 되는 법이다. 언니가 결혼을 하게 되면, 나도 결혼을 할 수가 있는 것이라고 생각하고, 그래서 결코 그렇게 서둘 일도 아닌데, 덮어놓고 서두르게 되는 모양이다. 어젯밤만 해도 그녀는 그가 그녀의 가슴을 만지게 하기 위해서, 밤기운이 차게 느껴지는 것도 꾹 참고, 덥다고 하면서 블

라우스의 단추를 세 개씩이나 끌러, 거의 젖꼭지 부분까지 그의 눈에 띄게 했던 것이다. 숙맥 같은 안젤름은 말려들어 오기는커녕 딴 곳으로만 뻣뻣하게 굳은 눈길을 보내는 것이었지만, 그러나 일이 이쯤 전진된 것은 그래도 그녀의 분발이 주효했던 것이다.

"안젤름, 우리 언니 결혼 잔치에 오셔야 해요. 꼭요."

하고, 안젤라는 말한다. 그것이 그의 고백에 대한 그녀의 대답이었다.

안젤름은 그 소리에 흠칫 놀랐다.

"뭐라구? 결혼 잔치엘 가? 안 돼! 난 못 가!"

하고, 그는 소리를 질렀다.

"왜요?"

안젤라는 조급하게 물었다. 사랑의 고백을 유도해 낸 것도 실은 그를 언니의 결혼 잔치에 초대해서, 여러 사람들에게 자기도 이젠 머지않아 결혼할 때가 된 것을 알리려 했던 까닭에서였다.

"왜 못 온다는 거예요?"

"왜나마나 난 못 간다고! 난 낯선 사람들 속에 섞이면 혀가 뻣뻣하게 굳어서 말도 제대로 못 해. 그리고 잘 넘어지지. 바보 같아진단 말이오. 나보다도 자기가 더 창피해서 못 견딜 걸. 보나 마나 잔치엔 손님들이 많겠지? 안 된다고, 난 못 가!"

"바보 같은 소리 말아요!"

안젤라는 소리를 질렀다.

"낯선 사람 사귀지 않고 세상을 어떻게 살아요! 난 뭐 자기하구 처음엔 낯설지 않았나. 그리고 잔치엔 친척들만 오는 것도 아니기 때문에 서로 낯모르는 사람들도 많아요. 그리고 서로 친하게 사귀게 되는 거구, 그래서 잔치가 좋은 거지 뭐예요. 못 온다니, 말도 안 돼요!"

이런 다툼이 어떻게 풀려나가게 되는지는 누구나 다 아는 사실이니, 여기서는 안젤름이 안젤라 언니의 결혼 잔치에 모여든 많은 사람들 속에 말끔히 차려 입고, 머리에는 빗질을 곱게 한 채 참석해 있었다는 것만 밝히자.

그리고 안젤라는 한시도 그에게서 떨어지지 않고 붙어 다니며 그를 마치 신랑이나 되듯이 사람들에게 소개했다는 것하고.

잔치 손님들이 이미 마시기 시작했는데 결혼 의식을 길게 끌 목사가 있을까? 성급한 친구가 있어, 신부 댁에 건배를 하자고 술을 따르고 다니자 목사도 하던 의식을 잠깐 중단하고, 신부 댁의 평안을 비는 행사에 참례했다. 사람들이 이 행사를 마치는 데는 꽤 오랜 시간이 걸렸다. 그것은 거의 모든 사람이 참례한 까닭이었고, 또 거의 모든 사람이 한 잔으로만 평안을 비는 것엔 부족함을 느껴 두 잔, 석 잔씩으로 평안을 빌어 주었던 까닭이다. 부우루 호수지방에서 온 손님 하나는 자그마치 여섯 잔을 비우기까지 했다.

그리하여 신랑 신부가 마지막으로 축복의 키스를 주위 사람들로부터 받을 때는 거의 모든 사람들이 거나해진 후였다. 안젤름도 여덟 잔을 마시자 얼굴이 불그레해졌다. 서 있는 다리가 휘청거려지는 것이 그에게 경고를 보내고 있었다. 조심성이 좀 부족했던 다른 청년들은 이미 더 이상 맑은 정신으로 두 다리를 지키지 못해, 테이블 모서리에 부실하게 붙여 세웠던 촛불 모양 통째로 덜컥덜컥 쓰러졌다.

그래서 사람들이 잔치 식탁에 자리잡고 앉았을 때는 이미 최고의 기분들이 되어 있었다. 결혼 잔치 식탁은 아주 기다랐는데, 자그마치 방 다섯을 튼 공간을 쭉 관통해서 마지막 방의 벽을 트고도 사탕무밭의 한 귀퉁이에까지 뻗어 나와 있었다.

그리고 그 속을 오가고, 먹고 마시고 하는 것은 사람뿐만도 아니었으니, 잔치 준비로 사람들이 모이 주는 것을 잊어서 스스로들 뛰쳐나온 것인지, 아니면 짐승들도 이 즐거운 잔치를 같이 즐기게 해주려고 일부러 풀어 놔준 것인지 알 도리 없는, 우리에서 풀려 나온 가축들, 개나 고양이는 제외하고도 이를테면 돼지, 염소, 닭 등이 부산스럽게 넓게 튼 방들을 마구 쏘다니며 사람들이 흘린 것, 주는 것을 가리지 않고 먹어치우고 있었다. 하얀 암탉 한 마리는 술잔깨나 비웠는지 식탁 위에서 이리 비틀 저리 비틀 하고 있었지만, 워낙 준비해 놓은 음식이 많아서인지 부엌으로 잡아 갈 염들을 하지 않았다. 연회는 자그마치 일곱 시간이나 소요되었다. 처음에는 식탁연설을 하는 사람에게 박수갈채를 보냈으나, 나중에는 아무도 그 따위에 귀를 기울이는 사람이 없었다. 세 명 네 명이 동시에 연설을 해대서 시끄럽기만 했지, 알아들을 수가 없을 뿐만 아니라, 고래고래 소리를 지르는 그들 자신도 자신이 무슨 소리를 떠들고 있는지 도무지 모르고 그러는 형편이기 십상이었다. 한 노인은 두 시간 동안을 쉬지 않고 연설을 해댔는

데, 그러다가 선 채로 잠이 들어 버렸다. 곁의 사람들이 조심해서 의자에 앉혀 주었지만, 그는 의자에서 앞쪽으로 굴러 떨어지질 않나, 다시 끌어올려 앉혔더니 이번엔 또 오른쪽, 왼쪽으로 끄덕끄덕 졸며 떨어지려 했다. 그래서 옆사람들은 냅킨으로 노인을 의자에 단단히 동여매 주었다. 그렇게 해놓자 그는 더 이상 의자에서 굴러 떨어지진 않았다. 취해 버린 사람들은 모두들 각별히 정성껏 돌보아 주었다. 모두들 자기 자신도 그런 도움을 받을 때를 생각해서 그렇게들 하는 모양이다.

거품 크림이 나오자 사람들은 다른 손님들의 얼굴에 숟갈로 실수인 척하면서 슬쩍슬쩍 튀겨 보는 장난들을 시작했다. 모두들 그 장난에 재미를 붙여 급기야는 거품 튀기기가 본격적 눈싸움처럼 발발해서 잔치 손님들의 얼굴들은 모두 이발소에서 면도할 사람들처럼 허옇게들 거품투성이가 되었다.

그리고 그 깔깔 껄껄거리는 소음이란! 모두들 불이 나게, 재미를 보려고 새 거품 크림을 장악하려는 소동이 일어났고, 그리하여 잔칫집에서 장만했던 거품 크림은 금방 동이나 이웃집에서 새로 조달해 오는 형편이 되었다.

그러나 그 역시 무제한으로 충분한 양은 될 수 없어서, 사람들은 다른 장난질을 시작했으나, 이 또한 거품 튀기기에 조금도 뒤지지 않는 재미를 수반하였다. 그것은 여자 손님들의 잔등 쪽에 팬 옷깃 속으로 마실 것들을 역시 실수인 척 쏟아 맨살을 타고 흘러 내려가게 하는 것이었는데, 나중에는 실수인 척하는 연기도 집어치워 버리고 마실 것이란 마실 것은 무엇이든지 모조리, 백

포도주건, 빨간 포도주건, 화주건, 샴페인이건 가리지 않고 닥치는 대로 이 여인들의 잔등에 쏟아 붓는 것이었다. 리자 아주머니의 잔등이 가장 훌륭한 입 구실을 해서, 그곳에 부어진 술의 양이 가장 많았다. 사람 좋은 그녀는 옷이 흠뻑 젖고, 속옷까지 함빡 젖어 종아리를 타고 갖가지로 칵테일이 된 술이 줄줄 흘러내리고, 취한 친구들이 거기다 입을 대고 흘러내리는 술을 핥아먹어도 내버려 두더니, 한 친구가 양념을 좀 해야겠다고 그녀에게 후추를 뿌리자 와락 성을 냈다. 힘이 장사인 그녀는 그 작자의 머리끄덩이를 휘어잡더니 밖으로 끌고나가 돼지우리에 집어던지고 문을 잠가 버렸다.

처음 한두 시간 동안엔 식탁 밑으로 미끄러져 내리는 손님들이 드물었다. 그러나 시간이 지남에 따라 식탁 밑으로 미끄러져 내리는 사람들이 속출했다. 그러나 그들은 거기서 아주 곯아떨어져 버리는 것이 아니고, 다시 정신을 차려 가지곤 몸을 일으켜 앉아서, 그 밑에서 계속 마셨다. 그러다가 정 지탱을 못하겠으면 그냥 누워 버리면 그만이었다. 그래 버리면 그는 잠에 곯아떨어져 버릴 수가 있었고, 잠에 곯아떨어진 친구의 얼굴에는 아무도 무얼 붓지 않았다. 식탁보는 사람들이 입술을 닦고, 코를 풀고, 음식을 흘리고 해서 형편없는 꼴로, 방바닥에 주저앉은 사람들의 눈앞에 드리워 있었다.

그래서 한 친구가 안전편으로 식탁보의 한끝을 거인이고 힘이 장사인 공증인의 옷자락에다 꽂아 놓은 것은 잘한 생각이었다. 그가 음식물의 농간으로 자리에서 일어나자, 물론 그는 일단 주춤했지만, 그는 그것을 자기가 취해서 그러는 줄만 알고 계속 끌고 나갔기 때문에, 식탁은 엉망으로 거칠게 됐기는 했지만 단번에 치워져 버리고 말았다.

이 일로 많은 사람들이 잠에서 깨어났다. 그들은 자신에게로 쏟아져 내린 접시며 음식물을 집어 던졌는데, 그것이 던지기 놀이로 번져 사람들은 닥치는 대로 집어 던져 공중엔 온통 나르는 것투성이가 되었다. 여기엔 수줍음쟁이 안젤름까지 끼어들어, 그도 파이 다섯 개와 돼지 다리 하나를 멋지게 집어 던져 그 중의 세 개를 사람들의 얼굴에 명중시켰다.

그러나 나중에 집어던진 돼지 다리는 근량이 실하게 나가는 것이어서, 거기에 얻어맞은 목사님께선 그 길로 기절을 해 의자에서 굴러 떨어져 버리고 말았다. 그러나 기절을 한 목사도, 안젤름 자신도 그 결과를 알지 못했으니, 목사는 그 길로 기절을 해버려서 몰랐고, 안젤름은 돼지 다리를 집어던지는 순간, 첫 번째의 파이로 명중시킨 여자로부터 눈에 불이 번쩍나게 주먹으로 한대 얻어맞아 그 결과를 보지 못했던 까닭이다.

판이 그렇게 되자 던지기 선수들인 벌목꾼과 사냥꾼들이 가만 있질 않았다. 그들은 도끼와 사냥칼을 뽑아 가지고 성 세바스찬의 나뭇조각 받침대를 표적물로 삼아 획획 소리가 나게 무기를 집어던졌다. 그 중의 도끼 하나는 의자에 앉아 있는 꼬마 약제사의 의족과 의자 다리에 콱 하니 박혀 버렸다. 꼬마 약제사는 의족을 뽑아 보려고 했지만 그의 힘으로는 꿈쩍도 하지 않았다. 그는 소리를 지르며 뽑아 달라고 구원을 청했지만 아무도 들어 주지 않았다. 벌목꾼 중의 하나가 그를 의자째 들어서 벽에 박혀 있는 도끼 위에다 놓았을 뿐이다. 그는 거기서도 아우성을 치더니 종내 지쳐 가지고 벽에 걸린 채 잠이 들어 버렸다.

던지기 소동이 맥이 빠져가자 사람들은 악대 쪽을 향해 춤을 출 수 있도록 음악을 연주하라고 소리를 질렀다. 그러나 악기를 불거나 켜댈 수 있을 만큼 맨숭한 악사는 하나도 없었다. 모두들 곯아떨어져 아우성 소리는 듣지도 않고 있었다. 몇몇의 열성스러운 위인이 악사들을 흔들어 깨워 그들 손에 악기를 들려주었지만, 악기는 곧 다시 그들 손에서 굴러 떨어져 내렸다. 그리고 본인들도 악기를 따라 바닥에 길게 누워 버리는 것이었다.

안젤름은 이미 소개했듯이 수줍은 친구였다. 눈에서 불꽃이 튕기게 얻어맞고 나자, 그의 수줍은 성미는 한층 더 오므라들고 말았다. 자신이 취했다는 것을 알고는 정신을 가다듬어 가며 몸가짐을 조심했다.

물론 안젤라와 어울려 왝왝 떠들면서 법석을 떨어대며 즐기고 싶었고, 그래 보았자 이젠 누구 하나 이상하게 봐줄 사람도 없는 형편이기는 했지만, 그는 부지런히 고개를 떨어가며 취기를 떨어냈다. 그런데 그것이 잘못이었다. 그의 그런 모습을 본 다른 사람들이 그를 아직 조금도 취하지 않는 사내로 알고 잇달아 곱빼기의 술잔을 그가 마셔치우도록 강요해 온 것이다. 그리하여 안젤름은 더 이상 술기운을 떨어 버릴 염을 못 내도록 마셔야 했다.

그러나 거기다가 벨만 과부만 덮쳐오지 않았으면 그는 그런대로 견딜 수 있었을 것이다. 그녀는 가장 취한 사내가 가장 고분고

분하리라고 믿고 그에게 덤벼드는 오류를 범했다.

왜냐하면 그녀같이 멋대가리 없고, 사람 졸게 하는, 제 말만 말인 여자와는 누구도 어울려 주려 하지 않았던 까닭이다. 이 뚱보 과부는 안첼름이 가눌 수 없이 취해 버린 것을 보고는 그의 무릎에 덥석 앉아 모든 사람들이 보는 가운데서, 그의 얼굴이 홍당무가 되도록 끌어안고 입을 맞춰 주었다. 그는 질겁해 가지고 그녀를 떨쳐 버리고 도망을 쳤지만, 소용없었다. 그녀는 그가 숨는 곳을 어김없이 찾아내는 것이었다. 그녀에게서 그를 보호할 안전한 곳은 어디에도 없었다.

그리하여 그는 빵장이와 내기로 장화에 가득 찬 술을 마셔 치워 빵장이가 벨만 과부를 넘겨받도록 하고서야 겨우 그녀에게서 해방될 수 있었다. 그러나 그도 더 이상 버틸 수가 없게 되어 어딘가에 쑤셔 박혀 여러 시간을 자버리고 말았다.

노인네들에게는 그들을 존중해서 따로 떡 벌어진 잔칫상이 차려져 있었다. 그들도 거나할 대로 거나해져 있었다. 그들은 누가 더 그들의 수프를 깨끗이 먹어치우는가를 겨뤘다.

그런데 그 수프 속에다가 그들은 빵 덩어리며, 고깃덩이, 생선 조각들을 잔뜩 집어넣었다. 그것을 하나도 흘리거나 남기지 않고 씹어 삼켜야 하는 것이었다. 만약 생선 가시 하나라도 입에서 뱉은 사람은 식탁 둘레를 여러 사람의 조롱을 받아가며 세 바퀴를 돌아야 했다. 젊은 축들의 소란스런 놀이에 비하면 얌전하기 짝이 없었지만, 그들은 그것만으로도 한동안은 족히 즐길 수 있었다. 그러다가 어느 한 사람이 그 집의 증조할머니가 그들 사이에

같이 어울려 있지 않은 것을 발견했다. 그러자 그들은 우르르 이
층 노파의 방으로 몰려 올라가 노파를 깨워 가지고 그들 자리에
서 함께 즐기자고 초대를 했다.

그러나 이 집의 증조할머니는 이불을 머리 꼭대기까지 뒤집어
쓰며 응하려 들지를 않았다. 사람들은 그녀를 강제로 침대에서
끌어냈다. 그러자 그녀는 가운을 찾아 입겠다고 하면서 사람들을
내보내더니 문을 잠가 버리고 다시 침대 속으로 들어가 버렸다.
그러나 십여 명의 노인들 앞에 문고리 하나가 무슨 맥을 추겠는
가. 문고리는 금시 떨어져 나가고, 노파는 가운을 못 걸친 잠옷
바람으로 그들과 같이 내려가 어울려야 했다. 그러나 먹고, 마시
고 하는 사이에 노파도 흥이 났다.

그래서 얼마간 지나서는 그들한테 왜 자신을 진작 초대하지 않
았느냐고 나무라는 형편이 되어 버리고 말았다.

노인네들은 잔치를 평해서, 그들이 젊었을 때보다는 말도 못
하게 얌전하게 길이 들어 있다고 하면서, 그들이 한몫 거들 그 무
슨 소동이 일어나지 않는가 하고 젊은 축들 쪽을 연상 살폈다. 그
러나 젊었을 때는 얼마나 거칠었는지는 몰라도 현재로선 그들이
끼어들 수 있을 만큼 안전한 소동은 일어나지 않고 있었다. 그래
서 노인들은 겨우 억지로 비웃어 보는 킬킬 웃음이나 흘리며 구
경이나 하고 앉아 있어야 했으니, 당장 벌어지고 있는 소동은 지
붕으로 기어 올라가 기와들을 벗겨 마당에다 내던지는 소동이었
던.것이다. 그 결과가 어떠했는지는 이틀 후, 심한 비가 쏟아지
던 날 판명되었다. 그러나 그런 것을 가지고 유감스럽게 생각할

사람은 없었다.

왜냐하면 이 지방에서는 잔치를 치르고도, 잔치를 치른 집에서 별 대대적인 수리 공사를 치르지 않고 사는 것을 수치로 여겼기 때문이다.

그리하여 기둥뿌리가 몇몇의 벌목꾼들에 의해 뽑혀지고, 대들보가 휘청 휘어 버리며 흙먼지를 우르르 쏟았을 때야 잔치는 절정에 이를 것이었으니, 악사들의 연주는 그때서야 비로소 시작되었고, 지옥의 소용돌이와도 같은, 무엇이든 다 집어삼키는 회오리바람과도 같은 춤판이 벌어지는 것이었다. 악기가 이미 쭈그러지거나, 터지거나, 찢어져서 연주를 못하게 된 악사들은 노래를 부르거나, 발을 굴러 장단을 맞췄고, 곯아떨어졌던 친구들도 그 소동에는 모두 놀라 일어나서 참여를 했다. 안젤름도 물론 그 춤판에 끼어들어 숨이 헉헉 막히게 춤을 추어댔다.

그러나 그는 거기서 이제 내기 술의 시효가 지나, 빵장이로부터 버림을 받은 벨만 과부에게 다시 붙잡히는 신세가 되고 말았다. 벨만 과부는 버틸 대로 버텨 보는 그를 완력으로 끌고 나가서는 어떤 헛간 속으로 끌고 들어갔다.

그러나 그 헛간은 아무것도 없는 빈 헛간이 아니었다. 거기에는 그녀보다도 더 힘이 센 곰이 갇혀 있었다. 곰과 맞부딪친 과부 벨만은 애써 약탈해 온 사내인 안젤름도 내버려 두고 질겁하고 내뺐다. 곰 덕분에 과부 벨만으로부터 자유의 몸이 된 안젤름은 이제 벨만 과부 대신 곰을 상대하게 되었는데, 그에게는 곰이 벨만 과부보다는 비교가 안 되게 다루기 수월한 상대였다. 그는 곰을 좋아했을 뿐만 아니라, 그 곰은 길이 들어 있었다. 그는 곰의 사슬을 풀러 준 뒤, 잔치가 벌어지고 있는 방으로 데리고 가서 케이크며 꿀을 먹여 주었다. 춤추고 마셔대는 잔치 손님들은 곰이 동석을 해도 조금도 개의치 않았다.

날이 저물었는지 밝았는지는 이제 아무도 몰랐다. 문마다 덧문을 내리고 두꺼운 커튼을 모두 쳐버린 때문이었다. 그 속에서 난장판은 한없이 벌어졌고, 곰의 호위를 받는 안젤름은 이제 과부 벨만으로부터 자유의 몸이 되어 태평성세를 구가했다. 벽 위에 걸린 의자에 아직도 앉은 채인 약제사는 그 동안에 다시 술이 깨어, 술을 한 병 올려 달라고 해서 마시고는 여자들 험담을 늘어놓기 시작했다. 사십이 넘도록 총각 신세를 못 면한 그인지라, 그는 여자에 대한 깊은 원한이 사무쳐 있었다. 그는 동네에 처녀는 하나도 없을 뿐만 아니라, 부인네들도 거의가 외간 남자와 관계를 하고 있다고 주장했다. 그 주장에 대해선 곧 사방에서 달걀이며, 토마토 같은 물렁한 과일들이 그를 향해 던져졌다. 아마도 과부 벨만이 자신의 거구로 대신 맞아 주며 제지하지 않았던들 약골인 약제사는 목숨까지는 몰라도 크게 건강을 해쳤을 것이 틀림없다. 과부 벨만의 기사도 정신에 의해 큰 봉변을 면했을 뿐만 아니라, 벽에 걸린 의자에서도 내려진 약제사는 이제 완전히 벨만의 품안의 사람이 되어 버리고 말았으니, 도끼에 찍혔던 의족이 부러져 나가 혼자서는 걸을 수도 없었기 때문이다. 과부 벨만으로서는 진정 호기를 놓치지 않은 행운의 밤이었다. 마침 돼지다리에 얻어맞아 깊은 잠에 떨어졌던 목사도 그때는 정신이 멍멍

하게나마 들어 있는 때여서, 그녀는 약제사를 안은 채 목사 앞으로 나가 그들의 결혼식을 집정해 줄 것을 청했다.

그리하여 잔치 손님들이 신부가 된 과부 벨만의 집으로 노도처럼 밀려가 버렸을 때는 이 난장판으로 폐허가 되어 버린 집에 남아 있는 사람은 한 명도 없었다. 그리고 안젤라는 수삼 년을 기다려야만 결혼을 할 수 있었으니, 또다시 그런 성대한 결혼 잔치를 벌이기 위해서는 그 폐허를 복구하는 데 그만큼의 시간이 필요했기 때문이다.

4. 은혜를 갚은 장군

차가운 날씨여서, 눈 덮인 가로(街路) 위엔 사람의 그림자라곤 하나도 없었다. 도무지 산책할 계절이 아니었다. 겨울 하고도 맨 가운데니 추위는 혹심하기 짝이 없었다. 한낮이 조금만 지나도, 벌써 어둑한 빛이 주위를 넘성댔다. 그러나 나의 환상은, 필시 서로 애인의 연분이라도 타고난 듯, 명쾌한 헬라 신(神)의 모습들로 그득 차 있었다. 실로 이 출생 시에 받은 천부의 편애심은, 일상(日常)의 일과나 진배없이 매일같이 하는 나의 상상을 통해 더욱 강해지기만 했다.

나는 거리를 지나, 여름내 웃음꽃과 소란과 오케스트라 연주로 법석을 떨던 야외 음악당 근처로 갔다. 하지만 이젠 살풍경만이 하품을 하고 있었다. 이오니아식 기둥 위에 버텨져 있는 원형 지붕, 무대 위로 올라가 울적한 기분으로 공원 한가운데에 시선을 던졌다. 그러나 그물 모양 설겨 있는 헐벗은 나무의 크고 잔가지들 사이로 무언가 번득하더니 뒤이어 매우 빠른 속도로 반복해 움직이는 것이 있었다. 대번에 나는 그것이 얼마 떨어지지 않은 얼어붙은 호수 위에서 홀로 스케이트를 타고 있는 군인의 형상임

을 알 수 있었다. 그러나 나는 본디부터 사람을 기피하는 성격이
라서, 직감적으로 불쾌감을 느꼈다. 나의 예민한 감수성은 사람
들로부터 유리되어 혼자 사색에 잠기길 좋아했던 터였으므로 억
센 힘을 과시함으로써 만족을 느끼는 사람들을 보면, 설사 그것
이 대자연 속에서 일어나고 있다손 치더라도 내겐 그지없이 역겹
게만 느껴지는 것이었다. 더구나 지금 내 앞에서 시위를 하고 있
는 것이 군인, 따라서 흔하지 않은 건강, 강인한 사람임에 있어
서랴! 그러나 나는 곧 이러한 거부 반응을 억누르고 군인이 얼음
판 위에서 스케이트를 즐긴다는 것은 가장 자연스런 일일뿐더러
나의 명상을 방해하는 것으로 느낄 아무런 이유도 되지 못하는
게 아니냐고 스스로를 진정시켰다. 그리하여 나는 거추장스런 잡
념들을 떨어 버리고, ―자신의 언어 장애를 극복하기 위해 구강
(口腔) 안에 돌을 넣었다는 데모스테네스의 강한 의지를 머릿속
에 떠올리며, 예의 그 즐거운 명상에 다시금 잠겼던 것이다. 자
아(自我) 형성을 위해 그토록 분투 노력함으로써 자연이 부하한
엄청난 결점을 수정할 수 있었던 그 실례는 순간 나로 하여금, 항
시 그랬던 것처럼, 나도 그와 같은 각고의 투쟁을 기울인다면 이
내 완전히 새로운 인간으로 형성될 수 있으리라는 희망에 부풀게
했다. 그러나 바로 이 순간 그가, 관목 토막을 듬성듬성 세워 만
든 울짱 안에서 능숙한 솜씨로 곡선을 그리며 선회하면서 내 쪽
을 향해 아주 가까이 접근했을 때, 그가 제복을 착용한 사병이 아
니라 장교라는 사실을 어김없이 확인했던 것이니―얼마나 유감
스런 일이었으랴! 그리하여 일껏 찾은 마음의 균형은 다시금 뒤

흔들리고, 더우이 계급장마저 달지 않은 고급 장교에 무슨 뾰족한 의미를 부여할 것이며 관용으로 받아들일 하등의 이유가 어디 있겠는가 라는 반문에 접하자 울화통까지 치밀어 올랐다. 이런 감정은 여하한 인위적 계급도 인정할 수 없는 것으로 치부해 버리게 되자 점차 누그러졌다.

나의 생각을 고대 쪽으로 복귀시키는 데는 상당한 노고를 치러야 했다. 이제 나의 머릿속은 데모스테네스에게 결별을 고하고 헤르쿨레스의 눈부신 업적에 사로잡혔다. 영웅 헤르쿨레스가 신화 속에서 가령 독사를 간단히 처치해 버렸다는 것이, 내게는, 용기만 있으면 어떤 난관도 타개해 나갈 수 있으리라는 사실에 대한 산 증거처럼 보였다. 하지만 나의 시신경(視神經)은 나의 의지와는 별개로 멋대로 나래를 펼쳐 나갔던 듯싶다. 그렇지 않고서야 불과 일순의 시차를 두고 막연히 시야에 띈 사항을 갖고, 그것이 일반 장교가 아니라 높은, 아마 참모급 장교라고 의식 판단할 도리가 있겠는가.

하지만 그가 참모급쯤 된다고 해서 내가 위축감을 느낄 게 뭐람! 나는 스스로를 질책했다. 온종일 지도에 엎드려 전략에 골몰하고 나면 참모급의 사지인들 움직이지 않고 배겨 낼 수 있으랴. 그러니 그가 스케이트 좀 즐긴다는 게 이상할 거야 없지 않은가. 어느 사인가 나의 손가락은 외투 단추를 더듬어 찾고 있었다. 단추 하나는 채웠으나 나머지 둘은 떨어져 나가고 없었으므로, 그 대신 고작 목도리를 가지런히 여미었을 뿐이었다. 어디를 둘러보아도 사람이라곤 그림자 하나 얼씬하지 않았건만, 관리의 위세는 보아 주는 사람이 없어도 여전히 당당한 것이어서, 사막 한가운데서라도 능히 사람들을 압도할 수 있을 성싶었다. 그러나 나의 생각은 이내 속박 없는 상상의 날개를 타고 고대 세계로 돌아갔던 것이다.

전보다 좀더 먼 데까지 생각이 뻗쳐 나아가, 악마의 힘을 휘두르던 저 반수반인(半獸半人)의 괴물 미노타우루스의 모습을 떠올리자 쉽사리 새로운 희망이 가슴에 부풀어 올랐다. 하나 사고(思考)의 실마리는 자꾸만 곁길로 빠져들었으며, 때마침 스케이트 주자(走者)의 모습이 나의 관심을 강하게 끌어당겼다. 그는 기민한 동작으로 얼음 위를 지쳐 나갔다. 그의 견장이 달린 어깨 저편 쪽에 함께 달려 나아가는 그림자를 주시하는 동안, 그림자가 동에 번득 서에 번득 출몰무쌍하게 획획 나르며 마른 가지 위의 당초문(唐草紋)처럼 영롱한 반점으로 링 위를 수놓고 있었다. 머릿속에서 이런 생각이 구체화되기도 전에 우지끈 하는 둔탁한 파열음을 들었는가 했더니 이제껏 그렇듯 힘차게 움직이던 참모의 형상이 땅 속으로 꺼지듯 별안간 자취를 감춰 버리고 말았다. 앞뒤 가릴 겨를이 어디 있겠는가. 황망히 음악당을 떠나 총림을 뚫고 호수께로 달려가 보니, 금박 입힌 양쪽 옷소매만이 방금 난 얼음 구멍 밖으로 솟구쳐 있었고, 손가락은 얼음 구멍 가장자리를 놓치지 않으려고 경련까지 일으키며 결사적으로 매달리고 있었다. 한 손가락엔 인각(印刻)된 금반지가 끼어 있었다.

사위를 둘러보았으나 이미 어슴푸레 어둠이 깔리는 공원엔 산 사람은 흔적조차 찾아볼 수 없었다. 그러니 그를 구할 수 있는 사람은 나 혼자뿐이라는 것, 뿐만 아니라 그것이 나의 의무라는 것 또한 자명한 일이었다. 나는 행동인(行動人)이 아니다. 달리 표현해서, 나는 사건의 중심인물이 되기를 무척 꺼리고 불유쾌하게 생각하는 축의 인간이라는 사실을 난들 어찌 부정할 용기가 있겠는가. 그를 손수 구할 궁리보다는 도리어 그 참변을 당한 자를 언 물구덩이 속에서부터 끌어 낼 제삼자가 나타났으면 했던 것이다. 이러한 경우에 처해 내가 무슨 쓸모라도 있는 인간임을 과시할 수 있었다든지, 예를 들어 그 맥 못 추는 자의 발이라도 움켜잡고 그럴 때 사람들이 흔히 할 수 있는 행동이라도 취했다면 얼마나 기꺼운 일이었으랴만, 그러한 구조자가 돌연 나타날 수 없으리라 생각되자 극심한 불안이 엄습해 들어왔다. 그러나 저자는 더 깊이 빠지지는 않을 것이다. 얼음 구멍 가장자리를 더욱더 사력을 다해 쥐고 있을 것이다. 물 밑으로부터 간단없이 솟구쳐 오르는 무수한 빈 물방울들, 꿀럭꿀럭 하는 수면(水面)을 부딪는 음침한 물소리만이 적막을 더욱 느끼게 했다.

우선 참모의 금박 올린 옷소매를, 다음으로 구레나룻을, 마지막으로 견장을 잡고서 몸뚱이를 물 밖으로 끌어내어 견고한 땅 위에 눕혀 놓았다. 바야흐로 저녁으로 기어든 하늘을 향하고 있는 그의 얼굴은 창백한 우윳빛이었고, 이때야 비로소 나는 사건의 심각성을 깨달았다. 여기 내 앞에 누워 있는, 운동과 긴장 해소의 충동을 생명만큼이나 강렬히 느끼고 얼음판을 달리던 익명의 군인, 그것은 다름 아닌 각하, 사령관 각하가 아닌가. 내가 인공호흡을 시킨다고 일껏 애써 보았지만 그건 인공호흡이라기보다는 조난자 자신의 힘에 의한 호흡이었을 뿐. 지금도 그때의 내 행동 하나하나를 기억해 보면 혐오감이 끓어오른다— 각하임을 알자 나는 일찌감치 자연의 위계질서에 물러서서, 모든 행동이 너무나 얼뜨기만 했으니까. 마치 그에게, 벌통으로부터 뽑아 낸 진짜 벌꿀이 아닌 인공 꿀을 먹여 주기나 하듯 그의 두 팔을 올렸다 내렸다 하며 그것조차 가락을 맞췄다니 스스로 어색함을 금할 길 없다. 그가 눈을 뜨자 나는 흠칫 모자를 벗어 경의를 표하는 뜻에서 부동자세를 취했다. 그는 콧수염과 구레나룻에 붙은 물을 떨어내고, 몸을 일으켜 앉더니 호주머니에서 수첩을 꺼냈다.

"당신은 내 생명의 은인이오. 은혜를 잊지 않겠소이다. 이름과 주소를 가르쳐 주시오. 그리고 무슨 부탁이라도 좋소. 생활 문제에 관해 내가 도움이 될 일이 없겠소?"

"저는 생활에 곤란을 겪고 있습니다."

나는 대꾸했다.

"우선 사람들과의 관계가 많은 소망을 좌절시키게 합니다. 사람들은 서로 화목하려 하지 않습니다. 그런 이유 때문에 저는 보다 높은 지위에 오르고 싶습니다. 그때는 고전을 읽은 것이 내게 큰 도움이 되고 있다는 걸 입증해 줄 겁니다. 저는 제 자신에 몰두하고 있습니다. 딴 사람들은 어떠냐고요? 저는, 모든 사람이 고전에 관해 해박한 지식을 지니고 있다고 믿지 않습니다."

"다시 말해서?"

사령관이 물었다.

"우린 인간 교육을 시켜야 할 겁니다."

내가 대꾸했다.

"그렇지 못한 한 인간은 서로 충돌을 빚게 될 겁니다. 일례로 제 생활을 들어 보건대, 저는 고독하고 대화조차 단절된, 버려진 인간 같은 느낌이 듭니다. 의지할 데도 도움의 손길도 없습니다. 하지만 인간이란 보살핌, 다시 말해 도움의 손길을 받고 싶어 하는 것입니다. 자신의 인격을 신장시키는 일쯤은 오히려 이보다 용이할 것이며, 이렇게 되면 인간에 대한 두려움도 없어질 것입니다. 그리고 우린 거리로 나아가, 각하 송구스럽게도, 한가닥한다는 우쭐함을 느끼지 않으면 못 배기죠. 이건 은연중에 표하는 거죠. 개인이란 나약합니다. 그래서들 관직의 한 자리를 따두는 거죠."

"그 점, 나도 잘 아외다."

각하는 젖은 수첩에다 내가 한 말을 부지런히 베꼈다. 그런 다음 스케이트를 끌러 어깨에 둘러메더니 내게 악수를 청하고 나서 자신의 저택을 향해 가버렸다. 나 역시 더 이상 공원에 꾸물대지 않고 시가(市街)로 돌아갔다.

나는 마음의 평정을 유지하고, 의구심과 자신의 나약함을 극복하기 위해, 여러 가지 위험과 큰 혼란에 직면해서도 공포에 빠지지 않기 위해, 이미 언급했듯이, 예술 세계를 관망함으로써 스스로의 안정과 질서를 찾는 습관이 배어 있던 터였다. 그러나 일단 각하의 개인적 후견을 받게 되었음을 깨닫자, 거기서 생긴 의식의 강도(强度)는 이제까지 서장의 대작들이 내게 줄 수 있었던 그것이 감히 ㅁ를 수 없을 만큼 훨씬 높은 것이었다. 나라는 인간은 혼자서는 어찌할 힘도 없는 유약하고 불완전한 존재였으나, 이제 생존경쟁에 있어서 그러한 나의 무력함이 큰 조직의 힘을 통해 보충될 것이다.

"인격 플러스 각하, 그것은 부정할 수 없는 정의(正義)다."

나는 중얼거렸다.

이렇듯 각하와 면식이 생기기 전, 고대 예술 외에 나의 정신적 안정을 찾는 또 하나의 방책은 당구놀이였다. 그것은 어떤 강한 필요성에 의한 것이라기보다, 당구 시설이 갖춰진 선술집에서 그날그날의 남은 시간을 보내기 위한 습관 때문에 당구를 즐겼다는 그 점이 바로 각하와 나와의 다른 점이었다. 나는 항시 시간 가는 것을 유의치 못했다. 더욱 기분 잡치는 일은 내가 세들어 있는 심통 사납기 그지없는 셋집 관리인의 문을 열어 주는 태도다. 이 음침하고 무례하기 짝이 없는 친구는 까짓 문이나 열어 줬다고 마구 팁을 강요했다. 제발 욕설이나 하지 말았으면, 적어도 그는 밤늦게 귀가하여 안면 방해를 하는 사람을 괴롭힐 권리만은 있었던 모양이다. 나 역시 추위가 더해지니 좋건 싫건, 그러나 머릿속은 헤르쿨레스 시대의 아테네에 몰두한 책, 운명의 문을 향해 발을 옮기는 수밖에 없었다. 추위와 불안에 떨며 한 번, 그리고 또 한 번 벨을 눌렀다.

건물 안 깊숙한 곳 어디에선가 반향해 나오는 불유쾌한 벨 소리, 그러자 익히 듣던 지둔한 신발 끄는 소리와 함께 떠들썩한 욕설이 밤의 정적을 뚫고 나왔다. 그러나 삐걱 문 열리는 소리와 함께 기다란 흰 내의 바람의 거구의 셋집 관리인이 문 앞에 나서는

순간, 어둠 속으로부터 참모부의 쏙 빠진 부관 하나가 홀연 나타
나 속옷 바람인 녀석의 뺨을 세 차례나 호되게 후려치더니 내게
경의에 찬 인사를 하고는 다시 사라지는 것이었다.

당황한 관리인은 내게 자비를 내려 달라고 비굴하게 굴었다.
그의 청을 쾌히 승낙하고, 방으로 돌아와 침대에 몸을 내맡기고,
관리인이 나를 어떻게 생각하게 되었을까 곰곰 생각해 봤다.

각하는 약속을 지켰다.

관리인과의 사건이 이를 대변했다. 참모부 부관은 우리의 상
호 관계를 극명하게 내놓았다. 오늘 밤에 각하가 내게 최대한의
많은 덕을 내려 준다면 그것으로써 곧 내 인격 신장을 꾀할 수 있
고 얼마나 좋겠는가. 장군의 신속한 감사 표시로 얻은 나의 가장
큰 득점은 오늘 저녁 내가 대문을 들어서는 데, 짐승 같은 관리인
측으로부터 지금까지 번번이 당해 온 굴종과 곤욕을 겪지 않을
수 있게 되었다는 사실이었다. 그런고로 그것은 아직 미개척 분
야로 남아 있는 인격 신장을 위한 희한한 기회를 내게 부여해 준
셈이었다. 나는 즉시 작업에 착수하고자 마음먹었으나 이미 밤이
늦었던 터여서, 또한 쏟아지는 잠은 나의 뜻을 아랑곳하지 않았
으니 어쩌랴. 아직 어렴풋한 졸음 속에서 나는, 부관 한 사람 정
도론 너무 미흡한 데가 있었을 뿐 아니라, 울화통까지 치미는 바
가 없지 않은 것이라 믿어졌다. 관리인이 대문을 열고 내가 들어
서는 순간, 만일 두 사람의 부관이 양편에 서서 관리인의 뺨을 쳤
더라면 효과는 더 컸으리라. 이런 경우 관리인의 조수쯤이야 더
보잘것없이 맥을 못 출 것은 자명한 일이리라.

아침이 되어 잠이 깬 나는 용변을 봐야겠기에 자리에서 나왔다. 머릿속은 아직 덜 깬 상태여서, 할 바를 즉시 알아채지 못하고 방문을 열어 보니 두 사람의 중위가 현관께 매트 위에서 꾸벅꾸벅 졸고 있었다. 나는 맨발로 그들에게 다가갔다. 그들은 즉각 탁 튀어 일어나 인사를 한 다음 사죄를 하고 하명을 기다리며, 누구의 뺨을 올려드렸으면 좋겠느냐 물었다.

"나도 잘 모르겠어."

나는 불시에 내뱉었다.

"여덟 시경 우유 배달부가 올 텐데 혹시 그 친구도 좀?"

우유 배달부에 대해서도 나는 압박감을 느끼고 있던 터였다. 그 친구는 나 때문에 5층까지 올라와야 했는데, 그자가 그걸 달갑게 여기지 않고 있으리라는 것 때문에 항상 압박감을 느끼고 있는 나였다. 미안스런 생각에서 나는 가끔 그에게 이렇게 말했다.

"정말 좀 높긴 해요. 당신이 다 숨을 헐떡거리니."

그러나 그는 아무 대꾸도 하지 않고 고개만 끄덕였다. 우유배달부는 둔감한 친구니 사태 변화를 짐작할 턱이 없을 터이고 보면 귀싸대기를 좀 얻어맞는 편이 좋으리라.

"분부대로— 그쯤 아무 문제 될 게 없습니다."

두 사람은 공손히 대답했다. 노회한 검사(劍士)와도 같은, 날카로운 매와도 같은 나의 충직한 두 호위병이라! 자리에 돌아가 잠을 더 청해 보았으나 더 이상 잠을 이룰 수 없었다. 마치 계단을 올라오는 우유 배달부의 발소리가 들리는 듯했다. 반대편으로 몸을 돌려 누웠다. 하나 끝내 자리에서 일어나 바지를 주워 입었다.

"그리고 이봐."

나는 아직껏 서 있는 두 중위를 향해 말했다.

"어제 좀 과음한 것 같은데."

이렇게 말하며 나는 좀 열적은 농조로 눈을 끔벅해 보였다.

"예, 분부만 해주십시오."

그들은 대답했다. 그러나 나는 복도 층계 쪽으로 몸을 획 돌려 황급히 계단을 내려섰다. 이미 활짝 열려진 대문 앞에는 관리인이 버티고 서서 서리를 향해 시선을 던지고 있었다. 그를 보는 순간 여느 때와 같이 몸을 숨기고 싶은 충동이 있었으나, 곧 내 자신이 달라져 있다는 생각이 떠올랐다. 그자는 길 쪽으로 몸을 돌린 채, 나는 그의 뒤에 선 채,

그런 상태가 꽤 오랫동안 계속되었다.

"무슨 일이라도 생겼소?"

참지 못하고 내가 먼저 말을 꺼냈으나, 극히 불안하여 기어들어가는 목소리로 웅얼댔다. 그때 비로소 나의 허리끈이 풀려 있음을 알아채고 끈을 묶으려 허리를 굽히는 순간, 그자가 몸을 획 돌렸다. 나는 엉거주춤 허리끈을 묶다 말고 겨우 창틀 위에 몸을 지탱하고 우물쭈물 거리를 향해 시선을 돌렸다.

"우유 배달부가 오거든 오늘은 우유를 안 마시겠다고 일러 주시오."

그러고도 나는 더욱 큰 목소리로, 아니 발악에 가깝게 이렇게

외쳤다.

"알겠지!"

이유는 나 자신도 알 수 없었거니와, 소리를 내지르면서 나는 갑자기 팔을 높이 쳐들어 일격을 가하려고 했으나 결정적인 순간 칼라가 너무 높이 추켜 들린 듯 느껴 그만 등어리만 한없이 더욱 심하게 긁어제끼다가 도망치듯 위층으로 뛰어올라가 화장실에 몸을 숨기고 말았다. 완전히 좌절감에 빠진 나머지 심장이 격렬하게 뛰는 것이었다.

남은 문제는 관리인이 아니라 우유 배달부를 처치하는 것이었다. 우유 없는 아침식사란 아직 상상할 수 없는 문제다. 하지만 이제 와서 그까짓 게 무슨 문제랴. 갑자기 마음속에 끓어오르는 우유 배달부에 대한 불타는 증오. 나는 멋진 계획을 곰곰 구상했다. 우유 때문이 아니라면 우유 배달부는 올 까닭이 없으니, 그걸 빙자해서 호된 맛을 보여 주리라. 그 친구는 우유를 안 가지고 그냥 올 수밖에 없겠고 그때는 우유를 안 가지고 그냥 왔다는 핑계로 호된 맛을 보여 주리라. 혹 내가 우유를 가지고 오지 말랬는데도 가지고 온다면 그는 내 말을 또 들은 것이 아니니 그대로 또 호된 맛을 보아야겠지. 우선 내 등어리를 긁어 주기 위해서라도. 하지만 부관들이 이 사실을 알면 대체 어쩌지.

다시 아래층으로 내려오니 나는 숨이 가빴다. 관리인은 여전히 거리를 내다보고 있었다.

"그자가 벌써 왔는가?"

짐짓 무관심한 태도를 취하며 내가 물었다.

"아니오, 아직."

관리인은 오금을 못 펴며, 그러나 분명하게 말했다.

"그자가 오거든, 우유는 여기 그냥 놔두고 내게 올라와 보라고 일러."

"왜냐고?"

내가 덧붙였다. 그의 대꾸를 듣기도 전에 나는 그가 어떤 말을 물을 듯 여겼던 것이지만 실상 그는 전혀 아무 말도 하지 않았으므로 양 팔을 치켜들어 거기에 무릎을 두서너 번 굽혔다 폈다 함으로써 내가 아침 체조의 일환으로 계단을 두 번씩이나 뛰어 내려왔던 것임을 이해시키려 억지를 썼다. 그런 후에 나는 다시 위층으로 뛰어 올라갔다.

부관들은 내 방문 앞에 서서 층계참을 내려다보고 있었다. 그들은 결코 방심하고 있지 않았다. 참으로 쓸모 있는 녀석들이다.

"나야 나."

나는 멀리서 미리 소리를 쳤다. 그들에게 내가 형편없는 약물이 아니라는 인상을 심어 주려고 될 수 있는 한 긴장된, 그러나 탄력 있는 걸음걸이로 그들 곁을 지나쳤다. 그러면서도 숨을 제대로 못 내쉬고 참고 있는 나의 소심함을 행여 그들이 알아챈 게 아닐까 갑자기 걱정이 되었다. 어쨌든 그들에게 이런 낌새를 채지 못하게 하고 동시에 내 자신을 이런 지경에서 구해 내려면 농담이라도 해서 그들과 어울려 그들의 세계에 휩쓸려 들어가 주지 않으면 안 되는 것이었다. 그래서 불현듯 그들 앞에 다시 나타나 요란을 떨었다.

"몹시 숨이 찬데, 자네들은 그때의 상태를 전혀 짐작도 못할 거야. 겪어 보지 않았으니…… 하하하…… 물론 이해야 하고 있 겠지만."

말을 마치고 나자 이미 수치심으로 붉어진 얼굴을 나는 방안으 로 달려 들어가 베개 속에 파묻고 말았다. 하지만 나는 이 군인다 운 무지막지한 말투가 오히려 그들 마음에 들었으리라고 몇 번이 고 다짐에 다짐을 했다. 한데 어째서 그들은 웃기는커녕 아무런 반응도 하지 않았을까? 그들은 다만 우유 배달부만을 기다리고 있는 것이었다.

우유 배달부를 기다리는 건 나 역시 마찬가지였다. 여덟 시경 누군가 계단을 올라오는 소리가 들렸다. 얼마 안 있어 그 녀석은 부관들에게 호되게 얻어맞을 테지, 생각하니 마음이 가벼워졌다. 그러나 아무 일도 일어나지 않은 채 오랜 정적만이 계속되어, 더 이상 조바심치는 마음을 억제하지 못하고 문을 빠끔히 열고 복도 밖을 내다보았다.

"그자는 아직 안 왔습니다."

그들은 공손히 알렸다.

"어떤 자가 오기는 왔었습니다만, 그자는 여길 한번 휘둘러보 곤 그냥 가버렸습니다. 우유는 안 가지고 왔었습니다."

"아참 수고가 많소! 틀림없이 올 거야."

나는 허세를 부려 대꾸하고 다시 침대로 올라갔다. 침대 위에 앉은 채 나는 벽 쪽을 멍청하니 바라보며 생각해 보았다. 층계를 몇 번씩이나 뛰어 오르내린 건 고사하고라도 내게 엄청난 정신적

긴장과 소모를 치르게 한, 그렇듯 희한하고 묘한 내 계획은 먼지
처럼 날아가 버린 것이었다. 일개 하찮은 우유 배달부에 의해 좌
절당하다니. 나의 정교한 지적(知的)인 건물이 우유 배달부와 같
은 멍청한 녀석과의 첫 충돌에서 도괴당하다니. 그 녀석은 손 하
나 까딱하지 않고도 호된 징벌을 피해 나갈 수 있었던 것이다. 이
무슨 어처구니없는 패배며, 난파며, 이렇듯 침몰당하는 법도
있단 말인가. 그가 위기를 벗어나 고소(苦笑)하고 있으리라 생각
하니 어쩔 수 없는 패배감, 이 우유 배달부보다 더 한층 못난 인
간이란 자멸감을 금할 수 없었다.

정오쯤 나는 후다닥 뛰어 일어나 집을 나섰다.

"인격을 신장시킬 겸 시내에 들어가겠네."

나는 부관들에게 일러두고 시내로 향했다. 오후에 들르는 적
도 더러 있고, 때론 일이 생기면 저녁때라도 들르긴 들렀으니까.
그리하여 나는 아침에 당한 패배감을 잊으려 무진 애를 썼다. 저
녁때쯤 해서야 나의 그러한 투쟁이 어느 정도 실효를 보기 시작
했다.

빌어먹을—. 인간이란 과거를 뒤엎을 수 없는 게야. 한데도 오
늘 밤 우리들— 나와 부관은 대문 벨을 울릴 테지.

얼마나 고대하여 마지않는 카타르시스일까 생각하니 정녕 기
쁜 일이 아닐 수 없었다. 그러면서도 괜히 귀가(歸家)를 주저하
고 있었다. 밤이 늦을수록, 관리인의 마음속에 끓어오르는 내게
대한 욕설은 더욱 도를 더할 것이고, 밤의 포근함은 더욱 혹심하
게 멀어져 가기만 할 것이다. 마지막 손님들이 당구장을 떠난 뒤,

나 역시 밖으로 나와야 했다. 거리를 여기저기 좀더 헤매며 기웃
거리다가 닥쳐올 일을 생각하니 흐뭇한 생각이 들어 기분이 한껏
좋아지는 것이었다. 마침내 집 앞에 이르렀다. 대문은 잠겨 있었
고, 거리는 완전히 달빛에 잠겨 저만치 떨어져 있었다. 나는 껄
껄 웃으며 두 손을 비비적댄 다음, 벨을 누르는 순간 예측된 기쁨
에 몸을 떨었다. 이어 지둔하게 울리는 귀에 익은 발자국 소리가
들렸다. 나는 초조한 나머지 한 발을 들어 다른 쪽 발등을 밟아
보았다. 빗장 뽑는 소리가 요란하게 나더니 속내의 바람의 거인
관리인이 문 안에 서 있었다. 그 찰나 사령부에서 온 쪽 뽑은 부
관이 나타났다. 그러더니 이번엔 나의 뺨을 세 차례나 호되게 후
려치는 게 아닌가.

당황한 상태에서 정신을 차리기도 전에 나를 들여보내고 난 뒤
문이 닫히고, 나는 흙바닥 위에 세워 놓은 회중등(燈)의 불빛만
이 비치는 복도 위에 서 있었다. 내 곁에는 파르테논 신전의 대리
석 기둥을 방불케 하는 관리인의 형상이 이 회백색 흐린 조명을
받으며 요지부동으로 서 있었다.

잠시 깊은 침묵에 잠겼던 나는 층계 뒤 첫 단에 겁먹은 발길을
올려놓으려 해보았다. 관리인은 까딱 않고 서 있었다. 그것은 죽
계단을 올라가 내 방으로 가도 좋다는 걸 의미했다.

"나는 오늘 공원에 갔었지."

그는 거의 노래를 부르듯 읊조렸다.

"이봐, 상상해 보라고, 우리 군사령관 각하께서."

그러면서 그는 벽에 기대었던 몸을 일으켜 부동자세로 섰다.

"스케이트를 지치시고 계셨다 이거야. 한데 물에 빠지셨거든. 그걸 내가 구해 드렸더라 이런 말씀이야."

그 새 또, 스케이트라니? 나는 잠시 생각에 잠겼다가 입을 열었다.

"국가의 혼란상, 개인의 무력, 국민 복지의 필요성 등등을 말씀드렸겠군요."

"천만에."

관리인이 대꾸했다.

"난 우선 시급한 일로, 세든 작자들에 관한 얘길 했지. 각하께선 일일이 기록을 하시더군."

그는 껄껄 웃었다. 그러고는,

"지당하십니다요, 각하!"

불시에 이렇게 내뱉고 나더니,

"이제 잠이나 자는 편이 좋겠군."

하고, 굼뜬 몸을 다시 벽에 의지했다.

"자, 그러니 가라고, 가! 올라가면 당신을 기다리는 사람들이 아직 있을 거요. 아침에 있던 바로 그 친구들이."

나는 잠시 동안 그대로 서 있다가, 난간을 꽉 움켜잡고, 정신을 가다듬고 한단 한단 위로 올라갔다. 오르페우스의 모험에 온 정신을 집중하려고 애를 쓰면서.

5. 호텔 이야기

티노는 호텔 보이였고, 테레사는 호텔 여급이었다. 두 사람은 같은 호텔에서 일을 했는데, 그 호텔은 크고 깨끗한 곳이었다. 이 두 젊은 남녀는 결혼을 하여 자기들의 살림을 차리고 싶어했다. 그러기 위해서는 살 집을 구해야 했는데 그들에게는 그럴 만한 돈이 없었다. 그들은 저축을 하느라고 해보았지만, 워낙 적은 급료를 타는 형편이어서 저축이 되는 액수는 미미했다. 뿐만 아니라 그나마도 곧 다시 찾아 써야 할 일들이 생겨서 좀처럼 저축의 액수가 불어나지를 않았다.

그래서 하루는 티노가 테레사에게 말했다.

"이거 봐. 이래 가지고서는 영 진척이 안 되겠어. 자기든지 나든지, 아니면 둘이 다 한꺼번에든지 한번 큰 용단을 내려 보아야겠어."

"용단이라뇨? 무슨 소리예요, 그게?"

하고 테레사는 의아해했다.

"이 호텔에는 왜 부유한 노인네들이 많이 드나들지 않아. 돈 많은 늙은 남자며, 돈 많은 늙은 부인들 말이야. 그들의 비위를 한 번 잘 맞춰 줘 가지고 돈을 좀 만들어 보자고."

이 멋진 제안이 테레사의 마음에는 들지 않았다.

"비위를 맞추다니요?"

하고 그녀는 되물었다.

"어디까지 비위를 맞춰요?"

"그야 필요한 데까지지. 작자들이 고마워서 죽으면서 유산을 우리에게 남기게 되게끔 말이야."

테레사는 대답을 안 했고, 티노는 얘기를 계속했다.

"나는 부유한 늙은 부인과 그런 관계를 맺어서 아직 잘 살게 된 친구 하나를 알아. 호숫가의 집에서 살고 있지. 은행 고객이 되어 가지고 말이야. 그 친구에겐 일 주일의 일곱 날이 모두 공휴일인 거라. 하지만 테레사, 이게 최고로 성공한 예는 아닌 거야. 그리고 우리의 경우에 딱 들어맞는 예두 아닌 거구. 그치들은 자기 혼자만의 안락을 위해서 그런 것이지만, 우리 경운 틀리지. 우린 우리 둘의 행복을 위해서 그 일을 감행하는 거라고. 아주 잠시 동안만. 그래서 적중이 되는 때에 우린 얼른 그런 짓을 그만두고 결혼을 하는 거야."

물론 그 얘기가 두 사람의 마음을 금방 일치시킬 수는 없었다. 티노의 계획은 사내들이 도모할, 그것도 염치라곤 싹 걷어 버린 도둑놈의 심보를 가진 사내들이 꿈꿀 만한 계획이었던 까닭이다. 그런 일을 하는 것이 그런 파렴치한 사내들에게는 장화를 갈아 신는 것만큼이나 간단한 일이었겠지만, 설령 그런 도둑놈 심보의 소유자인 남자의 신붓감이더라도 여자에게는 그게 그렇게 간단

한 일이 아니었다. 물론 테레사의 경우도 그랬다. 그녀는 그런
계획이 통 싫었다. 그러나 그래도 그녀는 자신의 애인을 사랑했
다.

그래서 그녀는 그 추잡한 계획의 모험을 받아들이기로 했다.
그녀의 애인이 그로 인해 그녀 앞에서 부끄러움을 느끼지 않도록
해주기 위해서. 그래서 티노는 그들의 계획에 적응될 대상을 호
텔 숙박객들 속에서 물색해 나갔다. 은발의 백만장자며, 부유한
과부 등 적당해 보이는 대상들이 숱하게 발견되었다. 그러나 그
는 그래도 주저했다. 그것은 그나 테레사 혼자서 일을 전개해 나
갔을 때, 상대방으로부터 그 행위를 비난받을 수 있는 소지를,
말하자면 서로의 불신감이나 질투, 혐오감 등이 작용해서 너무
넉넉하게 남길 것 같아서였다. 그렇게 되었다가 애초의 목적과는
일이 엉뚱한 방향으로 풀릴 것이 그는 두려웠다. 그렇다. 안 될
일이었다. 둘이 동시에 거사할 수 있는 기회를 기다리는 것이 서
로 비난을 면할 수 있어 백번 좋을 것이다.

그리하여 계획을 근본적으로 재검토하고, 그런 결론을 내렸을
때는 이미 그럴 기회가 가까이 도래해 있었다. 사람 좋아 보이는,
그리고 세상을 두루 여행해 본 부유한 은발의 부부 한 쌍이 그들
이 일하는 호텔 특실에 들어온 것이었다. 그들은 아주 조용한 사
람들이었다. 몸이 호리호리한 그 노신사는 발소리도 안 나게 복
도를 거닐었고, 특실에 들었으면서도 거드름을 떨기는커녕 남들
이 업신여길까 봐 그것만 걱정하는 수줍음을 몹시 타는 사람이었
다. 그는 밝은 색의 양복을 입고 있었는데, 그것은 그의 은발과

썩 잘 어울렸다. 그리고 한때는 정말 미인이었을 것으로 보이는
그 부인은 주변의 세상은 거들떠보지도 않는 몽환적인 여자였다.
그녀도 남편 못지않게 몸이 날씬했고 옷맵시가 기가 막혔는데,
그 빛깔은 검정색이었다. 물론 이렇게 두세 줄로 그들을 소개하
면서 그들이 어떤 내력의 사람들인지, 왜 그렇게 세상을 떠돌고
있는지까지를 알아 달란다면 그건 이쪽의 무리한 주문일 것이다.
그리고 이쪽에서도 그런 사연들을 모르는 것이고. 그저 짐작건
대, 그들은 한 곳에서만 살기에는 이 세상이 너무 넓다고 생각되
었던 모양이고, 돈도 또 한 곳에만 살 필요가 없이 많았던 모양이
다. 그래서 이곳저곳을 여행해 다니면서 일류 호텔의 특실만을
전전하는 것 같았다.

티노가 이 노부부에게 눈독을 들이자 모든 것은 기가 막히게
착착 들어맞았다. 무엇보다도 반가운 것은 그 부부가 각각 다른
침실들을 쓰는 것이었다. 뿐만 아니라 그들은 저녁 인사를 하고
헤어지면 결코 상대를 찾는 일없이 곧장 자기들만의 시간을 가지
다가 자버리는 것이었다. 더 바랄 나위 없는 상대였다. 그래서
티노는 거사를 하기로 결정했다.

그리하여 어느 날 밤, 그 노인네들이 잠이 들었을 듯싶은 시간
에 티노와 테레사는 특실의 거실로 들어갔다. 그리고 각각 자기
가 맡은 침실의 도어 앞으로 가서 침실 안쪽에 귀를 기울였다. 두
사람은 다 알몸에 가운만 걸친 차림이었다. 잠든 사람의 평안한
숨소리만 안에서 들려오자 두 사람은 서로 고개를 끄덕여 신호를
하고 침실 안으로 들어갔다. 그리고 침대로 올라가 몸을 눕혔다.

그런데 이건 이상한 일이었다. 그 노부부는 다 같이 잠을 자면서도 그 젊은 파트너들을 오랫동안 익숙해 온 사이인 듯이 상냥하게 받아들여 주는 것이었다. 이름까지 불러 주면서. 테레사는 라일라라고 불러 주었고, 티노는 도리오라고 불러 주었다.

두 젊은이는 별수없이 라일라와 도리오인 것처럼 응하지 않을 수 없는 형편이다. 그러지 않았다간 그들의 모험이 발각될 것이었기 때문이다. 그리고 티노는 그 늙은 부인이 아직도 정정한 여인인 것을 알게 되었고, 그 정정한 여인의 요구를 그는 기꺼이 따랐다. 그리하여 그는 법망에 걸리는 만약의 경우에도 충분한 변명의 여지가 생겼다고 기뻐했다.

그렇다면 테레사는 어떠했을까? 노신사는 그녀의 곁에 얌전하게 누워서 그녀의 몸을 쓰다듬으며 무어라곤가 중얼거렸다. 그런데 그녀는 거기서 희한한 사실을 접하게 되었으니, 그것은 그 노인에게서 장미꽃의 향기가 강하게 풍겨 오는 것을 알게 된 일이었다. 그녀는 마치 여름날 저녁나절에 벌떼 잉잉거리는 소리를 들으며 정원에 누워 있는 기분이었다. 그리고 그녀는 점점 황홀한 느낌이 들었고, 그리고 그 황홀함은 더욱 더해 갔다.

그리하여 두 젊은이가 자정이 조금 지났을 무렵, 약속한 장소에서 만났을 때는 서로 약간씩 허둥거려지는 자신을 발견해야 했다.

"난 그 늙은 부인을 간단하게 만족시켜 주었어. 어려운 사태는 일어나지 않았지. 한데 한 가지 의문인 것은 그 여자가 나를 정말로 의식한 것인지, 아니면 꿈속에서 일어나는 일을 받아들이는 것처럼 받아들이고 만 것인지 하는 거야. 테레사는 어땠어?"

"당신하고 비슷했어요."

테레사는 대꾸했다.

"그이는 잠결에서 나를 맞아 주었고, 같이 자면서도 잠을 깨지 않았어요."

그녀는 그 장미꽃 향기에 대해서는 말하지 않았다.

티노는 고개를 내저었다.

"일은 잘 된 것 같으면서도 고약스럽게 된 것 같은데. 그들이 내일 아침에 깨었을 땐, 간밤에 침대에서 있었던 일들을 까맣게 기억하지 못할 우려가 있단 말이야. 우리가 누군지를 확실히 일 깨워 주는 것이 필요하겠어."

그러나 그 일은 그렇게 쉬운 일이 아니었다. 그 노부부는 이미 오래 전부터 침실을 따로 쓰기 시작하고 세상일이 그들과 무관한 것으로 된 후부터는 밤마다 꿈속에서 살았던 것이니, 남편도 부인이나 마찬가지로 상상의 연인을 만들어 라일라와 도리오라는 이름으로 부르며 그들의 잠자리로 오게 해서 같이 데리고 잤던 것이었다. 그 상상의 인물들이 실재하는 것처럼 일인이역으로 대화까지 중얼중얼 주고받으면서. 그런 판에 이 젊은이들이 뛰어 든 것이었으니, 그것은 그 상상의 인물에다가 부피와 체온을 보태 준 것에 지나지 않았다.

그러나 계속해서 그런 상태가 지속될 수는 없었다. 사흘인가 나흘 동안은 그 나이 먹은 부인도 꿈속에서인 것처럼 티노를 받아들였다. 그러나 그 다음부터는 누군가가 정말로 그녀의 잠자리에 찾아드는 것을 알게 되었고, 그게 누구라는 것도 알게 되었다. 그러나 그녀는 역시 모르는 척하고, 잠결인 양 그를 상대했다. 그렇다고 그녀가 이 젊은 사내를 기만한 것이라고는 할 수 없었다. 처음에 그녀는 티노를 도리오로 윤색해서 받아들였지만, 이제 그가 도리오가 아닌 것을 알고는 도리오를 차츰 티노로 윤색시켰던 것이다. 그러니까 그것은 샴페인에 적포도주를 섞는 것이나, 적포도주에 샴페인을 섞는 것이나 마찬가지의 것이 되어 버린 것이었다.

젊은이들이 서로 만나서 간밤의 일을 보고할 때면, 이젠 더 이상 이 상태로 나갈 것이 아니라 오늘이라도 당장 노인네들을 깨워서 자신의 정체를 확인시켜야 하겠다고 다짐을 하곤 했다. 하지만 그렇게 했을 때 형편이 악화되지 않은 것이라고 누가 보장한단 말인가? 그래서 그들은 실제로는 한 번도 그런 모험을 하지 않았다. 그리고 그들은 서로 보고를 하면서도 숨기는 것이 있었으니, 그것은 노부인과의 관계가 티노로서는 조금도 싫은 것이 아니라는 사실이었고, 테레사로서는 그 노인이 그녀를 황홀경에 빠지게 해주곤 한다는 사실이었다.

그리하여 그런 밤이 삼 주일 동안 계속되었다. 그런데 하루는 그 노부부가 짐을 싸고 다음날 떠나겠다고 하면서 계산서를 요구해 왔다.

"이것 봐, 우리 오늘 저녁엔—"
하고 티노는 말했다.

"우리도 우리의 계산서를 그 노부부에게 제출하자고!"

"어떻게요?"

테레사는 물었다.

"그 부부는 우리를 알지도 못하지 않아요?"

"그렇더라도 그들은 자기네들 꿈을 기억하겠지. 대경실색하겠지만 서로 상대방에 알려질까 봐 쉬쉬하면서 거금을 내놓고야 말걸."

저녁 어스름이 깔리자마자 티노는 부인을 찾아갔다. 그녀는 친절한 얼굴로 그의 얘기를 들었다. 그리고 그의 말이 끝나자 말했다.

"참 재미있는 얘기군. 하지만 그 얘긴 사실이 아니야. 밤에 나를 찾아오던 남자는 당신이 아니었어. 그리고 이름도 도리오라고 했고."

"사모님께서 잘못 아시는 겁니다."

티노는 대꾸했다.

"밤의 방문자는 저였어요."

노부인은 웃었다.

"그게 그 사람이 아니고 당신이었다면, 난 당신에게 그 대가로 많은 돈을 청구해야겠네. 혹시 젊은이는 그런 통례가 나이 먹은 여자와의 경우엔 거꾸로 되어야 하는 거라고 생각지는 않겠지?"

티노는 물론 거꾸로 되어야 하는 거라고 생각했지만, 곧바로 그렇게 말을 할 수는 없었다. 그래서 그는 적절히 둘러댈 수 있는 대답의 말을 찾았지만 좀처럼 그런 말이 생각나지 않았다.

그러면 우리는 티노가 그 적절한 말을 찾아내도록 그 방에 세워 두고, 다른 방으로 가보도록 하자.

티노가 강제로 시켜서 노신사의 침실 문을 두드린 테레사는 들어오라는 허락을 처음으로 받고 정식으로 들어갔다. 그녀는 나직한 목소리로 말을 더듬어 가며 할 얘기를 간신히 해나갔다. 그러자 노인은 처음엔 깜짝 놀라는 기색이 되더니, 곧 생각 깊은 얼굴이 되며 그녀의 말하는 입을 바라보았다. 그녀가 이야기를 마쳤을 때는 그는 고개를 끄덕이고 있었지만, 그녀는 그게 좋은 징조라고 볼 수는 없었다.

"흠, 아주 이상한 얘기로군. 아주 희한한 얘기야. 한데 아가씨, 아가씨가 그런 꿈을 꾼 것이 아니라는 건 확실한가?"

노인이 말했다.

"네, 꿈이 아니에요. 저는 손님 옆에 와서 눕곤 했고, 손님께서는 저를 라일라라고 불러 주셨어요."

노인은 잠시 생각에 잠기는 얼굴이었다. 그러더니 입을 열었다.

"아가씨 말이 정말인지도 몰라. 비록 내가 생각하는 라일라는 아가씨와 좀 다르게 생겼고, 몸매도 더 날씬한 것으로 되어 있기는 하지만 말이야."

그는 다시 또 생각에 잠기더니, 이번엔 이렇게 물어 왔다.

"한데 아가씨는 왜 그런 짓을 했지?"

테레사는 눈을 감았다. 그리고 말했다.

"소, 손님한테서 돈을 얻으려고 그랬어요."

노인은 그녀를 빤히 바라보았다. 그러면서 다시 물었다.

"그것이 사실인가? 그것이 완전한, 에누리 없는 사실이야? 다른 까닭은 없었어?"

"아니에요. 사실이 아니에요!"

테레사는 그렇게 대답해 버렸다.

"아가씨가."

하고, 노인은 다시 입을 열었다.

"나에게서 돈을 원한다면, 돈은 얼마든지 원하는 만큼 줄 수가 있어. 나는 앞으로 얼마 더 살지도 못할 것이고, 내 자식들이며 조카들은 주체 못할 만큼의 유산을 이미 나로부터 받고 있으니까."

그때 테레사는 머리를 가로저었다.

"아니에요, 아니에요."

그리고 그녀는 그 방에서 도망치듯 밖으로 뛰어나왔다.

그리하여 티노와 테레사는 다시 빈손으로 만났다. 티노는 그부인으로부터 아무것도 얻어 내지 못했다. 그 부인은 몹시 절약하는 사람이었을 뿐만 아니라, 돈을 치러야 할 것은 오히려 그녀가 아니라 티노인 것이 옳다는 것을 인정시켜, 그로부터 얼마간의 돈까지 받아 내버린 것이었다. 그러했던 만큼 티노는 테레사가 그 노인으로부터 아무것도 받아 가지고 나오지 못한 것이 몹시 못마땅했다.

"왜 우리만 손해를 봐야 한다는 거지, 응, 왜?"

다음날 아침 짐을 내다 주려고 노신사의 방을 찾았던 호텔 보이는, 그 노인이 침대 위에서 숨져 있는 걸 발견했다. 노인의 숨진 모습은 평화로웠다. 마치 잠이 들었다가 좋은 꿈이라도 꾸면서 저세상으로 조용히 옮겨 간 듯싶었다.

미망인이 된 그 부인은 정중한 장례를 준비했다. 각국에 전보를 쳐서 친척들이며 친지들을 모여들게 했다. 호텔은 금시 조객들로 만원이 되었다. 그리고 한 가지 이상스러운 일이 또 있었으니, 그것은 화장터에서 있은 일이었다. 운구를 장식한 꽃들은 흰 백합뿐이었는데도, 거기서 나는 남새는 짙은 장미꽃 내음이었던 것이다.

미망인은 장례를 치르고는 그 도시에 머물렀다. 그러나 숙소는 다른 호텔로 옮기고서였다. 그녀는 대형 승용차를 구입해 가지고, 티노로 하여금 운전을 배워 부리게 했다. 그가 겨우 운전을 익히자, 그녀는 그와 함께 그 차로 떠나가 버렸다. 그리하여 티노는 세상을 두루 떠돌아다니며 호텔 생활을 하게 되었지만, 결코 그걸로 부자가 되지는 못했으니, 얼마 더 살지 못하고 죽은 그 미망인이 그에게 아무런 유산도 남겨 주지 않았던 까닭이다.

그리고 테레사는 오랫동안 호텔 여급 생활을 해야 했고, 죽을 때까지 남편을 못 얻었으니, 그것은 그녀가 바라는 것이 장미꽃 내음을 풍기는 남자였는데, 그런 남자는 더 이상 세상에 없었던 까닭이다.

6. 어떤 이상한 해후

길은 텅 비어 있었다. 내 말은 길에 사람도 없을 뿐만 아니라, 짐승도 어떤 대상물도 발견할 수 없었다는 얘기다. 그 길을 내가 가고 있었다. 한 사람의 인간인 내가 아무리 둘러보아도 이렇다 하고 관찰할 만한 것은 정말 아무것도 없었다.

그러나 그랬던 것은 잠시뿐이었다. 왜냐하면 어떤 사람이 내 쪽으로 마주 걸어오고 있는 것을 발견했기 때문이다. 그는 나보다 키가 커보였다. 그리고 어깨로 말하자면 나보다 엄청나게 넓었다. 그리고 모자라고 쓴 것은 여태껏 보지 못했던 그런 괴상한 물건이었다. 나는 활기 찬 표정을 얼굴 표면으로 밀어 올렸다. 그럼으로써 자신을 좀 당당하고 힘센 사람으로 느끼고자 했다. 표정이나마 그렇게 하면 곧잘 그런 효과는 보았던 것이다. 나는 숨을 깊이 들이마시곤 내뿜지 않았다. 그렇게 함으로써 상대방이 토해 내는 공기를 마시지 않으려는 것이었다. 그러는 동안에 우리는 막 엇갈려 지나치게 되었다.

그러나 그는 지나쳐 가지 않고 내 앞을 막아서며 말했다.

"잠깐 서시오. 당신 내일 아침 일곱 시까지 와서 내 집을 좀 치워 줘야겠어!"

나는 하도 기가 차서,

"제가 말입니까?"

하고, 되묻는 수밖에 없었다.

"물론 당신이지. 그럼!"

"그게 무슨 말씀이신지요?"

이윽고 나도 그런 모욕에 해당하는 말투를 찾아 맞상대했다.

"머리가 어떻게 되신 건 아닙니까? 여하튼 길이나 비키십시오."

"수작질 말고 말 곱게 들어! 수돗물도 나오고, 걸레도 있단 말이야."

"선생께선 그럼 나를 정말로……."

"물론 무슨 일이든 처음 순간엔 기차게 생각되는 법이야. 난 그걸 부인하지 않아. 하지만 나한텐 진공소제기도 있거든."

"진공소제기는 또 웬 겁니까?"

"아주 최고급품이지! 신형이구. 그런 걸 다룬다는 건 일도 아니고, 재미나는 놀이일 뿐이야. 하지만 임자가 원한다면 양탄자를 마당으로 가지고 나가 떨어오는 건 상관없어요."

"도대체 몇 층에 사시는데요? 한 15층쯤에 사시나 보군요!"

"무슨 소리! 4층에 살 뿐인데. 게다가 엘리베이터가 바로 현관문 앞에 있소. 와보면 알 거 아니야?"

"하지만 무엇 때문에 내가 선생네 집을 청소해 주러 가야 하지요?"

"그야 내 집이 대청소를 한 번 해야 할 만큼 너저분해졌으니까지. 집엔 앞치마도 있으니까 두르고 해도 돼요. 그리고 한 가지 미리 말해 두지만, 쓸데없는 소릴 벙벙거리지 말아요."

"그건 또 무슨 말씀이시죠?"

"당신 같은 사람이 그런 일 하면서 앞치마도 안 두르고 하려 하겠어? 하지만 그런 건 당신 일이니 마음대로 해요. 입고 하든, 뒤집어쓰고 하든 난 상관 안 해."

"물론 그런 일엔 앞치마를 두를 필요가 있겠지요. 하지만 선생 께선 어떻게 그렇게 남을 감히—"

"창고는 목욕실 옆이오. 그 안에 적당한 빗자루들이랑 솔들이 있을 거야. 창고의 전등알은 끊어졌으니 현관 쪽의 불을 켜야 할 게요."

"이거 정말 아닌밤중에 홍두깨도 유만부득이지, 여하튼 먼지떨 이개도 있어야겠군. 그런데 도대체 선생께선 날 어떻게 생각하는 거요?"

"아, 떨이개는 없어. 술이 다 떨어지고 막대기만 남았지. 창고 에 막대기가 있을 테니 걸레조각 같은 걸 찢어서 만들어 써도 좋 아요. 사람 사는 덴 정말 필요하지 않는 게 없단 말이야."

"걸레를 찢어서 하라고요? 보나마나 선생네 걸렌 어지간할 것 같은데, 그걸 만져서 더러워진 손은 침이나 뱉어 가지고 바짓가 랑이에 쓱쓱 문지르면 된다는 건가요?"

"거, 당신 말이 많구먼. 바짓가랑이에 닦을 필요가 뭐 있어. 수 돗물에 씻고 타월로 닦으면 되지. 마루 닦는 자루 달린 걸레는 옆 집에서 빌려 쓰도록 해요."

"선생넨 그럼 마루 닦는 걸레도 하나 없습니까? 그건 마루를 닦아 본 지가 꽤나 오래라는 소리 같기도 한데……."

"어차피 치우고 닦아야 할 건데 좀 지저분하고 덜 지저분한 게 무슨 상관이오? 이웃집에서 빌리려면 여덟 시 전에 들러야 하오. 여덟 시 지나면 그 집엔 아무도 없으니까. 가서 내가 보냈다고 해요. 그러면 빌려 줄 테니. 그리고 식당 식탁 위엔 에멘탈러(스위스의 지방 이름)산 치즈가 있으니 좀 베어 먹어도 돼요. 아주 통째로 먹어 버리면 곤란하구. 나도 아껴 가며 먹는 거니까. 그리고 하수도 막힌 것도 손 좀 봐줘요. 제라늄 화분에 물도 좀 주고, 현관에 깐 양탄자는 꼭 말아서 세워 놓고 치우도록 해요. 그건 산 지 얼마 안 되는 거니까. 그리고 낯선 사람 집 안에 들이지 말고."

"그럼 더운 물은 있습니까? 난 류머티즘을 앓고 있기 때문에 찬물은 딱 질색인데—"

"바보 같은 소린 좀 작작 하시오. 식당이 있는 집에 가스렌지가 없겠어? 더운 물 쓰고 싶으면 물 올려놓고 스위치만 넣으면 돼. 당신 가스도 못 다루는 팔불출은 아니겠지?"

"가스도 있습니까?"

"거, 멍청한 소린 좀 작작 하시오! 물론 가스도 있소."

"가스엔 난 노이로제가 걸렸습니다. 그것도 중독 되기가 아주 쉬운 것 아닙니까?"

"엉뚱한 수작은! 괜히 모자란 척하면서 엉터리로 해치울 생각을 했다간 경칠 줄 알아! 선반 위랑 깨끗이 닦고, 매트리스는 내

다가 털어 말리고, 커튼도 털어서 접어 놓고, 문의 손잡이들은 비눗물로 깨끗이 닦아야 해. 그렇다고 또 비눗물을 문짝이고 벽에 마구 묻게 했다간 혼날 줄 알아. 성의 있게 조심스레 해야 한다고. 내가 지켜 서서 다 지휘할 테니까 엉터릴 부릴래도 부릴 수가 없을 테지만 말이야. 그리고 일 시작하기 전에 라디오의 코드는 뽑아 놔야 하구. 난 일하는 녀석들이 라디오 들으면서 일하는 거 보면 벨이 뒤틀려서 못 참는 성미야. 그럼 내일 아침 일곱 시 정각에 오도록 하고 그만 가보시오!"

그러고는 그는 스포츠맨 같은 걸음걸이로 사라져 갔다. 그는 뒤도 한번 돌아보지 않았다. 나는 그가 사라질 때까지 그의 뒤를 넋을 놓고 바라보고 있었다. 그제야 모욕당한 내 자존심이 용을 쓰며 나의 병신 같았던 행동거지를 무섭게 질타해 왔다. 그래서 나는 그의 청소일은 젖혀 두고라도 그를 찾아가 보지 않을 수 없다는 자존심이 치솟았다.

그러나 다음 순간, 나는 그만 해볼 도리 없이 맥이 쪽 빠지고 말았다. 그 위풍당당하던 나의 임시 고용주는 나에게 그의 주소를 적어 주고 가는 것을 잊었던 것이다.

7. 복수는 시작되다

노파는 생각했다.

아들아, 내가 너를 부르고 있다. 나는 매일 저녁마다 집을 나선다. 사람들이 이미 잠자리에 들었을 그런 시각에, 그리고 한 사람이라도 눈에 띄면 나는 그 사람이 가버리고 안 보일 때까지 몸을 숨긴다.

나는 집을 뒤로 한다. 그래도 나는 집이 어떻게 보이고 있는지 잘 안다.

나는 그 안에서 사십 년을 살아오고 있으니까. 그것은 내 남편이 그 안에서 살고 있는데도 불구하고, 내게 종종 죽은 집처럼 생각하듯, 그렇게 죽은 집의 형상이다.

내가 등 뒤로 한 그 집, 그 집은 온통 담쟁이덩굴로 뒤덮여 있다. 그래서 나는 숲 속에서 사는 듯한 기분이 들곤 한다. 그 담쟁이덩굴, 그 속에서는 낮에는 자고 밤이 되어야 날아가는 새들이 수없이 살고 있다. 나는 그 새들과 친하다. 그 새들도 나를 좋아한다. 나는 그 새들과 내 아들이 나에게 어떻게 굴었는가에 대한 모든 이야기를 나눈다. 그 집에 사는 다른 집 사람들은 아직까지도 그 새들을 본 적이 없다고 한다. 아들아, 나는 널 부르고 있다. 입은 열지 않은 채, 그러나 내 부름 소리는 지상의 어느 소리보다도 크게 울리고 있을 것이다. 지진보다도 전쟁터의 포화 소리보다도. 너는 전쟁터에 갔지만, 전쟁터에 간 것이 아니었고, 너는 군대에 갔지만, 군대에 간 것이 아니었다. 너는 애초엔 용감했지만 차츰 비겁해졌다. 그리고 그것은 모두 그 계집년의 탓이다.

너는 그 계집애가 너와는 천생연분의 계집이라고 주장하지만, 그건 내가 더 잘 안다. 그년은 저 하나밖에는 결코 알지 못하는 그런 년이다. 저 하나만을 생각하고, 저 하나만을 사랑한다. 나만이 너를 사랑하는 것이다. 그러나 너는 나를 배반했고, 한 집 사람들을 배반했고, 온 동네 사람들을 배반했고, 전쟁터에서는 다른 동료 병사들을 배반했다. 그랬음에도 나는 언제나 변함없이 너를 사랑한다. 그렇지만 나는 내 부름 소리가 너한테까지 미치는지는 의문이구나. 나는 늙었다. 생각도 마구 착잡하다. 너희들 둘의, 너와 그 계집년의 생각으로. 그래서 나는 녹초가 되었다. 그리고 나는 내가 너에게 보내고 있는 생각들이 그 계집년의 노랫가락들을 충분히 눌러 이길 만한 힘을 지닌 것인지도 의문이다. 그 계집년도 그 노랫가락들을 너에게 보내고 있을 테니. 그 계집애의 노랫가락은 독기를 품은 바람처럼 너에게 불어칠 테지. 그년의 노랫가락은 천하디 천하다. 거기 비하면 내 생각들은 너무나 점잖지. 천박한 것과 만나면 점잖은 것이 지게 마련이다.

하지만 나는 그것이 결국은 결정적으로 달라지게끔 배려를 해놓고 있다. 나는 그 계집년을 너에게서 없애 버리고 말 테다. 그

년이 나를 너에게서 없애 버린 것과 똑같이. 그 계집년은 레코드
판을 파는 계집애였다. 아주 천한 노랫가락이나 팔던 계집애. 그
런 가게엔 천한 것밖에 없는 법이다. 그저 잠자리 일을 다룬 것들
밖엔 없지. 그런 계집애가 글쎄 우리 집엘 들어오게 되다니, 우
리 집안은 점잖은 집안이다. 물론 처음엔 그 계집애도 조심을 했
다. 내가 그렇게 주의를 주었으니까. 그랬는데 그 계집년이 차츰
내 아들을 천덕스럽게 꼬시는 것을 보고 나는 두 번째로 주의를
주었다. 그러나 그 계집앤 나의 두 번째 주의를 듣지 않았어. 그
년은 이미 내 아들을 자기 마음대로 할 수 있게끔 후린 다음이었
으니까.

　애야, 아들아, 너는 어디 있느냐? 아, 나는 그걸 아는구나. 사
람들이 너를 적전(敵前)에서 쏘아 죽였다. 너의 그 비겁함 때문
에. 군법에 의해서 너는 총살당했다. 나는 그런 군법이 세상에
없었으면, 하는 때가 얼마나 많은지 모른다. 그리고 그 계집년을
그냥 내버려 두고 말았으면 하는 때도 얼마나 많은지 모른다. 애
야, 내가 그 계집년을 죽여야만 하겠니? 너는 대답을 않는다. 너
는 나에게로는 다시 돌아오지 않는 거다.

　아무 소용도 없이 나는 집을 나와 거리로 나서곤 한다. 아무
소용도 없이 손을 눈 위에 가져가 챙을 대고, 네가 거리의 가로등
불빛 속으로 들어서는 모습이 혹 보이지나 않나 해서, 더 잘 지켜
보려 하곤 한다. 나는 두세 번 너를 본 줄 착각한 적도 있다.

　그러나 그것은 다른 사람들이었다. 너의 그림자였던 적은 단
한 번도 없다. 그리고 넌 설사 현재 살아 있더라도 나한테 맺힌

원한 때문에 날 찾는 법은 없을 것이다. 꿈조차 꾸지 않을 테지, 단 한 번도. 그래서 내게 남은 것은 너에게 복수를 하는 것뿐이다. 너에게 복수를 하고, 그러한 나 자신에게도 복수를 하는 그런 일밖엔. 나는 사실을 말할 뿐이다. 그 계집년은 나에게서 내 산 아들을 도둑질해 갔다. 남의 아들을 후리는 년은 남의 아들을 훔쳐 가기도 하는 법이다.

애야, 네가 나에게 나를 잊지 않았다는 작은 표시만이라도 보여 준다면, 난 그 계집년을 어쩌지 않겠다고 맹세를 하겠다. 눈짓이라도 보여 주렴. 내가 그 계집앨 벌하면 그건 큰 죄가 되는 거라고. 그러나 너는 아무런 의사 표시가 없다.

내게 들리는 것은 내 새들이 날아오르는 소리들뿐이다. 그들은 나에게 외친다. 해치우라고, 해치우라고. 내 새들은 인간들보다는 이해심이 많다.

그들은 도움을 청하고 있다. 새들의 노래가 그 계집의 노래에 공격을 당하고 있는 것이다. 나는 그 계집의 노래와 새들의 노래가 싸우고 있는 소리를 듣는다. 새들의 노랫 소리가 점점 약해지고 있고, 그 계집의 노랫 소리는 점점 더 기승스러워 가고 있다. 나는 새들을 도우러 가야 한다. 나는 그 계집의 노래들이 어떤 것들인지를 밝혀 창피를 주어 물리칠 참이다.

그 계집앤 아직도 여전히 우리와 같이 집에서 살고 있다. 그러니 그 계집년을 죽이는 것은 손쉬운 노릇이다. 언젠가 내 아들은 집으로 돌아오더니, 방금 현관의 관리실에서 어떤 처녀의 가슴을 만져 보았다고 말했다. 그러면서 그는 웃었다. 나도 웃었고. 나

는 그때 생각했다. 언젠가는 결국 일이 그런 식으로 되어 가고 마
는 것이라고. 그래서 나는 웃지 않았던가. 무슨 일이든지 첫 번
이 견디기 힘든 법이라고 생각하면서 그러면서 멍청해 가지고,
나는 주의를 못했던 거다. 나는 그게 어떤 처녀였는가 묻지조차
도 못했으니까. 며칠이 지나 그 애는 말했다. 자기는 그 처녀에
게 반했다고. 그는 진정이었다. 그래서 나는 물었다. 그 처녀가
누군가고. 그는 대답을 안 했다. 그는 더 이상 내게는 얘길 안 했
다. 그 앤 내 앞에서 털어 놓는 데 겁을 집어먹은 것이었다. 그러
고는 저녁을 먹으러 들어오는 시간이 점점 정확치 못해지는 것이
었다. 나도 그 애에게는 어디를 싸다니지 묻지 않았다. 그 앤 그
러더니 자고 들어오기까지 했다.

　나는 더 이상 참을 수가 없었다. 나는 그 애 뒤를 따랐지. 그
앤 레코드 가게에서 점원 처녀를 만나는 것이었다. 나는 벌써부
터 그 계집애가 아닌가 의심은 하고 있었다. 나는 그들 뒤를 따라
갔다. 그들은 어떤 호텔로 들어갔다. 나는 그것을 방해하지 않았
다. 나는 한 시간 가량 그 건물 주위를 돌았지. 그리고 그 집 안
으로 들어갔다. 아래층의 방들은 사무실로 세를 놓고 있었다. 나
는 계단으로 올라갔다. 아무도 만나지 않고. 이층으로 올라가니,
거기서부터 호텔이었다. 나는 거의 숨도 쉴 수 없었다. 내 심장
은 그렇게 튼튼치 못했어. 나는 문을 두드렸다. 어떤 아낙네가
문을 열어 주었다. 그 아낙네는 의사나 약제사처럼 하얀 가운을
입고 있었다. 나는 슬쩍 한 번 살펴보았다. 말없이. 그리고 질리
는 거였다. 나도 말은 한 마디도 안 했다. 그저 안으로 밀고 들어

섰을 뿐이지. 아낙네는 나를 붙잡으려 했다. 하지만 나는 거기
아무도 없는 것처럼 그냥 안으로 들어가선 복도를 따라 걸어갔
다. 그 아낙네가 나를 방해했다면 나는 필경 그 아낙네를 때려 죽
였을 것이다. 그녀는 비켜 주었어. 그때 나는 그녀의 얼굴에 경
련이 일고 있는 걸 보았다 그녀가 뒷걸음질로 물러나 어떤 방문
앞에서 막아섰기 때문에 나는 내 아들과 그 계집년이 들어 있는
방을 대번에 알 수 있었지. 그런 직업에 종사하는 여편네라면 좀
눈치가 있어야 할 거야.

　내 아들과 그 계집년은 그 문 뒤에 누워 있는 거였다. 내 아들
놈은 불과 몇 주일 전에 사귄 계집애를 끼고 거기에서 누워 있는
거였으니, 그걸로 미루어 보아 내 아들놈이 그 계집애를 꼬드겨
서 호텔을 찾아든 것이 아니라, 그 계집애가 내 아들을 유혹한 것
이 분명했다. 그러고 보니 내 아들에게 가슴을 만지게 한 것도 그
년이 자진해서 그렇게 했던 거야. 나는 그 계집년이 내 아들한테
먼저 반했던 것이고, 내 아들놈은 거기 응했던 것뿐이라는 걸 알
았다. 그년은 눈에 색기를 지니고 있었어. 계집년의 색기 앞에선
사내들은 맥을 못 추는 법이지. 뻗대 봤자 얼마 지탱도 못하는 거
야.

　나는 그 뚜쟁이 여편네 앞으로 다가갔다. 그녀에게서 거의 죽
도록 구역질이 나는 걸 느꼈다. 하지만 마지막 순간엔 그 여편네
가 후다닥 옆으로 비켜났지. 나는 도어를 열어젖혔다. 그것들은
문도 잠그지 않고 있었다. 내 아들놈과 그 계집년은 누가 들여다
보건 말건 그런 건 개의치도 않을 정도로 부끄러움을 몰랐다.

난 그들을, 내가 문 앞에서 그려 보던 것처럼 더럽고 추한 모습으로 발견했다면, 그들을 죽여 버렸을 것이다. 하지만 사정은 그보다도 나빴지. 그들은 아름다웠던 거야. 그들은 잠이 들어 있었어. 이불을 덮은 채. 사내의 머리는 계집의 왼팔 위에 놓여 있었고, 계집의 머리는 사내의 오른팔 위에 얽혀 있었다. 탁자에서는 빨간빛 램프가 타고 있었어. 창문에 처진 커튼은 노란색이었고, 말아 올리는 커튼도 내려 있었지.

나는 더 이상 볼 수가 없었다. 나는 울고 있었던 거야. 나는 울지 않을 수가 없었다. 하지만 울고 싶었던 것은 아니야. 나는 내 아들과 그 계집년이 누워 있는 침대를 불살라 버리려고 호텔로 들어온 것이었다. 그래서 나는 새 성냥갑도 준비해 가지고 왔었다. 그러나 나는 그러지를 못했다. 그저 울면서 몸을 떨고 섰을 뿐이었다. 힘이란 힘은 온 몸에서 쏙 빠진 것 같았다. 그런 나 자신이 나는 얼마나 수치스러웠는지 모른다. 그들은 그렇게도 내 마음에 들었던 것이다. 그들은 행복했기 때문에 그렇게 아름다웠다. 난 또 그들이 얼마나 부러웠는지도 몰라. 나는 그렇게 행복해 본 적이 없었으니까. 나는 내 남편과 한 번도 그렇게 누워 본 적이 없었다. 가련한 늙은 여편네인 나는 어찌해야 좋을지를 몰랐지. 그러는 동안에 나는 점차 그들을 그렇게 누워 있는 대로 내버려 둘 마음이 되어 갔다.

나는 도어를 뒤로 닫으면서 그 방에서 나왔다. 그 뚱쟁이 여편네는 보이지 않았다. 나는 집으로 왔다. 잠자리에 들자 대뜸 떠오르는 것은, 내가 끌어내지 못했던 침대에 누워 있던 내 아들이

었다. 나는 그 밤 한 잠도 이룰 수가 없었지. 날이 밝아 올 무렵
에서야 나는 그 호텔 방엔 돈이 들 것이라는 게 생각났다. 방값은
누가 내는 것일까? 그 계집년이? 내 아들은 그렇게 내버려 둘 아
이가 아니다. 그렇다면 내 아들이? 그 애는 내가 한 잔의 포도주
나 영화구경을 가라고 준 돈을 그런 추잡스러운 짓에 써버린 것
이었다. 그는 아직 몹시 어렸는데도. 그 애는 자동차 수리공장에
서 일을 배우는 견습생이었다. 그 계집애도 역시 어렸다. 오, 맙
소사! 그 계집애도 어렸고, 그 애도 어렸어. 한데 그 계집애는 살
았지만 그 애는 죽었다.

　애야, 그래 넌 정말 죽은 것이냐?

　네가 죽은 걸 내가 의심하다니 내가 미친 모양이다. 네가 죽었
는데도 내가 거리로 나서곤 한다니 내가 미친 것이지 무어냐. 그
계집애가 너를 죽였기 때문에 넌 죽은 거야. 아니지, 그렇지는
않았어. 네가 죽은 건 그년이 너에게 명예라는 건 없다고 말해 준
탓이고, 그렇게 설득한 탓이었다. 그렇기 때문에 사령관이 너를
사형시켰어. 사령관은 네가 제정신이 아니게끔 해준 그 병사들의
복수를 한 것이었다.

　그건 왜냐하면 전쟁이 발발한 탓이었다. 내가 내 아들과 그 계
집년을 발각한 지 나흘 후에 전쟁이 터졌다. 내 아들은 전쟁이 터
진 그날로 징집이 되어 갔다. 우리는 그 애가 떠나갈 때 손 한번
잡지 못했다. 그날 이후 우리는 한 마디의 말도 나누지 못했다.
한때는 내 아들이었던 그 애는 전선에서 편지 한 장 보내 오지 않
았다.

그리고 난 그 계집애를 그후 단 한 번도 만난 적이 없다. 그게
나를 피했다. 왠지는 나도 모른다. 그러나 나는 그것이 그 계집
애의 마음보가 고약해서 그런 것이 아니라는 것은 알고 있다. 그
런 계집애들이란 고약한 마음보도 없는 것들이다. 어쩌면 나를
피한 것은 전혀 아닌지도 모른다. 필경 나를 이미 오래 전에 잊은
탓일 것이다. 마찬가지로 그년은 내 아들도 그렇게 잊은 지가 오
래겠지. 그런 계집년들은 일이 그렇게 되면 당장 새로운 상대를
찾아 나서는 법이니까. 그런 계집년들은 반은 남자인 것들이야.
그 계집년은 분명 나를 피하거나 찾을 시간이 없었을 거다. 분명
이미 오래전부터 다른 사내와 몸을 나눴을 거야. 내 아들과 같이
잤던 호텔의 그 침대에서. 나에게는 그깟 계집년 볶이든 말든 전
연 무관한 일이지. 내게는 그것도 죽은 셈인 계집년이니까.

나는 내 아들의 죽음을 청원했다. 그것은 즉, 그 계집년을 사
랑하는 아들의 죽음을 원한 것이었을 뿐, 나를 사랑하는 아들의
목숨을 위해서는 나는 기도했다. 그러나 나의 기도는 내 청원보
다 약했지. 왜냐하면 그 계집년을 사랑하는 그가 나를 사랑하는
그보다 우세했으니까. 당시 나에게는 두 통의 통지가 와 있었다.

한 통은 군사재판소에서 온 것이었다. 그 편지는 나에게 내 아
들의 심리에 출석을 요망하고 있었다. 나는 거기서 내 아들이 평
소에 늘 착한 아들이었는가를 밝혀야 하게 되어 있었다. 그렇습
니다. 내 아들은 평소에 착한 아들이었습니다. 법무관님. 하지만
늘 그랬던 것은 아니지요. 그렇습니다, 법무관님. 그 애는 냉혹
해졌어요. 레코드판 파는 계집애를 알고부터는, 나는 계속했다.

도중에 나는 내 아들의 편지를 읽었다. 나는 그 편지를 암기할 수가 있다. 앞으로도 난 그건 언제나 외울 수 있을 것이다. 내가 그걸 너희들한테 들려주마, 내 가장 사랑하는 새들아, 아직 내가 사랑하는 유일한 존재인 너희들 새들아. 그 편지는 이렇게 외치고 있었다. 사랑하는 어머님께 용서를 빌어야겠습니다. 저는 무서운 일을 저질렀습니다. 저는 그 때문에 죽게 될 걸 알고 있습니다. 그건 제가 자업자득을 한 일입니다. 와주십시오. 어머님께 말씀드리고 싶습니다. 그것은 전투 때였습니다. 그건 제가 참가했던 첫 번째 전투였습니다. 우리 소대는 이미 삼십 명밖에 안 남아 있었습니다. 나머지 사람들은 이미 전몰해 있었던 것입니다. 적군은 우리를 우리 연대의 주력에서 차단시키고 있었습니다. 우리는 고립되어 있었습니다. 저는 두려웠어요. 우리는 언덕에 포진하고 있었습니다. 그 언덕은 아주 보잘것없이 야트막했습니다. 저희들이 포진한 언덕을 높은 고지들이 사방에서 둘러싸고 있었어요. 우리는 그 고지 사이를 뚫어야 했습니다. 사상자가 무섭도록 많이 났습니다. 둘 중의 하나는 쓰러지는 것이었어요. 저는 내내 무사했습니다. 그러나 그럴수록 두려움은 더해 가는 것이었습니다. 저는 죽고 싶지 않았습니다. 저는 제 아가씨를 생각했지요. 그 애는 귀여운 아입니다. 저는 그 아가씰 사랑해요. 그 애도 저를 사랑하고요. 그리고 어머님께서 그 앨 반대하신다는 것도 전 알고 있습니다. 하지만 제발 부탁이니 한 번만 그 아이와 얘길 나눠 봐주십시오, 그러시면 어머님도 저희 편이 되실 겁니다. 오 맙소사! 전 마치 아직도 모든 게 다시 한 번 좋아지거나 할 것처럼 말하고 있군요. 저는 그게 그렇게 되지 않을 것이라는 걸 압니다. 잉크가 번진 걸 용서하십시오, 어미님. 제가 운 탓입니다. 그리고 운다는 것은 군인에게 역시 금지된 일이죠. 그렇다면 군인이란 도대체 어떠해야 된다는 건가요. 아무렇지도 않아야 한다는 겁니다. 단지 군인에게 허용된 단 한 가지는 죽어야 된다는 것뿐입니다. 우리는 언덕 위에서 죽어 갔습니다. 우리는 언덕 위에 있는 농가로 몸을 피해 보았지만 그것도 소용없었습니다. 그건 단층짜리 집으로 지하실도 없었습니다. 적은 우리에게 기관총으로 일제 사격을 해왔습니다. 그리고 유탄 사격을 가해 왔어요. 그들의 비행기 또한 우리들을 갈겨댔고요. 고원의 나무숲에 숨은 적의 저격병들은 우리를 하나하나 명중시키고 있었고요. 그런데 우리에겐 무기라고는 소총밖에 없었습니다. 그나마도 모두가 소총을 가진 것도 아니었죠. 물론 전우들이 수없이 죽어 갔기 때문에 소총은 곧 빠짐없이 지니게 되었지만요. 빠짐없이가 아니라 남아돌게 충분해졌지요. 우리 소대가 열다섯 명으로 줄어들었기 때문입니다. 나머지 열다섯은 전사했거나 중상을 입고 쓰러진 겁니다. 우리 전사자들을 끌어 모아 농가 담에다 기대 세워 놓았습니다.

우린 숫자가 그렇게 적은 걸 알면 그들이 돌격해 올지도 모르는 것이었으니까요. 전사자인 줄 알았던 사람 중엔 아직 숨이 안 넘어간 사람들도 있었습니다. 그들은 재차 총탄 세례를 받고 아주 죽어 갔어요. 우리의 탄약이 떨어지자 적은 돌격을 해왔습니다. 전우들 중에는 자살을 하려고 장화에서 칼을 뽑아드는 사람

도 있었습니다. 그러나 저는 무섭기만 했습니다. 저는 내가 누구
이고, 어디에 와 있는 것인지, 모두 다 잊었어요. 저는 다시 한
번 어린아이가 되었던 겁니다. 저는 납작하게 땅에 엎드렸어요.
제 주위의 사방에다가는 죽은 전우들을 끌어다 놓았습니다. 그렇
게 하면 나는 총탄을 안 맞을 수 있을 것 같았어요. 우리 소대장
이 그때 나에게로 기어와서 물었습니다. 웬일이냐? 저는 대답했
어요. 난 무섭습니다. 그러자 그는 소리쳤어요. 이놈아, 너 미쳤
구나! 그렇습니다. 어머니. 전 미칠 지경이었습니다. 미치지 않
곤 있을 수가 없었어요. 전 무서워요. 수치도 모르느냐, 이놈아!
소대장이 다시 소릴 질렀습니다. 네, 수치스럽습니다. 그렇게 나
는 대답했습니다. 그러나 몸은 꼼짝 않고 엎드려 있었습니다. 전
무서웠어요. 일어섯! 하고 소대장은 소리쳤습니다. 저는 일어나
보려 했어요. 그러나 일어설 수가 없었습니다. 그저 무섭기만 한
거예요. 자살을 해라! 우린 모두 자살을 하는 거다! 그러나 저는
다른 짓을 했습니다. 저는 구멍을 파기 시작한 거예요. 그 구멍
에 날 눕히려고요. 그래서 적이 언덕을 점령해도 나를 찾아내지
못하게 하려고요. 저는 손톱으로 열심히 팠습니다. 장화 발부리
로도 팠어요. 정신없이 무서웠습니다. 저는 그 모든 것이 소용없
을 건 알았어요. 하지만 그래도 저는 죽자고 그 짓을 계속했습니
다. 미치게 무서웠으니까요. 소대장은 단념하고 가버렸습니다.
그러자 옆의 전우들은 나에게 침을 뱉었어요. 하지만 저는 상관
않고 파고 또 팠습니다. 전 죽을 지경이었어요. 무서워서. 적이
언덕을 점령했을 때 보니까 제가 엎드려 있던 곳엔 닭이 알을 까

려고 파놓은 것 같은 구멍이 네 개 파여 있더군요. 살아남은 사람
들은 모두 포로가 되었습니다. 그러다가 양측에선 임시 휴전을
맺고 포로 교환을 했어요. 교환되자마자 저는 체포되어 군법에
부쳐졌습니다. 내주에 저에 대한 심리가 있을 거예요. 저는 변호
인으로 어머니를 선정했습니다. 도와주세요. 용서하고 도와주셔
야 합니다. 어머니의 아들을요. 나는 그 애를 용서하지 않았다.
나는 그 애를 도와주지 않았다. 나는 그 애에 관한 것은 모두 털
어놓았단다. 새야, 나는 그랬어. 마치 너한테 하나도 숨기는 사
실이 없는 것처럼 말이다. 그 애는 총살을 당했지. 정당한 처벌
이었을 거야. 설사 내가 그 애를 돕기 위해서 없는 소리를 지어
했더라도 그 애를 살릴 순 없었을 거야. 하지만 난 애초에 그 애
를 도울 마음이 없었어. 그 애를 살린다는 것은 그년에게 그 애를
다시 돌려보낸다는 거나 매한가지인 일로 생각되었으니까. 그 애
를 살리고, 그 계집애를 죽이면 되기는 할 테지만 사람을 직접 죽
인다는 건 그렇게 선뜻 되는 게 아니거든. 사람을 죽이려면 많은
준비가 있어야 하는 거야. 마음의 준비가. 하지만 이젠 그 마음
의 준비가 다 되었구나. 그래서 나는 오늘 밤에 해치우려는 거다.
바로 이 길거리 위에서.

　새야, 너도 도와주겠니? 물론 너흰 도와주겠지. 난 너흴 알아.
우린 그 동안 그렇게 쭉 통사정을 하면서 털어놓고 지내 왔으니
까. 난 실수 같은 건 없을 게다. 이제 곧 그 계집년이 레코드 상
회에서 이 길로 돌아올 게다. 그 계집년은 오늘이 야근이거든.
그래서 이렇게 늦지. 난 이제 집에 좀 들어갔다 나와야겠다. 하

지만 곧 나오지.

　제발 실수 같은 건 없어야 할 텐데. 실수 같은 건 있을 수가 없어. 내 아들을 총살시킨 장본인은 결국 그년이니까. 나는 그년을 죽이고야 말겠어. 어떻게 해서든 오늘 밤 안으로. 나는 그럴 권리가 있어. 그리고 세상의 재판 같은 건 겁내지도 않아. 두려울 것 하나 없다고. 나는 내 아들을 죽인 년을 죽이는 것이니까.

8. 이른 봄

"**누**가 알아요, 언젠가는 내가 당신을 쫓아내고 말지. 그 래요, 난 당신을 이 집에서 쫓아 낼 거예요. 물론 보따리 하나는 꾸려 줘가지고 쫓아 내겠지요. 당신은 보따리를 겨드랑이에 끼고 서서 힐끔힐끔 날 살피겠지요. 혹시 내가 그냥 있으라고나 할까 하고. 그렇지만 어림없어요. 난 까딱 안 해. 입 꼭 다물고 상관 않는 눈초리로 당신을 바라볼 거예요. 마치 길 가는 낯선 사람을 보듯. 그럼 당신은 어정어정 돌아서서 문께로 가겠지요. 문은 당신 뒤에서 쾅 닫힐 것이고, 그럼 당신은 쫓겨날 것이고, 밖은 낙엽이 우수수 떨어지는 가을인 거예요. 낙엽 하나쯤은 당신 어깨 위에도 내려앉겠지요. 당신은 거기서 또 한 번 돌아다볼 거예요. 그렇지만 난 창가엔 서 있질 않죠.

실은 창가에 서 있지만 커튼이 가려서 밖에선 안 보이게 하고 서 있는 거예요. 그래서 당신은 날 못 봐요. 난 당신을 보지만 당신은 뜨락문을 삐거덕 열고 나서면서 창피해 가지고 주위를 두리번거리지. 그러다가 호수께로 나가는 바른쪽 길로 접어들어요. 동네로 나가는 왼쪽 길엔 사람이 보이니까. 그렇게 호수께로 가노라면 낯선 개가 한 마리 코를 킁킁거리며 당신 뒤를 따라가지요. 그건 내가 당신 보따리에 불쌍해서 가다 먹으라고 순대를 한 덩이 넣어 줘서 그 냄새를 맡고 그러는 거예요. 하지만 당신은 보따리에 순대가 있는 걸 모르기 때문에 왜 개가 자꾸 쫓아오는질 몰라요. 그래 바지에다 모르는 사이에 뭘 싸지나 않았나 해가지고 가랑이를 한 손으로 만져 보기도 하죠."

"집어 치워!"

사내는 얼굴을 잔뜩 찌푸리고 소리질렀다. 눈물까지 질금거리는 것은 저녁 나절부터 마신 술 탓인지도 모른다.

"왜 애매한 개까지 끌어들이는 거야! 개가 우리하고 무슨 상관이 있어!"

그러나 아낙은 웃었다.

"왜요? 못 견디겠어요?"

그러면서 그녀는 자기의 술잔을 그가 술을 따라 주도록 내밀었다.

"당장 그 갤 걷어치우지 못하겠어?"

사내는 술을 따라 주며 소리질렀다. 그러나 아낙은 끄떡 않고 버티더니 딴 소리를 했다.

"하지만 어쩌면 또 내가 당신을 버리고 나갈지도 몰라요. 누가 알아요? 정말 내가 나가 버리고 말게 될지, 안 그래요?"

"흥, 그래 가지군 서커스단에서 임종을 하겠지."

그 사내는 아낙의 나중 말에 기운이 솟았다.

"당신 같은 뚱볼 써줄 곳이 서커스단밖에 더 있나. 그래도 애들은 에미가 없어졌다고 한동안 당신을 찾을 거야. 엄마가 어디

갔느냐고. 애들이 불쌍해서도 난 당신을 찾지. 그렇지만 찾을 수
가 없지. 당신은 서커스단엘 들어간 것이니까. 그래서 세월이 얼
마쯤 지났을 때 한 오륙 년쯤, 임자가 속해 있는 서커스단이 우리
동네로 오지. 아이들이 구경을 가자고 졸라대서 난 아이들과 같
이 구경을 가요. 우리는 새 셔츠에 예쁜 조끼들을 입고 관람석에
점잖게 앉아 구경을 하지. 그러면 당신은 빼빼 마술사의 조수로
등장을 해요. 그 뚱뚱한 체구를 해가지고 빼빼에게 집비둘기 따
위를 내주고 받는 당신 모습을 몰라보는 거거든. 하지만 난 당신
을 알아보지. 아이들은 배꼽을 잡아요. 애들이 이미 당신을 몰라
보는 거야. 하지만 난 당신을 알아보지. 그래서 눈물을 흘려요.
불쌍해서. 그렇지만 아이들한텐 아무 말 않지. 저게 너희들 에미
라고 했다간 애들이 얼마나 슬프겠는가 말이야. 그러니까……."
　사내는 신이 나서 킬킬거렸다. 아낙의 술잔을 잡은 손이 바르
르 떨리고 있었다. 눈물이 왈칵왈칵 쏟아져 나왔다.
　"왜 하필이면 마술사의 조수로 취직을 시키는 거예요?"
　아낙은 소리질렀다.
　"집어 치워요!"
　"하지만 임자가 집을 나가서 할 일이 그런 것밖에 더 있겠어?"
　사내는 의기양양했다. 그가 이긴 것이다. 그러나 아낙은 그걸
로 포기하지 않았다. 반격을 가해 왔다.
　"흥, 당신이 생각해 본다는 건 기껏 자기 여편넬 서커스단으로
팔아먹는 거겠지. 맞아요. 하지만 당신도 결국은 죄받아서 서커
스단으로 들어가게 되고 말걸요. 틀림없어요. 그래서 어느 날엔

가 내가 있는 서커스단과 당신이 속해 있는 서커스단이 한 동네에서 만나게 되죠. 하지만 우리 서커스단은 돈벌이가 잘 되고, 당신네 서커스단은 다 망해 가는 서커스단이에요. 게다가 우리와 같은 곳에 판을 벌이게 되니 당신네 쪽엔 찾는 사람이 없죠. 그래서 파산을 해요. 우리 단장은 당신네가 불쌍해서 가서 이것저것을 사줘요. 그네랑 곰이랑 뭐 그런 걸요. 나도 그 자리에 같이 갔다가 다 사고 돌아서려고 할 때 말하지요. 우리 단장한테 말예요.

—단장님, 저기 저 늙은이도 사주죠. 어릿광대로는 아직 쓸 만도 할 것 같으니까요. 그러자 당신네 단장도 거들고 나서요. —그러문입죠. 이 늙은인 어릿광대로는 최곱니다요. 힘이 없어 제대로 걷지도 못하지만 그게 아이들을 웃기거든요. 비실거리면 픽픽 자빠지는 걸 보면 안 웃는 아이가 없어요. 어른들도 웃는 걸요. —당신은 날 애원하는 눈길로 바라보죠. 왜냐하면 우리 단장은 송장을 칠 생각은 없는 얼굴이거든요."

사내와 아낙은 충혈된 눈으로 서로 노려보았다. 아낙의 눈에는 승리의 빛이 감돌았다.

"사세요, 단장님. 뒤는 제가 책임질게요. 하고 내가 말을 해주지요. 당신의 꼴이 너무 불쌍해서 단장은 내가 책임진다는 조건 하에 당신도 사들여요. 하지만 당신은 우리하고 같이 가지도 못하지요. 너무 쇠약해져 있어서 몇 걸음 따라오다가 푹 꺼꾸러지고 마는 거예요. 그게 당신의 마지막이죠."

그러나 그쯤 되자 아낙네의 눈에서는 승리의 빛 대신 그 불쌍한 정경에 눈물이 왈칵 스며 올라왔다. 사내는 입을 삐쭉거렸다.

"그래, 좋다. 날 그렇게 죽게 하고 어서 임자나 그 돈 잘 버는 서커스단에서 잘 살아라! 임자가 처먹고 생각한다는 게 그 따위밖에 더 되겠어!"

사내는 너무 슬퍼서 소리도 크게 지를 수 없었다.

"흥, 멀쩡한 사람을 먼저 서커스에 취직시킨 게 누구길래?"

아낙도 제물에 비감해져 가지고 우는 소리를 내었다.

"자기가 날 먼저 그렇게 해놓구선 오히려 날 야속하다고 그러고 있어! 난 그 따위 서커스단은 아무리 돈 잘 번데도 다 소용없어! 집이 제일이야!"

"뭐라고? 내가 먼저 시작했다고? 날 집에서 먼저 내쫓은 게 누군데 그 따위 소리야! 당신이 날 먼저 낙엽이 우수수 떨어지는 밖으로 보따리를 하나 들려 가지고 내쫓았지 뭐야! 게다가 개까지 한 마리 따라오게 해놓구선!"

아낙은 자기가 너무 했구나 싶었다. 그러나 버텼다.

"당신이 날 먼저 건드렸으니까 내가 그랬겠지. 괜히 그랬겠어요!"

"여하튼 난 임자를 내쫓진 않겠어!"

"좋아요. 그럼 나도 당신을 내쫓진 않겠어요."

"당신은 벌써 날 내쫓았어!"

"그 얘긴 채 끝났던 게 아녜요."

"여하튼 내쫓았던 건 사실 아니야!"

"전, 당신을 다시 부를 거였어요."

"부른다고 내가 돌아갈 것 같아?"

"안 돌아오시겠어요, 그럼?"

"몰라, 얘길 들어봐서 돌아갈 거면 돌아가는 거지."

그래서 아낙은 다시 이야기를 시작했다.

"당신은 호수 쪽으로 갔어요."

"잠깐, 그 개는 어떡허구?"

"개는 빼겠어요."

"아까 나왔어. 아까 있던 게 지금 없다면 말이 돼?"

"좋아요. 개도 등장시키겠어요. 개는 당신 뒤를 쫓아가지요. 그렇지만 그 순대 냄새가 자기 몫으로 오기엔 너무 맛있는 물건인 줄 알고 몇 발짝 따라가다가 돌아서고 말아요."

"갓 쪄낸 순댄가부지?"

"그럼요, 아주 갓 쪄낸 순대죠."

"그래서? 그래서 어떻게 돼?"

"당신은 호숫가에서 정든 집을 다시 한 번 돌아보죠."

"그러군?"

"그러군 보트에 오르죠. 하지만 그때 담배를 잊고 나온 걸 알아요. 그래서 어떻게 할까 망설이고 있는데 제가 담배를 가지고 쫓아 나오죠. 당신은 담배를 뽑아 물어요."

"내가 성냥을 가지고 있나?"

"아뇨, 성냥도 가지고 있지 않아요."

"당신이 성냥도 가지고 나왔나?"

"내가 왜 성냥을 가지고 나가요?"

"그럼 담배를 어떻게 태우라고?"

"집에 와서 태우면 될 거 아녜요?"

"집에 와서 담배를 태우고 나면?"

"그땐 제가 못 나가게 잘해 드리지요, 뭐."

"흠, 어지간히 잘 해주지 않곤 힘들걸."

"아주 잘해 드릴 거예요, 전."

그러나 농사철이 되기엔 아직도 이른 봄이었다.

9. 곰잡이

"곰 잡으러 갑세!"

두 미국인 친구 바브와 제임스에게 한 나의 제안에 따라 5월의 어느 화창한 아침, 우리는 시에라네바다 남쪽 끝의 소도(小都) 루이스타운을 출발, 산악 지방을 향하게 됨으로써 요세미테 계곡의 원시적 낭만에 가득 찬 자연보호지역을 볼 수 있게 되었다. 우리는 제임스의 고물 차—18년 전 애주가인 순회 목사와의 놀음판에서 제임스가 딴 것이라 했다—를 도로변에 세워 놓고 햇볕 아래 앉아 흰 빵, 삶은 달걀, 꿀, 셀로판지로 싼 맨체스터 치즈 등 갖고 온 아침식사를 시작했다. 그래서 기분이 느긋해지자 소형 휘발유 버너에 불을 댕겨 홍차와 커피를 끓이고 이내 진에 강장제를 섞어 술판을 벌이기 시작했다. 첫 잔—진 3분의 1에 강장제 3분의 2—은 이미 끝나고, 두 번째 잔—진 반(半), 강장제 반—역시 끝나가는 판인데, 아일랜드 출신의 지독스런 술고래인 제임스가 따른 세 번째 잔은 이미 진 3분의 2에 강장제 3분의 1 비율의 사태로 급진전되어 있었다.

"만사 순조롭겠다. 원숭이 한 마리 잡을 때마다 한 잔씩 천천히 들어 볼까."

제임스가 얼근해진 기분에 흥얼거렸다.

"아니지, 곰부터 시작해야겠지?"

그러자 특유의 희한한 솜씨로 빵에다 꿀을 늘여 붓고 있던 바브가 그에게 분명히 밝혀 일러 주었다.

"곰은 자연보호법의 보호를 받고 있어. 곰이라면 껍질은커녕 털끝 하나 까딱해도 안 돼. 여기는 산림청 보호구역이란 걸 명심해 두라고. 더구나 권총 한 자루 없는 주제에 무슨 허튼 수작이야."

"생포하면 되지!"

내가 대꾸했다.

"사냥이 아니고 말이야!"

"운수가 대통한다면 안 될 일도 아니겠지."

제임스는 잔을 반쯤 비우고 말을 이었다.

"한두 마리의 곰쯤은 틀림없이 만나게 될 테니까. 그럼 차 밖으로 봉봉 과자라도 좀 던져 주고 초콜릿도 줄 수 있거든. 하지만 그러다 보면 그놈들은 우릴 못살게 굴고 공세를 취할지도 모를걸—더구나 자네가 곰을 잡으러 나선 외국 친구라는 걸 안다면 외상없지."

그는 다 비운 진 병을 손으로 몇 차례 흔들더니 숲 속을 향해 획 던져 버렸다.

"한 병 더 가져와."

그는 바브에게 말했다.

바브는 차로 갔다. 차는 오늘따라 너무 형편없이 엉망으로 보였다. 물론 네 바퀴와 차체는 성했으나 고물일망정 리무진이라는 것쯤은 능히 알아볼 수 있었겠으나 몇 년 형인지는 맞추기 어려울 지경이었다. 전에는 동양에서도 그런 형(型)의 차를 사용한 적이 있으니 말이다. 브레이크와 휘발유 흡입 장치는 발을 써야만 말을 들었다. 그러나 연동 장치만은 희한하게도 아직 쓸 만했다. 앞좌석과 뒷좌석 사이에는 미닫는 유리벽이 있어 칸막이로 쓸 수 있었다. 짐을 얹는 선반도 없어 우리가 휴대한 식량은 운전석 곁의 나무 박스 속에 아무렇게나 처박혀 있었다. 바브는 나무 박스에서 병을 꺼내 뚜껑을 돌려 열어 각 잔에 따랐다.

"너무 많이 마시진 않는 게 좋아."

나는 의젓하게 타일렀으나, 제임스는 "시어 꼬부라진 도덕가." 운운(云云)하며 투덜댔고, 바브는 침착한 농담을 해댔다.

"우린 아침식사를 하고 있을 뿐이네."

제각기 여섯 잔째의 '아침식사를' 마치고 난 뒤, 나는 숲 속으로 좀 들어가 앉아 보자고 제의했다.

제임스는 불평을 해댔지만 결국 따라서 일어났다. 우린 물건들을 먼저 있던 운전석 옆자리에 그대로 갖다 두었다. 이것이 그 놈을 유인한 모양이지만, 원래 법규상으론 이런 일은 제한돼 있었다.

20분 뒤 우리가 돌아왔을 때 일어난 일이었다.

내가 몇 발 차 앞으로 가보니 누군가가 차 안에서 무얼 먹고 있었다. 나는 뒤의 친구들에게 조용하라고 손가락을 입술에 갖다 대 보였다. 그러곤 차 뒤쪽으로 접근해 갔다.

"신기한 일이로군!"

제임스는 휫 소리를 내어 보이고 나서 십자를 그었다.

"저놈을 어떻게 끌어내지."

"문을 닫았어야 했는데."

바브는 자신의 실수를 나무랐다.

그러나 차문이 열려 있었던 게 얼마나 다행스러운 일인가고 생각하며, 나는 숨소리를 죽여,

"내가 닫고 오지."

하고 말했다.

바브와 제임스에게 그대로 있으라고 이르고 나서 조심조심 접근해서 문을 쾅 닫아 버렸다. 요행히도 창문은 닫혀 있었으니망정이지.

한데, 내가 기대하던 일은 일어나지 않았다.

앞발로 꿀컵을 잡고 있던 곰은 휙 머리를 돌렸으나—그 모습이 마치, 우리가 말을 걸 때 공손한 태도를 취하지 않으면 고개를 휙 돌리는 역(驛)의 출찰계원 같았다. 이내 무사태평한 태도로 거대한 검붉은 혓바닥으로 다시금 컵을 핥기 시작하기는 했지만.

즉시 뒤쪽으로 돌아가서 차문이 잘 닫혔는가 살펴보았더니, 차문이 어찌나 굳게 닫혔던지 여간해서 열리지는 않을 것 같았다.

차에서 약 10보쯤 떨어진 곳에서 우리는 구수회담을 열었다.

"저놈은 여전히 태평성대로군. 하지만 다 먹어치우고 나면 정세는 달라질 걸. 너무 어마어마하게 큰데. 그놈을 부추겨서는 안

되겠어." 제임스의 말이었다.

"그놈이 나온다 해도 그렇지. 그럼 우린 어디로 가지?"

바브가 말했다.

우린 곰곰 생각해 보았다.

결국 내가 입을 열었다.

"우리가 안전하게 있을 수 있는 곳은 한 군데밖에 없어. 차 뒤 칸에 들어가 있어야 한다고. 뒤칸에 몰래 타고 있다가 그놈이 꺼질 때까지 문을 꼭꼭 잠그고 기다리는 거야. 그렇잖으면 그놈을 쫓아 버리든지."

"자넨 곰을 잡을 생각이군."

제임스가 빈정댔다. 하지만 결국 그도 내 말이 좋다는 것쯤은 이미 알고서 한 소리였다.

곰은 컵을 다 핥고 나자, 바로 곁에 있던 상자 속을 마구 뒤적 거렸다. 초콜릿을 까더니 먹기 시작했다.

그러는 동안 우리는 차 뒤칸으로 몰래 올라탔다. 곰은 그걸 눈 치채지 못하고 있었다.

우린 서로 껴안은 채, 곰이란 놈이 셀로판지를 앞니로 꽉 물어 벗겨내고서 치즈를 베어 먹는 꼴을 관찰하고 있었다. 입을 우물 거리면서 치즈를 다 먹어치운 곰은 술병을 하나 골라잡았다.

제임스는 곰이 손에 든 게 위스키 병임을 알자 소리까지 지르 며 칸막이 유리를 두드리고 입맛을 다시는 판이었다. 곰은 몸을 돌렸다. 두 눈이 야릇한 빛을 발했다.

병을 그대로 들어 속에 든 것을 목구멍으로 넘겨 보려는 몇 차례 헛된 노력을 치른 뒤 이빨로 뚜껑을 떼버리고 정신없이 들이마시기 시작했다. 그러나 그 생전 처음 보던 액체가 그의 장 속에 들어가자, 갑자기 속이 타올랐던 모양인지 병을 떨어뜨리고 마구 날뛰기 시작했다. 그는 좌석 위에서 고꾸라졌다. 일어나서 이리 비척 저리 비척거리더니 문이며 운전대며 연동 장치에 마구 부딪쳐댔다. 그때 우리는 갑자기 차가 서서히, 아주 서서히 움직이고 있음을 느꼈다. 노폭이 넓기는 했으나 경사는 역시 심한 편이어서 우리의 차가 움직이고 있다는 사실이 꿈이 아닌 바에야 이대로 있다간, 당할 일은 너무도 뻔하지 않은가!

차가 움직임으로써 비로소 그놈은 자기가 생포되었다는 사실을 깨달은 모양인지 불안과 공포에 사로잡혀 감방 밖으로 뛰쳐나가려 몇 번인가 시도해 보았다. 여기저기를 살펴보고 밀쳐 보기도 하며 문을 열려고 여러 차례 애를 썼다. 뻔히 밖이 내다보이고 아무것도 손에 잡히지 않는 것 같은데도 유리창은 그가 밖으로 나가는 것을 가로막고 있었으므로, 이번엔 눌러 부술 양으로 문을 밀쳤으나 역시 허사였다. 이렇듯 난리를 피우는 동안 저 엉터리 운전사의 지그재그식 마구잡이 운전 탓으로 차는 오른쪽 왼쪽으로 휘청거리며 달려 내려가다가, 곰이 브레이크에 부딪치면 갑자기 급정거를 했고 발이 브레이크에서 떨어지는 순간 다시 움직이면서 차의 속도는 서서히 그러나 점차 가속을 얻었다. 한데도 숲 속에 굴러 박지 않은 것은 기적 같은 일이려니와, 더욱 경탄할 노릇은 곰이 핸들의 기능을 터득한 듯 처음엔 제멋대로 잡고 흔들더니 차차, 마치 서커스의 자전거 타는 곰처럼, 핸들을 조종하

는 게 점차 그럴 듯해지는 것이었다. 핸들에 두 앞발을 올려놓고
오른쪽으로 미끄러지고 또는 왼쪽으로 미끄러지는 폼이 불안하
게만 보였다. 그럴 때마다 짜증스런 듯 툴툴댔다. 우리가 아무리
감탄해 봐준다 한들 그놈의 운전 솜씨는 기껏해야 아직 초보도
들어서지 못한 운전학교 입학생에 지나지 않았다.

엉망이 된 뒷좌석에 앉아 전신에 땀투성이가 된 우리는 결국
해결책을 모색해 내지 않으면 안 되었다.

"문을 열고 밖으로 나가세!"

바브가 입을 열었다.

"앞문을 열어 줘, 그놈이 밖으로 굴러떨어지게!"

내가 제의했다.

"그렇게 하세!"

제임스가 소리쳤다.

나는 뒷문을 열고 바브는 나를 꼭 잡아 주었다. 앞문은 물론
닫혀 있었으니 열어야겠지만 앞문을 연 다음에 뒷문을 또 잽싸게
닫아야 했다.

그러나 곰은 마치 그 차(車)가 자기의 소유물이나 되는 양, 뒷
자릴망정 그게 사람들을 위해 만들어 놓은 것일 테냐는 듯, 격노
해서 펄펄 뛰었다.

그러나 그때 갑자기 의자 밑으로 미끄러져 떨어졌기 때문에 전
체중이 브레이크에 가해졌다. 브레이크 소리가 삐익 하고 요란하
게 울리는 동시에 우린 서로 엎치고 덮치며 부둥켜안았다. 차체
는 가로 세로 까불리며 급정거를 했다.

"나가세!"

제임스가 소리치며 차 뒤 오른쪽 문을 열어젖히고 숲 속으로 뛰어들자 바브도 그의 뒤를 따라 몸을 숨겼다.

그들과 같은 행동을 취하려는 찰나 나에겐 대체 곰을 저대로 내버려 둔다는 게 무슨 해결책이 되랴 싶은 직감적 의문이 솟아올랐다. 지금까지 멋지게 이끌어 온 모험을 결말을 못 보고 중단시킨다는 게 도시 못난 짓거리가 아니고 무어랴 싶었다. 이미 잡아 놓은 곰을 이제 와서 제발로 도망치게 하다니.

곰은 빠져 나가려는 자신의 노력이 절망적이라 생각했는지 으르렁대기 시작했다. 이러고 시간을 허비하며 보고만 있을 때가 아니었다.

나는 재빨리 밖으로 튀어나가 왼편 앞바퀴 밑에 돌을 괴었다. 다음 열려진 뒷문을 통해 차 안으로 몸을 굽혀 밀어 넣고 앞뒤 좌석간의 칸막이 창문 하나를 옆으로 밀쳐 열고서, 가볍게 혀를 차 보여 줌으로써 곰을 이쪽으로 불러내리려고 했다. 미끄러져 떨어진 곰을 어떻게든 다시 일어나도록 해줄 셈이었다. 그러자 그놈은 핸들 밑에서 다시 일어나 좌석을 붙들었다. 일단 몸을 일으킨 곰은 마침내 차 뒤칸의 훨씬 넓은 공간으로 나와 열려진 뒷문을 통해 밖으로 나가려 했다.

순간 뒷문이 나의 재빠른 동작으로 닫히고, 곰이 뒷좌석에 쿵하고 쓰러지는 소리를 듣는 찰나 나는 우측 앞문을 확 열고 칸막이 문을 다시 밀어 닫았다. 유감스럽게도 뒷좌석에 떨어뜨리고 온 셰리주(酒) 병을 못 꺼내긴 했지만, 아직도 족히 3분의 2는 남아 있는 이 술병 뚜껑에는 입맛이 쩍쩍 당기는 알코올 성분이 묻어 있었다. 곰은 병을 들어올려 병 주둥이를 핥더니 이내 엉성하게 반쯤 눌러 꽂은 코르크 마개를 이빨로 뽑아 버리고, 처음엔 주저와 의구심에 망설이며 홀짝거리더니, 맛을 알고 나서는 꿀꺽꿀꺽 단숨에 해치웠다.

나는 차 밖으로 뛰쳐나가, 호기심에 못 견뎌 나무 뒤에까지 다시 접근해 와 있던 제임스와 바브를 소리쳐 불렀다. 좌측 앞바퀴에 괴어 두었던 돌을 앞으로 치워 버리고 급히 차에 뛰어오르는 한편, 두 친구에게 "올라와! 빨리 올라 타!"라고 소리지르며 엔진을 가동시켰다.

이미 그놈은 녹초가 됐을 게 분명한 일이었건만, 두 친구는 대단한 결심이라도 한 듯 돌연히 차 안으로 뛰어들었다. 브레이크를 풀고, 우리는 엔진조차도 덜컹거리며 뛸 정도로 질주했다.

계속해서 달리기만 했다.

구경할 경황이 어디 있었겠는가. 한데도 제임스는 노상 같은 얘기만 되풀이했다.

"녀석 또 마시고 있군. 어째 조용한 걸. 꽤나 오래도 잔다. 다시 일어났어! 또 쓰러지는데. 빌어먹을 놈, 술도 제대로 못하는 주제에!"

그러더니 갑자기,

"뻗어 버렸는걸."

하고 소리쳤다.

"내버려 둬."

바브가 대꾸했다.

"그거야 길조지."

바브의 말대로, 곰은 다 해진 의자 위에 네 활개를 펴고 잠이 들었다.

"어디로 가는 거지?"

제임스가 물었다.

"루이스타운으로—"

내가 대꾸했다.

"암, 그 녀석을 루이스타운으로 보내 주자."

바브가 맞장구쳤다.

"이건 밀림의 전설이 되겠는걸!"

그리하여 다음 번 길이 갈라지는 곳에서 방향을 바꾸어 우리가 아침식사를 하던 장소를 지나 계곡을 따라 루이스타운 방향으로 귀로를 잡았다.

도로변에서 곰 두 마리가 일어선 채 앞발을 내밀고 먹을 것을 달라고 했다. 제임스는 봉봉 과자를 몇 개 던져 주며 "미안, 우린 길이 바빠요, 선생." 하고 소리쳤다.

거의 두 시간 가량 달린 뒤에야 곰이 아직도 녹아 떨어져 있다는 걸 알고, 첫 번째 술집 앞에서 차를 세웠다. 제임스는 위스키와 셰리주를 가져다가 셰리주 병의 뚜껑을 반쯤 따서 잠을 자고 있는 곰의 곁에 조심스럽게 놓아 준 뒤, 차를 계속해서 몰았다.

우리의 생각은 적중했다. 루이스타운에 도착하기 반시간 전 곰은 깨어 일어나 병뚜껑을 벗기고 게걸스럽게도 셰리주를 꿀꺽

꿀꺽 마셔대곤 다시 잠이 들었다.

차는 계속 달렸다. 낮 한 시경 루이스타운에 들어서 시청 앞에 차를 세우고 사건 경위 조서를 제출했다. 보안관이 경찰관 여섯 명에 로프, 기관총 1정을 준비하고 나왔다. 보안관이 차문을 열었을 때 비로소 소도(小都) 루이스타운에 와 있다는 느낌이 들었다.

그들은 곧 곰의 잠을 깨웠다. 마침내 그놈은 네 발로 기어 나와 잠이 덜 깬 흐리멍덩한 눈으로 사람들을 둘러보더니 비척거리며 뒷다리를 깔고 앉아 버렸다.

"묶고 싶으면 누구든 묶어 보렴. 난 완전히 취해 버렸으니."

곰은 이렇게 혀 꼬부라진 소리로 웅얼거리는 듯했다.

그는 서서히 균형을 잃고 쓰러져 버려 들것에 실리어 구급차로 운반되었다. 그리하여 구급차에 실린 곰은 그날로 요세미테 계곡의 숲 속 정규 곰의 생활로 돌아갔던 것이다.

10. 사랑하는 친구 테미스토클레스

마르크 대 드라크마의 환율이 1대 1.4가 아니면 그 반대였던 시절이었다. 당시 나는 독일인 동료 두 명과 카네아의 카토 코운 카피 부근에 살고 있는 노처녀 엘레니의 집에서 기거하고 있었는데, 그들은 나도 독일인으로 알고, 실은 몇 차례나 그게 아니라고 말을 해주었는데도 그들이 알아듣질 못해 나중엔 그냥 내버려 두고 말았지만, 나도 '게르마노스'라고 불러 주고 있었다. 우리는 우리 세 사람의 나이를 모두 합쳐 봐야 칠십이 아직 미만인 한창 나이였다. 구십 세를 헤아리던 이 집 늙은 할머니는 우리들 때문에 자기들 몫의 방까지 내놓아야 했던 까닭에, 잠자리를 부엌에 봐드리는 형편이었다. 겨울이면 부엌엔 이 집의 단 하나밖에 없는 소형 목탄 난로에 불을 벌겋게 피워 두었으므로 할머니에겐 더없이 따뜻하고 포근한 잠자리였다. 할머니의 먼 눈과 거센 매부리코는 벽에 유령 같은 그림자를 비춰냈는데, 딸의 나이 정도 땐 아직 할머니도 월 7백 드라크마씩은 벌어들일 수 있었다는 사고방식을 갖고 있었다.

이로써 추측건대, 카토 코운 카피는 별장이 절대 아니라는 것, 사실상 우리가 그곳에서 누렸던 가문 좋다는 평판은 전혀 무근했다는 것쯤은 능히 짐작할 만한 것이다. 반면에 마음이 착한 면에서나 얼굴이 되게 못생긴 점으로 결코 우리의 뇌리에서 잊혀질 수 없었던 노처녀 엘레니가 우리로 하여금 이런 평판을 받게 함으로써 결국 자신의 명망에 보탬이 되었다는 것 또한 명백한 사실인 듯싶다. 또한 이렇게 따지고 보면 아마 그녀 앞에선 쉬쉬 하고 감춰 두긴 했지만, 그녀가 평판을 얻으려고 한 가장 큰 원인은, —얼마나 많은 여자들이 혼자 늙다가 가버리겠는다만— 그녀 자신의 중매를 해주길 끈질기고 안달 맞게 조바심쳤던 데에 있었다고 단정해도 큰 잘못은 없을 것이다.

겨울밤이면 매일같이, 피어나는 크레타 소녀들의 무리가 우리와 함께 난롯가에 오순도순 삥 둘러앉았다.

모인 소녀들 중 이미 한둘은 은밀히 간택돼 있었다. 난롯불에 밤을 굽고, 노래 구절을 랄라거리기도 하며, 맛난 과자를 씹으면서, 즐겁고도 어학 공부에 도움이 되는 말(단어) 이어가기 놀이를 하느라 피로를 잊었다. 무슨 은근한 약속을 표하는 손짓이 없어도 소망과 기대는 남모르게 한없고 줄기차게 부풀어만 갔다. 이렇게 하여 이 작은 오두막집과, 안달 난 노처녀의 여윈 뺨에 희망이 차오르고 아직은 한낱 딸들일 뿐이나 장차 장모감들인 이 소녀들의 블라우스에도 스커트 자락에도 한껏 희망이 담기는 것이었다. 동요, 과자, 그리고 어학 연습을 거드는 소녀들의 수효는 더욱 불어만 갔다. 그리하여 집 안에 들어오지 못한 무리들은 문전에 와서 우리의 그림자만 번뜩 비쳐도 공손히 인사를 하며 약속들이라도 했듯이 우리의 이름을 불러댔다.

이것이 후일 나와 진정한 친구가 되어 준 테미스토클레스 파파키스를 알게 되었을 즈음의 내 사정이었다. 그의 정확한 이름이 무언지는 나도 자신 없는 것으로, 파파다키스 같기도 하고 파파딘도나키스인 듯도 하고 아리송하다. 겨울이 지나고 소액이나마 돈을 부쳐 왔으므로 여러 달 여행 중 다 닳아빠진 옷가지들을 수선할 수가 있었다. 그러나 구두만은 전문가의 손으로 지은 새 것이어서 썩 잘 어울려 보였다. 거리 모퉁이에 조그만 구둣방을 차리고 있는 테미스토클레스는 이곳에선 제일류 가는 구두공이었다. 점포 안은 다 해진 안락의자 세 개, 여기에 걸맞게 찌그러진 발판, 그리스제(製) 담배 몇 종류가 진열된 벽장 하나 등이 고작인 시설이었다.

테미스토클레스는, 어렸을 때 산에서 굴러 내린 바위에 오른쪽 다리뼈가 으스러졌는데, 치료비가 없어 충분한 의술의 혜택을 못 받아 다리를 절단한 불우한 사람이었다. 이리하여 외다리가 된 그는, 양쪽에 목발을 짚고 다닌다고 해도, 일하기에 여간 불편한 게 아닐 것임은 뻔한 일이다. 하지만 그는 항시 쾌활해 보였으며, 손님들에게 구두약 같은 것에 인색하거나 하진 않았다. 그러면서도 판자 조각, 고리못, 솔 등을 부지런히 솜씨 있게 모으고 정리하였고, 일을 할 때면 쉴새없이 입을 놀리고 혀를 차기도 하며 꺼칠꺼칠한 부분을 침을 발라 고르게도 하다가, 남아 있는 한 발이 저려 들어오면 무릎이며 장딴지를 툭툭 두드리기도 했다.

모든 일은 시간을 요하는 법이듯, 그러한 관계로부터 동서 관계로 급진전을 하는 데도 그에게 도움이 될 만한 몇몇 주변 상황과 기회가 없이 이루어질 수는 없었다. 이러한 일이 처음 발생한 것은 나의 두 독일인 친구가 어떤 사람의 초대에 응해서 뜻하지 않게 배편으로 마르세유로 출발하던 날이었다.

그들은 물론 정중한 작별 인사를 받으며 떠나긴 했으나, 카토코운 카페의 하늘 위엔 결국 헛일이 돼 버린 크레타인들의 희망이 파르르거리며, 잠시 창공을 어둡게 흐려 놓기까지 했던 것이다. 그들의 떠남은 나의 좋은 평판에까지 몇 개의 얼룩을 뿌려 놓았다. 그들의 떠남을 떳떳치 못한 도주로 치부하고 있던 크레타인들의 열띤 갑론을박은 뒤에 혼자 처진 나에 대해서까지, 크레타 처녀들에게 더욱 진지하고 성실하게 대하는 나의 속셈도 뻔한 것이라는 결론을 내리고 있었던 것이다. 내가 대화에 끼어들 때마다 모두들 이미 뻔히 알고 있다는 의미심장한 웃음을 띠었다. 사실 내가 오직 학수고대하고 있었던 일은 선박의 아테네 입항뿐이었다. 그러면 나도 달마치아 지방으로 떠나려는 두 독일인 친구들과 합류하리라고 희망을 더욱 부풀리고 있었던 터였다. 그러나 너무도 화창한 봄 날씨에 바다는 코앞에 있었으니, 난들 보트를 끌어내어 홀로 가게 되는 젊은 축들과 동행이 되든, 바다 밖으로 나아가 꺼칠꺼칠한 섬게를 창으로 찔러 잡든지, 바위에 수백 수천 마리씩 붙어 한낮을 즐기며 태평성대를 구가하는 조그만 소라들을 따든지 하지 않고서야 어떻게 이 지루한 기다림을 덜어낼 재간이 있겠는가.

그러나 우리들은, 목발에 체중을 맡기고 해변에 서서 다른 사람들과 함께 내게 밝은 눈짓을 보내고 있는 테미스토클레스를 잊지 못할 것이다. 그는 한 주일 동안이나 구둣방으로 돌아가지 않고 흥겨운 보트 여행에 미쳐 을씨년스러운 구둣방을 까맣게 잊고 있었던 것이다. 테미스토클레스여, ―범선을 타고 저 짙푸른 바다로 나아가 저편 이다산(山)의 햇빛 반짝이는 눈 덮인 봉우리를 바라보면서, 잃어버린 다리를 회상케 하는 이 땅 위를 망각 속에 묻어 두고 싶지 않으냐……?

그는 그대로 선 채 당황한 듯 미소를 띠며 호주머니에서 열쇠를 꺼내 뒤쪽을 가리켰다. 그러고는 가게를 잠갔다고 손짓을 했다. 시간이 없는 그도 아니니, 내가 원하기만 하면 한 시간쯤 함께 배를 탈 수도 있는 것이다.

나는 그의 두 손에서 목발을 빼앗은 든 다음, 그의 몸을 어깨로 받쳐 보트에 태웠다. 배는 작살 맞은 고래처럼 뒤뚱거렸으나 그는 아무 일 없이 배 안에 앉았다. 배는 해안을 벗어나기 시작했다. 처음엔 그는 아주 조용히 가끔 고개를 들어 나를 바라볼 뿐이었으나 시간이 흐르자 두 손을 몸에 감았다가 다시 느긋한 기분으로 몸을 뒤로 젖혔다. 그러다가 이내 다시 일어나 앉아 처음엔 조심스런 태도로 가만 가만히, 드디어는 마치 북을 치듯 뱃전을 쿵작쿵작 두드리는 것이 썩 잘 어울렸다. 그러더니 컬컬한 목소리로 목청까지 길게 내뽑아 노래를 부르기 시작했다. 한 곡이 끝날 때마다 껄껄 웃고 또 부르고 웃어대며 뱃전을 두드리는 자기 장단에 맞춰 몸을 흔들면 배도 따라 가볍게 까딱댔다. 나는 그가 수영을 잘 할 수 없다는 점을 주의시켜 주었다. 하지만 실은 잘못

하는 게 아니고 전혀 못 하게 돼 있었다. 그는 입을 다물고 동작을 그쳤다. 하지만 얼마나 멋진 정경이었나. 테미스토클레스여— 그대야말로 나의 진정한 벗이다.

그러던 중 테미스토클레스 역시 항해에 물려 해안으로 함께 돌아왔다. 그가 배에서 내려 내 등에 몸을 내맡기고 해안으로 올라올 때, 외다리로써 대지 위에 다시 서게 된 자신의 운명을 얼마나 서럽게 생각했을 것인지. 모래밭에 풀썩 내려놓자, 그는 씁쓸한 미소를 지었다. 나는 그의 목발을 그의 오른편에 놓아 두어야 했다. 그리하여 나는 그 목발들을 찾아다 주려 했지만, 이미 그것들은 어디로 갔는지 가져다 줄 수가 없었다. 웬 장난꾸러기가 모래 속에 파묻은 걸까? 아무리 찾아도 찾아낼 수가 없었다.

테미스토클레스는 이 사실을 알아차리고, 안색이 납빛으로 변했다. 이전처럼 놀라서 그러는 게 아니라, 누군가 그를 쏘려고 총을 겨누고 있는 걸 보았을 때의 그런 증오에 찬 표정이었다. 그러더니 욕설을 퍼붓고 고함을 내지르기 시작했다. 그의 마음을 진정시킬 수가 없었다. 그는 돛배를 저주하고, 자신에게, 그리고 훔쳐 간 놈에게 저주를 퍼부었다. 목발은 다시 찾게 되겠지만, 그것은 확실히 심한 장난이었다. 하지만 어디까지나 장난일 뿐인 걸. 목발을 찾아내지 못한다 해보자—까짓 목발 값이야 얼마나 되랴?

그러나 그에겐 그것이 금액으로는 계산할 수도 보상할 수도 없는 것 같았다.

나는 그 목발을 다시 찾아낼 것임을 확신하고 있었다. 그것은 이미 구둣방 앞에 가 있는 것인지도 모르는 것이 아닌가.

그것은 가서 문을 열어 보면 알 일이었다. 그러나 문 안으로 들어서기까지가 문제였다. 한 사람이 더 있었으면. 전에 해변에서 만난 두 녀석은 가버리고 없었다. 처녀들은 있는가? 아니 그건 생각할 수 없는 일! 테미스토클레스란 사람은 인기가 있을 수 없는 사람이었으니 처녀가 있더라도 그를 부축해 줄 까닭은 없는 노릇이었다.

점포까지는 기껏 2백 발자국밖에 안 되었다. 나는 혼자서 그를 둘러메고 갔다. 문을 열고 또는 창문을 통해 입을 딱 벌리고 바라보는 맹추 같은 여자들을 보자, 나는 창피한 것을 느꼈다. 그들 가운데 커튼을 내리고 남자를 불러 우리를 도우려 할 만한 총기(聰氣)를 지닌 자가 하나도 없단 말인가. 그러나 부른다 해도 이 시간에 올 수 있었던 남자는, 술친구인 숯장사밖엔, 아무도 없었을 것이다. 그가 숯광에서 나와 나를 거들어 주었다.

목발은 구둣방 문 앞에도 없었다. 문을 열고 테미스토클레스를 맨 앞에 놓인 걸상 위에 쿵 내려놓자 그는 성(城)을 지키는 개 모양 왕왕 울어댔다. 눈물을 펑펑 쏟으며, 코까지 씰룩거리며—

테미스토클레스의 집에 드나들며, 담배를 피우고 지껄이며 객담과 장난질을 일삼는 녀석들이 칠팔 명 있었다. 녀석들 중 한 놈이 테미스토클레스를 골탕먹이려고 목발을 집어가 버렸을 게다. 그게 틀림없었다. 나는 독일에서 공부했다는 약제사 크티스타키스에게 갔다. 그는 다음과 같은 내용의 원문을 번역하여 타이핑해 주었다.

테미스토클레스는 친구들이 악의가 없는 녀석들인 걸 아는 까닭에 목발을 돌려주길 부탁하는 바이다. 목발이 없이는 한시도 못 견디니까. 청을 들어 준 보답으로 나는 게르마노스와 함께 약소하나마 주연을 베풀고자 하니 이에 벗들을 초대하는 바이다.

테미스토클레스 파파키스 백

새벽 다섯 시, 내가 그 쪽지를 유리창 안쪽에 붙이니 여섯 시에 테미스토클레스는 목발도 찾게 되었고, 네다섯 친구를 또 새로 사귀게 되었다. 예상은 여섯 내지 여덟이 올 줄 알았는데 열 내지 열두 명이 왔으니 말이다. 그들은 각자 따로따로 온 게 아니고 모두 다 함께 한꺼번에 몰려 들어와 테미스토클레스를 에워쌌고, 그 중 한 친구가 갑자기 이렇게 말했다.

"목발이 저기 있군그래!"

테미스토클레스는 고무받침이 이상 없이 잘 붙어 있나, 그밖에도 모든 게 제대로 있는가 살펴본 뒤, 껄껄 웃어젖히고는,

"게르마노스, 자 이제 주연을 베푸세."

하고 말했다.

나는 술집으로 가서, 마르브로 크라시주(酒) 15오카(16.5리터)와 레치나주(酒) 15오카, 그리고 조금만 찢어서 입에 넣고 씹어도 안주로선 맛도 나고 오래 가기도 하는 군오징어 두 마리와 대짜 빵 몇 덩어리, 담배 서너 갑 해서 모두 1백 50드라크마, 마르크로 계산하자면 3마르크 75페니히어치나 주문을 했다.

시렁과 판자 위에 꽃무늬를 놓은 하얀 종이를 덮어 만든 식탁

을 중심으로 축연이 벌어졌다. 식탁 위엔 금황색(金黃色) 송진
술과 검은 색이 도는 적(赤)포도주가 든, 배가 불룩 나온 술항아
리들이 놓이고, 황갈색 오징어, 흰 빵, 여러 빛깔이 뒤섞인 담뱃
갑 또한 한 개씩 차지하여 그럴싸한 주연석이 마련되었다. 여덟
시에 술잔치가 개시되었다.

시작할 때 열네 명이던 것이, 열일곱 명, 마침내 좌중은 스무
명이 되었다. 모두가 친구들이다. 하나 기억에서 사라질 수 없는
이날의 가장 뜻있는 사건은, 십칠 세의 귀여운 한 소녀 테미스토
클레스의 누이동생 에브도크시아가 여기에 참석해 있었다는 것
이다.

이 성대한 축제에 축사가 빠질 수야 없는 노릇이라, 몇 사람이
축사를 하게 되었지만 첫 순서는 역시 축연 주최측인 내게 돌아
왔다. 나는 테미스토클레스의, 아니 내가 테미스토클레스의 친구
인 터였으니, 동시에 나의 친구들에게 정중하게 인사를 했다. 나
의 축사는 하나의 선언이었다. 나는 좀 서투르긴 하나 또렷또렷
한 그리스어로 축사를 했다. 교부(敎父)인 늙은 카에기 씨가 마
치 투쌍트 랑겐쇠이트 소(小)사전인 양 나를 거들어 주었다. 그
러고 나서 독일·그리스 우호운동의 주역 테미스토클레스를 위
해 건배를 하니, 환희의 첫 함성만으로 이미 술집의 지축이 뒤흔
들렸다.

그러자 테미스토클레스는 내게 곱빼기를 권한다. 마치 군주가
지시봉을 갖고 하듯 목발을 바닥에 힘주어 두드려 가며 한마디
한마디 끝날 때마다 나의 말을 강조했다. 그가 내 뺨에 군주다운

뜨거운 키스를 두 차례나 함으로써 내 축사의 종지부를 장식하니, 누군들 이 축제의 높은 뜻을 의심하려 했으랴!

산적같이 몸집이 큰 술도가집 주인은 벌써 서너 차례나 술통을 져 날랐지만, 술은 갖다 놓기가 무섭게 마셔대는 것이어서, 짜증이 난 몇몇 친구들은 기타 연주의 서막을 열었다. 기타 소리, 노랫 소리, 웃음소리, 담배와 푸짐한 음식— 그러나 무엇인들 술보다 흥을 더 돋우어 주는 것이야 있었겠는가. 아무리 갖다 부어도 그들의 술잔은 노상 비기만 하고, 오징어 안주는 이미 떨어진 지 오래다. 그렇다고 별 뾰족한 궁리도 나지 않고. —게다가 춤까지 추어대니—. 노래와 기타에 맞춰, 쿵작쿵작, 무리지어 리드미컬하게 돌아갔다. 굴러대는 무수한 발밑으로부터 풍풍 날아오르는 숯 먼지에 자욱한 담배 연기, 사내들의 퀴퀴한 땀 냄새 술 냄새로 방안은 숨이 콱콱 막혀 왔다.

에브도크시아는 홀로 떨어져 앉아 진기한 듯 간간 수줍은 미소를 짓는 표정이 이곳에 온 걸 후회하는 표정이었다. 내가 그녀 곁으로 가 앉아 그녀에게 건배를 하니, 테미스토클레스는 고맙다는 눈짓을 보냈고, 그녀의 하얀 양 볼은 홍조로 물들어 매력을 더했다. 그는 내 곁에 바짝 붙어 앉아, 스스럼없이 내 어깨를 두드린다는 것만으로도 대견스러운 생각이 드는 모양이었다. 솟구치는 기쁨을 그대로 식혀 버릴 수 없는 양, 그가 황금 빛깔의 레치나주(酒)를 거푸 따라 마시며, 나와 에브도크시아에게도 권하니 두 사람은 분위기를 깨뜨릴 수 없어 함께 술잔을 기울였다. 그는 누이동생을 부드럽게 쓰다듬으며, 그녀에게 그리고 내게, 또한 우리 두 사람에게 노래를 청했다. 그러더니 갑자기 자리에서 벌떡 일어나, 비틀거리며, 그러나 결심한 듯 입을 열었다.

이미 술이 정수리까지 취한 나는 숨을 몰아쉬며 헐떡였다. 그는 내 얘기를 했다. 그러다가 누이동생에 대한 얘기로 옮겨 가니 그녀의 얼굴이 불그레 닳아 오른다. 수줍어 다소곳이 앉아 있는 그녀의 손 위에, 내 손을 포개어 그녀를 안심시켰다. 그녀의 손이 파르르 떨렸다. 이제 이야기를 그쳐 줬으면…… 목이 저렇게 쉬어 가지고. 그러자 그가 얘기를 끝낸다. 도시 영문 모를 질문을 불쑥 던져 놓고 얘기의 끝을 맺었다. 그녀를 내게 인도해 준다. 모두들 나의 대답을 기다리며, 몇몇 친구들은 껄껄 웃어댔다. 대체 그가 무얼 물었기에—? 에브도크시아와 춤을 추지 않겠느냐는 것이었다. 그 싱거워 빠진 질문을 하나 내게 던지기 위해 그렇듯 거창한 연설까지 해댈 필요가 뭐람. —암, 그렇고말고, 테미스토클레스, 자네 누이동생과 춤을 추겠으니 모두들 우리를 위해 기타 연주를 해주게! 그리하여 연주가 다시 시작되고, 우리 두 사람은, 처음엔 불안하고 거북살스럽게, 그러나 이내 주신(酒神)의 불길에 휩싸여 거침없이 유연하게 돌며 춤을 추었다. 나는 그녀를 내 두 오금 위에 높이 추켜올려 멋진 피날레를 장식했다. 춤이 끝나자 그녀를 데리고 가 의자에 앉혀 주었다. 나는 얼굴이 닳아 올라 숨을 몰아쉬는 그녀에게, 독일과 그리스의 우정을 변함없이 존속시키기 위해 키스해 달라고 속삭였다.

그러나 이러한 고조된 감정을 연장시킬 필요는 없는 것이었다. 전일(前日)의 폭음으로 나는 완전히 의식을 잃고 있다가, 다음

날 새벽 동이 트기 전 정신이 들었을 때 오징어는 전혀 소화되지 않고 있었다. 오징어는 마치 우리의 뜻에 승복하지 않겠다는 자신의 의지를 보여 주겠다는 듯이, 창밑의 맑은 돌 위를 검푸르게 물들이고 있었다. 그것은 카토 코운 카피인들의 노골적인 비난을 그대로 드러내고 있었다.

테미스토클레스는 다음 날 오후, 내게 찾아왔을 때까지도 잔뜩 취해 있었다. 내가 집에 있지 않았더라면 엘레니는 대문을 쾅 닫아 그의 코를 납작하게 눌러 놨을 것이다. 나는 그의 누이동생이 돈이 없다는 그 얘기는 열두 번도 더 들어야 했다. 그러나 나는 그게 무슨 의미에서 하는 얘긴지조차 모르고 있었다. 그리고 무엇 때문에 그가 나의 하숙집으로 달려들어 왔는지도, 다음날 저녁 나를 식사에 초대하려는 것이라는 것도, 더구나 그의 집에 초대되리라곤 나는 짐작도 못하고 있었다. 여보게, 이제 종지부를 찍세, 대체 무엇 때문이냐고? 자, 보라구. 우리는 함께 담배를 빨아댔다. 나는 내 자신의 처지를 생각해 보았다. 결코 술이나 퍼마시고 다닐 수 있게 형편이 넉넉한 것은 아니었다.

에브도크시아는 어때? 행복한가? 그래!······ 우리는 잠시 잡담을 했다. 그러다가 나는 그의 청에 못 이겨 다음 날 그의 구둣방으로 가 확답을 내려 주겠다고 약속했다. 그가 나가자마자 엘레니가 들어왔다. 그녀는 두 손을 비비대며 잘 알아들을 수 없는 욕설과 울음으로 소동을 피웠다. 그녀는 카토 코운 카피 처녀들에 대한 칭찬, 가문 자랑, 그리고 그 착하디착한 테미스토클레스와 그의 가족에 대한 경멸을 퍼부었다. 아! 그녀는 나를 어찌나 서럽게 해주었는지! 아무도 내 심정을 이해해 주는 사람은 없었다. 제발 나가다오! 나를 가만 내버려 두어다오! 나도 당신을 이해 못하겠으니—

두세 마리 벼룩만 옮아 가지고 우리는 마차를 몰았다. 타라, 테미스토클레스, 너는 내 마음의 진짜 좋은 구석을 모르고 있다. 우리 오늘은 송별연을 베풀자, 라구자에서 편지를 받았으니까. 난 다시 여행을 떠나리라.

그는 거무튀튀한 옷을 걸치고 있었다. 그는 칼라 사이로 목을 오도카니 내밀고 삐뚜름하게 맨 넥타이에, 그래도 셔츠만은 눈같이 희고, 오늘의 송별연을 위해 모자까지 쓰고 있었다.

이내 목적지에 도착했다. 그가 살고 있는 뒷골목은 손수레도 못 들어갈 만큼 좁아, 마차가 더 이상 들어갈 수 없어, 마흔 발자 국을 걸어 들어가야 했다. 게르마노스가 마차를 타고 왔다는 소 문이 이미 쫙 퍼졌다.

그들은 걸상에 앉아 있다가 당황한 듯 몸을 일으켰다. 양 손을 어떻게 처리해야 좋을지 쩔쩔매고 있는 작고 초췌한 부인, 무언 가 의심스런 눈빛으로 바라보던 콧수염을 기른 짤막하게 생긴 아 버지(그는 우리를 이미 잘 알고 있던 터였다), 그리고 에브도크 시아. 세 사람 모두가 깊은 호의를 갖고 있음은 분명하나, 다만 자기들의 호의를 표현하는 방도를 모르고 있었다. 그래서 테미스 토클레스가 시범을 먼저 보여 주기 위해 마치 장터에서 훌륭한 말이라도 사왔다는 듯, 내 팔이며 어깨를 자꾸 툭툭 두드려 보이 기도 하고, 하늘이 맑고 푸르다는 식의 말들을 걸어왔다. 어느 구석을 보아도 가난에 찌든 냄새가 났다. 구석구석 청소는 말끔히 돼 있었건만— 나지막한 작은 식탁에는 이미 식탁보까지 덮여 있었고, 어머니는 부엌일을 하게 된 것을 오히려 즐거워하는 기색이었다. 식사가 나올 때까지 기다리는 동안 지루함을 덜어 주기 위해 복숭아주(酒)를 내왔다. 그리고 식사가 시작됐다. 음식은 감칠맛이 났고 반주로 내온 술 또한 최저급은 아니었다. 내가 그에게 얘기를 걸고 그리하여 대화는 꽃을 피워 갔다. 여자들은 침묵만 지킬 따름이었다. 사실 그녀들에겐 침묵이 더 어울렸다. 그러면서도 우리 얘기에 귀를 기울이고 있다가 간간 동조하는 웃음을 띠니, 그런 때는 웃는 것이 또한 분위기에 썩 잘 어울렸다. 크레타식 설탕에 잰 과일과 커피가 나오자, 테미스토클레스 집안의 열광 속에 싸인 화기애애한 분위기가 실내에 가득 찼다. 그의 얼굴이 상기되고, 두 눈이 활활 타오르는가 하면, 때때로 제어할 수 없는 절박감에 빠진 듯 눈빛이 극히 혼미해졌다. 그러나 이내 그는 그 알지 못할 환영(幻影)을 단숨에 삼켜 지워 버리고, 호탕하게 껄껄 웃어대는 것이 나와 자기 자신과, 신과, 운명의 수레바퀴에 모든 걸 내맡기려는 것 같았다.

모든 것이 정성껏 정돈되어 있는 이 적은 방이 한없이 아늑하게만 느껴졌다. 크레타 섬에서의 최후—오늘 밤보다 더 즐거웠던 때도 있었던가?

오, 그리스의 모든 구두장이 중 가장 착한 테미스토클레스여! 너는 왜 그토록 혼란에 빠져들어 이 온기 넘친 방을 버리고 무서운 비중 속에 스스로를 가두어 두고자 발버둥치고, 홀연 그 무리

한 꿈을 실현키 위해 착한 누이동생까지 끌어들이며 여행 떠날
채비까지 하고 온 이 스웨덴인 게르마노스를 원망하려는가? 이
아테네의 여인이 없는 삶을 생각해 보라. 꿈을 내던지고 이성으
로 돌아오라고? 그러나 너무 늦었다. 그는 홀연 자리에서 일어나
누이동생을 내 곁에 떠맡기고 휘청휘청 내 앞으로 와 누이동생이
예뻐 보이는가고 물었다. 예쁘냐고? 예쁘다뿐…… 오히려 넘치
지. 그러나 그든 에브도크시아든 마음 쓰리게 하진 말자. 그가
이 혼미한 눈빛을 보이지 않았더라면, 내 입에서 '암 예쁘다뿐인
가' 하는 대답을 토해 냈을 건 틀림없었다. 하지만 신부(神父)의
물음에 답하는 새색시처럼 나의 대답은 목구멍 저편에 걸려 나지
막이 울렸을 따름이었다. 나는 자신의 대답에 섬뜩 놀랐다. 그것
은 허공에 도끼날이라도 걸린 듯, 그래서 그가 그 도끼날로 내 목
을 획— 내려 칠 것만 같아서 한 대답 형국인 것이었다.

　그는 조끼 주머니를 뒤적여 가락지 두 개를 꺼내 억지로 나와
에브도크시아의 손에 하나씩 쥐어 주곤, 전보다 더 컬컬한 목소
리로 되뇌었다.

　"이 여자를 부인으로 삼아…… 게르마노스. 이 여자를 네게 맡
긴다."

　침묵만이 흐르는 가운데, 에브도크시아의 손바닥으로부터 땅
에 미끄러져 내린 반지가 쟁그렁, 정적을 깨뜨리고, 뒤이어 테미
스토클레스의 술기 밴 무거운 한숨이 터져 나왔다.

　그밖엔 이 문간에 끼어 든 일은 아무것도 없었다. 방안에 있던
딴 사람들은 모두들 정신 나간 것처럼 멍청히 있을 뿐이었다.

아마도 내가 자리에서 일어나,

"일어나게, 이봐. 자넨 꿈을 꾸고 있잖아! 과음했군."

하고 그를 조용히 흔들어 깨워야 했을 것이다. 그러나 나 역시 할 바를 잊은 채 덤덤히 앉아 내 걸상 위만 뚫어지게 내려다보며, 입 하나 벙긋거리지 않고 그와 마주 서 있었다. 그러나 테미스토클레스만은 이 침묵의 의미를 깨닫지 못했다.

"우린 가난해."

그의 어조는 반은 미친 듯 반은 슬픈 듯했다. 그는 목발을 휘둘러 거꾸로 세웠다. 그러더니 고무 끼우개를 돌려 빼고 양쪽 구멍에서 곱상스럽게 꼭꼭 접어 넣은 지폐를 흥분된 손가락에 힘을 주어 후벼 꺼내 가지고 식탁 위에 올려놓았다.

"지참금으로 주지, 누이동생을 빈털터리로 네게 보내진 않는다고, 게르마노스!"

그는 의자에 풀썩 주저앉았다. 하나님의 은총만을 바라나이다. 그는 자기의 최선을 다한 것이다.

나는 서서히 에브도크시아를 향해 몸을 돌렸다. 그녀의 서 있는 모습은 차라리 시체와도 같았다. 그 곁에 있는 어머니의 입술은 경련을 일으켰다. 내 오른편에 있는 노부(老父)의 관자놀이 위에는 방금이라도 폭죽처럼 파열될 듯싶은 퍼런 정맥이 팽팽히 부풀어 올라 있었다.

"멍청한 자식!"

노부가 소리쳤다. 그의 다음 말이 이어지기도 전에 내가 그의 팔을 잡고 다만,

"평화를 내려 주옵소서!"

하고 말했다.

'신이여'라는 말을 덧붙일 필요는 없었다. 이렇듯 온화하며 밝고 즐거운 '평화의 여신'보다 위에 있는 것은 없을 테니까.

노부는 놀란 듯 나를 찬찬히 바라보았다. 그러고는 여자들에게 밖으로 나가라고 손짓을 해보이고 나서, 여자들이 밖으로 사라지자 나지막하나 상서롭지 못한 카랑카랑한 음성으로 아들에게 대들었다.

"이 집에 가장이 누구냐?"

수천 가락의 참고 참아 온 소리가 아들의 가슴속에 도사리고 있음을 짐작했으나, 그는 여전히 이를 꽁꽁 묶어 두지 않을 수 없었다. 목발을 들어 모조리 때려 부술 것만 같았다. 그러나 오래고 오랜 윤리관이 그의 두 손을 칭칭 감고 있었다.

"저— 아버지……"

거의 들을 수 없는 목소리로 그가 대꾸했다.

"어째서 내게 한 마디 의논도 하지 않았느냐 말이야."

노인은 호령했다.

테미스토클레스는 대답이 막혔다. 끓어오르는 반항심을 짓누르며 그가 대꾸했다.

"그에게 물어 봤죠, 그랬더니 그가 승낙해서……."

노인은 나를 돌아다보았다.

"지난밤 술좌석에서 물어 봤어요."

아들이 되뇌이었다.

"에브도크시아를 데려가고 싶으냐고요, 승낙했어요. 그래서 함께 춤을 췄어요. 모두들 알고 있습니다."

노인은 그래도 믿기지 않아,

"그게 그의 본심이었느냐?"

머무적거리며 물었다.

나는 어깨를 흠칫해 보였다.

"전 모르겠습니다. 전 그녀하고 춤추고 싶었다는 것뿐입니다. 우린 잔뜩 취해 있었으니까요. 에브도크시아를 본 것도 그때가 처음이었고……."

"집어치워!"

노인은 말을 중단시켰다. 그러나 그 말은 실은 테미스토클레스에게 한 말이었다. 테미스토클레스는 우둔하고, 경솔하며, 후레자식으로 취급당하고 만 것이다.

"멀건이 자식!"

노인은 다시 되뇌였다.

"아드님은 정말 착하신 분입니다요."

내가 변호했다.

"아드님은 누이동생을 아끼는 까닭에 그랬죠."

테미스토클레스는 나를 휙 돌아보았다. 일시에 모든 분노와 불행, 고통과 원망스러움이 스러져 버리고, 거대한 산이 무너지듯 그의 폐부 가장 깊은 곳에서부터 격렬한 오열(嗚咽)이 터져 나와 전신을 들먹이게 했다. 그침도 한도 없이—, 은밀히 감던 실오라기가 송두리째 손에서 미끄러져 나가 무참한 꼴로 엉켜 땅 위에 떨어져 버린 실타래같이—. 게르마노스가 모든 걸 으깨 버렸던 것이다.

나는 나의 의자를 그의 곁으로 끌어당겨 그의 어깨 위에 손을 얹었다. 그도 이해해 주지 않으면 안 된다. 내가 그의 진정한 벗임을. 아니면 그의 집에서 바로 그와 함께 나의 송별만을 가진다는 것이 우정을 저버린 것으로 치부돼야만 한다는 건가? 고별!—그렇다, 고별이다. 내일 저녁이면 나는 출발이다. 여기 배표가 있지 않느냐. 게르마노스는 게르마니아가 제격이고, 크레타인은 크레타가 걸맞는다—악마는 지옥을 떠날 수 없고, 천사는 천국에 있어야 하듯이, 우린 적으로 헤어지고자 원치 않는다. 우린 함께 성대한 송별연을 벌였고, 바다에 나아가 함께 배를 탄 적도 있었다. 둘이 카토 코운 카피를 가로질러 오기까지도 했으며, 그에게 목발을 찾아 주기도 했다. 많은 돈을 써가면서까지…….

"너는 누이동생을 맡아 줘야 해."

그에겐 이미 수치 같은 건 느껴지지 않았다.

그렇다고 그가 내게 분노하고 있는 건 아니었다. 그는 모든 걸 이해하고 있었다. 그렇다. 그는 뛰어난 분별력과 선견지명을 갖고 있었다. 나는 아직 팔팔하게 젊어, 공부도 할 것이고 직업 습득도 할 것이었다. 어느 모로 보나, 한낱 구두 수선공에 불과한 자기보다는 나을 것이라고 그는 생각했던 것이다. 그는 한숨을 푹 토하고 다시 주저앉았다. 갈피를 못 잡는 한순간이 지난 뒤 다시금 정신을 가다듬고 나자, 그는 주먹을 들어 식탁을 탕 쳤다.

"자, 우리 자네의 고별을 위해 그녀에게 축배를 들어 주게. 우린 진정한 친구가 아닌가."

노인은 그를 만류하지 않고 조용히 밖으로 나갔다. 노인은 가장으로서의 할 일을 다 마친 것이다. 우리가 고급주로 두 잔째 따르고 있을 때 두 여인이, 퍽 당황하고 파리하게 질려서 들어왔는데, 에브도크시아는 울고 있었다. 하지만 전쟁은 이미 지나갔으니 평화의 회복만이 더욱 소중한 일로 남아 있었다. 독일·그리스 간의 우정은 심각한 위기를 겪었던 것이다. 한 똑똑치 못한 스웨덴인에 의해서.

"즐거운 여행을!"

별빛 반짝이는 밤하늘 아래 끝내 그의 집 좁은 골목을 벗어 나가고 있는 나를 향해 그는 등 뒤에서 소리치는 것이었다.

"즐거운 여행을" 하고……

이튿날 배가 경적을 울리며 카네아 항구를 서서히 빠져 나갈 때, 테미스토클레스는 신호를 하는 마도로스처럼, 수평선을 향해 목발을 들어 "즐거운 여행을!"이라고 소리쳐 주었다. 그리고 그 옆에서는 하얀 작은 손수건이 수평선 너머로 향해 지르는 외침처럼 나부끼고 있었다.

11. 대말[竹馬]과 마티의 죽음

가을의 첫 비가 내릴 무렵부터 마을 아이들 사이에서는 대말[竹馬] 기가 유행하였다.

대말을 제일 잘 타는 아이는 호숫가에 사는 쿠누트였다. 그 애의 대말은 아주 높아서 그가 가랑이만 조금 벌리면 나를 간단히 넘어 다닐 수가 있었다.

하루는 그 짓을 자꾸 계속해 대서 나는 약이 바짝 올랐다.

그러나 나를 넘어가서는 곧 빗물이 고인 웅덩이 속으로 들어가 버려서 나는 어쩔 볼 도리가 없었다. 그는 그런 곳으로 도망가서는 깔깔 웃으며 나를 순대 같은 놈이라고 놀리기까지 했다. 그러면 다른 아이들도 덩달아 깔깔거렸는데, 그 중에는 내가 원하기만 하면 내 책가방을 들어다 줘야만 하는 헤링스 피티까지도 경탄하는 눈으로 쿠누트를 우러러보고는 나를 보고 깔깔대는 것이었다. 계집애들까지도 쿠누트가 나를 넘어 다니는 걸 재미있어했다.

한번은 그런 자리에 카챠가 끼어 있었다. 그 애는 그 꼴을 보더니 나더러 쿠누트의 목발을 낚아채 버리라고 소릴 질렀다. 그러나 내가 그러려고 했을 때 그는 이미 물 고인 웅덩이 속에 들어가 있었다. 거기서 그는 다시 나를 놀려댔고, 다른 아이들도 덩달아 웃어댔다. 그래서 하루는 나는 목수 니르스 아저씨를 찾아가 사정을 말하고, 내 손으로는 만들 수 없을 높고 멋진 대말을 하나 만들어 달라고 부탁했다.

니르스 아저씨는 상냥한 얼굴로 고개를 끄덕였다. 니르스 아저씨는 아버지의 친구 중에서 나를 제일 귀여워해 주는 사람이었는데, 그에게는 아들이 없었다. 부인이 딸만 줄달아 낳아서 그는 나 같은 아들을 얻는 것이 소원이었다. 그는 그런 소원을 내 앞에서도 종종 피력했는데, 그럴 때면 나는 어른들한테서 들은 소리를 뜻도 모르면서 되뇌이어 그를 위로하곤 했다.

"아들을 얻고 싶으시면요, 아저씨, 아저씬 고기를 많이 잡수세요. 아주머니한테는 야채만 드리고. 그러면 틀림없을 거예요."

그는 대말을 아주 정성들여 만들어 주었다. 마치 자기 아들 것을 만드는 것처럼. 발디딤대도 높이 붙였고, 겨드랑이에 끼었을 때 닿는 부분엔 T자가 되어 아프지 않게 받침목을 대팻질로 다듬어 달아 주었고, 손잡이까지도 따로 편하게 붙어 있는, 마을에서는 가장 호화판 대말이 되었다.

그리고 무엇보다도 내 마음에 쏙 든 것은 그렇게 완성된 대말에다 연한 하늘색의 페인트칠까지 그가 해준 것이었다. 그 칠이 마르지 않아 나는 찾아가는 것은 다음 날로 미뤄야 했다.

나는 그 날 밤 꿈에 내 그 대말을 타고 쿠누트의 머리 위를 마구 넘어 다녔다. 그러면서도 내가 아직 대말을 그렇게 잘 탈 수는 없을 텐데 싶은 생각은 있었다. 그러노라니까 내가 타고 있는 대

말이 점점 높아지더니 나중에는 구름을 뚫고 아주 홀로 거닐게
되는 것이었는데, 내 대말의 끝부분이 어디로 갔는지 모르게 된
것이었다. 그래서 발을 헛딛던 나는 바람을 가르며 공중에서 떨
어져 내리는 것이었다. 그와 동시에 나는 잠이 깼다. 잠이 깨
는 즉시 이제 어디 가서 대말 타는 법을 배우는 것이 제일 좋을
까를 생각해 보았다. 우리 집 마당에서는 어림없는 일이었다. 잘
못 하다가는 다리를 부러뜨릴 수도 있는 그런 높은 대말을 타는
것을 어머니가 보고 가만 내버려 둘 까닭이 없었다. 어머니는 그
러지 않아도 사고만 생각하는 사람으로, 툭하면 다리를 부러뜨리
지 않을까 걱정이 이만저만이 아니었다. 그래서 나는 꼽추 마티
네 집 뒤뜰에서 배워 보기로 결정했다.

　나는 대말을 찾아 가지고 집으로 가다가 대말을 타고 있는 아
이들에게 붙잡혔다. 그들 가운데서 쿠누트는 제일 높다랗게 솟아
있었다. 그들은 그 깃대같이 찬란한 것을 가지고 무엇을 하려는
것이냐는 등 나를 놀렸다. 서커스단에라도 갈 참인가? 그리고 왜
그렇게 훌륭한 대말을 장만하셨으면 타시지 않고 어깨에 걸머 메
고 다니실까? 거참 이상한 양반인데? 그러면서 그들은 나를 에
워싸고 웃어대고, 소리지르며 맴을 돌아 나는 그 자리에서 벗어
날 수가 없었다. 나는 내 대말을 휘둘러 그들의 긴 나무다리를 부
러뜨릴 것처럼 위협을 해댔다. 그러자 두세 명의 아이가 대말에
서 뛰어내리더니, 덤벼들었다. 그때 지나가고 있던 니콜손 형이
그것을 보고 소리가 나게 채찍을 휘둘러 아이들을 삽시에 쫓아
버렸다. 그것도 그럴 것이 니콜손 형의 채찍 소리는 마을에서 제

일로 소문이 나 있었던 것이다.

니콜손 형은 내 새 대말을 살펴보더니 고개를 저었다. 예쁘고 훌륭하기는 하지만 너무 눈에 띄기 때문에 칠한 것을 갉아 버려야지, 그렇지 않는 한은 다른 아이들이 가만 내버려 두지를 않겠다고 했다.

나는 니콜손 형의 말이 옳은 것은 알았지만, 다른 아이들의 질투 때문에 니르스 아저씨가 그토록 애써 칠해 준 칠을 벗겨 버릴 수는 없었다. 그래서 나는 내 대말을 받아 챙겨 가지고 꼽추 마티네 집으로 찾아갔다. 우리 부모는 내가 마티와 노는 걸 좋아하지 않았다. 마티의 어머니가 집시 출신으로 평판이 좋지 않은 여자였던 까닭이다. 그녀는 누구와 싸우는 일이라면 더할 나위 없이 부지런한 여자였지만, 그 밖에 다른 일에는 흘게가 이만저만 늦은 여자가 아니었다. 대낮에 개숫물을 한길 한복판에 내다 버리지 않나, 이웃 사람들이 고개를 내저을 짓을 예사로 했다. 그녀의 남편도 골머리를 썩이다가 배를 타고 나가서는 몇 년째 돌아오지 않고 있었다. 게다가 아들 역성은 또 심했다. 그래서 마티에게는 같이 노는 아이가 하나도 없었다. 내가 대말 타는 법을 배울 장소로 그의 집을 택한 것은 그러한 까닭에서였다. 거기에서라면 아무의 눈에 띄지 않고서도 배워 볼 수가 있는 것이었다.

나는 그의 집 밖에서 그를 불렀다. 그는 현관에 서 있었다. 나는 그에게 내 대말을 보이고, 그의 집 뒤뜰에서 좀 타보아도 되겠는가고 물었다. 그는 대뜸 대말 한 짝을 빼앗듯이 낚아채더니 애무하듯 쓰다듬어 보았다. 그러더니 가슴 깊숙이에서 나오는 듯한 섬뜩한 목소리로 더듬거리며 말했다.

"대, 대말이 예, 예쁘다!"

그러더니 앞장서서 집 옆을 돌아 뒤뜰로 갔다. 나는 따라갔다. 뒤뜰에는 헛간이며, 장작더미, 닭장, 양우리 등이 나무들 사이에 자리잡고 있었다. 뒤쪽 울타리 너머로 우리 집이 보였지만, 집에서는 나무들 때문에 내가 이곳에 있는 것이 안 보일 것이다. 마티의 어머니가 이층에서 침대를 손보고 있는 것이 열려 있는 창문으로 보였다. 그녀는 혼자일 텐데도 무어라고 시종 중얼대며 일을 하고 있었다.

나는 대말에 오르기 위해 장작더미 위로 올라갔다. 그리고 마티에게 그가 들고 있는 대말 한 짝을 달라고 했다. 그러나 마티는 그 자리에 서서 두 손으로 대말을 꽉 부둥켜 잡은 채 툭 불거져 나온 가슴에 엇비슴히 밀착시키고 있었다. 그리고 나를 올려다보면서 불안스러워하는 웃음을 흘리고 있었다. 그 웃음은 나를 조롱하는 것 같기도 했다. 그러더니 갈라지고 더듬더듬 끊기는 목소리로 말했다.

"나, 나는 아, 아무것도 없어. 너, 너 이거 나, 나한테 기부해!"

나는 장작더미 위에서 한쪽 대말에 기대 서 있었다. 나는 너무나 기가 차고 대경실색할 말에 대꾸도 나오지 않았다. 나는 그저,

"마티! 마티!"

하고 약하게 꿈꾸고 있는 그를 깨우듯, 나직이 소리쳤을 뿐이었다. 나는 그의 마음을 이해했다. 내 아름다운 대말이 더할 나위 없는 설명을 해주고 있었다. 동시에 나는 그 욕심이 얼마나 가

공스러운 것인가를 알았다. 그래서 나는 내게 남아 있는 대말을
치켜들며 위협을 가했다.

"대말 이리 줘!"

마티는 그래도 꿈적 않고 서 있었다. 여느 때는 축 처져 있는
것 같던 그의 볼때기의 살이 팽팽히 긴장되어 있었다. 그는 다시
금 히죽이 웃어 보였다.

"내 대말 내노란 말이야!"

나는 다시 한 번 위협을 하며 소리질렀다. 그는 고개를 저을
뿐이었다. 천천히. 마치 몹시 피곤한 듯이. 순간 나는 장작더미
에서 그를 향해 뛰어내렸다. 그를 힘껏 떠다밀어 대말을 떨어뜨
리게 하려고 한 것이다. 그러나 그는 넘어지면서도 대말을 꽉 쥐
고 넘어졌다. 나는 쓰러진 그에게 대말을 힘껏 낚아챘다. 그러나
그의 손은 꺾쇠처럼 대말에 엉겨 붙어 가지고 떨어질 줄을 몰랐
다. 나는 대말을 잡고 마구 뒤흔들었다. 그는 거기에 매달려 같
이 뒤흔들렸다. 나는 그렇게 해서는 안 될 것을 알고, 대말을 찍
어 누르며 그를 올라탔다. 그래도 그는 손을 놓지 않았다. 나는
그의 얼굴이 점점 창백해지며 히죽거리던 웃음기가 걷히는 것을
보았다. 그의 콧구멍에서 이상스런 소리가 새어 나왔다. 입술이
가지각색으로 변해 갔다. 그러더니 그는 악을 쓰기 시작했다.

"나 죽어— 나 죽어!"

그러는 그의 입술 양 끝에선 거품이 솟아 있었다. 나는 그에게
서 떨어졌다. 놀라서 그를 살폈다. 나는 그에게 간질병이 있다던
얘기가 생각났다. 그는 비명을 지르고 있었다.

"악—"

집 안에선 그의 어머니가 무어라곤가 고함을 지르며 계단을 쿵
쾅거리며 달려 내려오는 소리가 들렸다. 나는 겁에 질려 대말은
챙길 생각도 못하고 걸음아 날 살려라 달아났다. 그리고 몇 시간
동안은 대말을 잊은 것은 생각도 못했다. 마티의 발작에 책임이
있다는 공포감이 나에게서 떠나지 않았다. 나는 겨우 니콜손 형
에게 일어났던 일을 고백했다. 그는 지금 가서는 대말을 찾을 수
없을 테니, 내일쯤 가보는 것이 좋을 것이라고 했다. 내일이면
마티의 발작도 가셔 있을 것이라는 생각이었다.

나는 다음날 오후에 마티를 만났다. 그는 자기 집 나지막한 울
타리 대문 앞에서 양 손을 긴 바지 주머니에 찌르고 하늘을 쳐다
보고 서 있었다. 나를 보더니 그의 얼굴에 나로서는 이해하기 곤
란한 웃음기가 번졌다.

나는 그의 앞으로 다가가 곧장 내 대말을 달라고 요구했다.

"우리 아버지가 보시겠다고 한단 말이야."

하고, 거짓말까지 하면서. 그러자 그는 히죽이 웃으며 그의 집
앞 개숫물이 고인 웅덩이에 이빨 사이로 해서 침을 찍 뱉었다.
그렇게 뱉은 침은 물웅덩이 한가운데로 떨어졌다. 나는 아무리
해보아도 안 되는 것이었지만, 마티는 그 재주 하나는 훌륭했다.

"어서! 우리 아버지가 보시겠다고 그러신다잖아!"

나는 재촉했다. 그러자 그는,

"따라와 봐!"

하고 그의 집 뒤뜰로 앞장서서 걸어갔다.

그는 나를 다시 그 장작더미 앞으로 데리고 갔다. 그 앞에는
자잘하게 잘라서 빠개 놓은 불쏘시개감 장작이 쌓여 있었다. 그
는 나를 그 옆에 세우더니 손가락으로 그 불쏘시개용 장작더미를
가리켜 보였다.

"저, 저거다! 저, 저게 네 대, 대말이야!"

그는 또 그렇게 더듬었다. 그만큼 그는 또 흥분해 있었다. 나
는 그제야 그 난로의 불쏘시개감으로 빠개 놓은 나뭇조각 하나에
서 연한 하늘색 페인트칠이 군데군데 남아 있는 것을 보았다. 누
군가가 갑자기 나를, 그 내가 찾고 있는 대말로 내 이마를 후려갈
긴 듯한 느낌이었다. 나는 허리를 굽혔다. 그리고 그런 흔적이
개비마다 남아 있는 것을 발견했다. 나는 하나하나 집어 들어 짝
을 맞춰 보았다. 마치 사람들이 귀중한 꽃병을 깨뜨렸을 때 그 깨
어진 조각들을 주워 맞춰 보듯이. 나는 목이 메었다. 무릎에서
힘이 빠져 무릎을 꿇고 앉으며 주먹으로 눈물을 뿌렸다. 나는 슬
픔이 너무나 복받쳐 화 같은 것은 낼 수도 없었다. 이 처참하게
된 그 멋졌던 대말. 마티는 그것을 톱으로 켜서 빠갠 것이었다.
나는 주먹으로 눈물을 뿌리며 왜, 왜 그런 짓을 했느냐고 물었다.

"왜, 왜냐하면—"

그는 성급히 그렇게 말하면서 침을 한번 꿀꺽 삼켰다.

"나, 나한텐 대, 대말이 소, 소용이 안 되니까. 나, 난 꼽추라
서 타, 탈 수가 없으니까."

그러면서 그는 다짐이라도 하듯 고개를 끄덕였다. 그 순간 그
의 얼굴에선 히물거리던 미소가 싹 걷혀 있었다. 그의 얼굴에는

나 못지않게 괴로워하는 빛이 서려 있었다.

나는 그를 쏘아 보았다. 그러나 내 내부의 어디선가는 그의 그런 행동에 정당성을 인정하는 무엇인가가 싹트고 있었다. 그는 대말을 탈 수가 없다. 그는 작달 막한 꼽추였으니까. 그의 말은 나에게 충격을 주었다. 나는 그의 얼굴을 다시 한 번 응시하고 아무 소리 않은 채 그의 집에서 나왔다.

나는 이 불행을, 슬픔을 아무에게도 말할 수가 없었다. 말을 하려면 먼저 울음이 터져 나올 것 같아서였다. 마티는 내 꿈을, 제대로 꾸어 보지도 못한 내 꿈을 훔쳐 간 것이었다.

그후 며칠이 지나서 만난 니르스 아저씨가 내게, 이젠 대말을 탈 수 있게 되었는가고 물어 왔다.

"네, 이젠 잘 타요, 니르스 아저씨. 그놈을 타고 걸으면 막 구름 위를 걷는 것 같아요."

하고, 나는 대답했다. 나는 대말을 잃은 것을, 그 정성스럽게 만들어 준 니르스 아저씨 앞에서 실토할 수가 없었다. 그는 나더러 대말을 가지고 와서 내가 얼마나 잘 타는지, 타는 모습을 한 번 보여 달라고 했다. 나는 그러마고 약속했다. 그러고는 그후 3주일 동안이나 그의 집 앞을 지나는 것을 피했다. 그리하여 대말을 타는 철도 거의 지나려 할 무렵이었다. 나는 니르스 아저씨가 미국으로 이민을 가게 되었다는 소식을 들었다. 그것도 이틀 후에. 나는 그 소식을 듣고 고민했다. 그를 찾아가면 그는 으레 대말 이야기를 물을 것이었다. 게다가 나는 거짓말까지 하고 말았다. 그렇다고 그를 안 찾아볼 수도 없는 일이었다. 나는 그를 찾아가, 이민을 간다는 소식을 들었다고, 그래서 인사를 드리러 왔다고 했다.

그는 몹시 근엄한 얼굴을 하고 있었다. 나는 그가 아이들의 관을 짜는 중이라는 것을 알았다. 중치 정도의 관이었다.

"너 왜 그렇게 통 들르질 않았니? 대말을 가지고 와서 타보여주기로 약속까지 해놓고서."

그의 음성에는 나를 비난하는 어조가 노골적으로 섞여 있었다.

"뭐 나하고 틀린 일이라도 있냐?"

나는 고개를 숙였다. 그리고 고개를 숙인 채 그가 짜고 있던 관만 내려다보았다.

"애, 섭섭하더라. 널 영 못 보고 떠나는 줄 알았잖냐."

나는 더 이상 잠잖고만 있을 수가 없었다.

"꼬, 꼽추 마티 자식이 그 내 대, 대말을 후, 훔쳐 갔어요. 그래서 그래서……."

그러나 그 대말이 불쏘시개감으로 빠개져 버렸다는 얘기까지는 그 앞에서 차마 할 수가 없었다. 니르스 아저씨는 고개를 다시 들었다.

"너희 동네에 살던 그 꼽추 아이 말이냐?"

나는 고개를 끄덕였다.

"그럼 이따가라도 그 집에 가서 달라고 그래 봐라. 내줄 게다."

"아니에요. 그 자식은 안 줘요."

나는 도리질을 했다.

"줄 게다, 그 애 어머니나 아버지가. 그 애라면 간밤에 죽었지

않니. 그래서 지금 그 아이 관을 짜고 있는 중이란다."

"마티가요? 꼽추 마티가 죽었어요?"

나는 니르스 아저씨를 응시했다.

"그래, 어제 저녁에 병원에 갔었지만 간밤에 죽었단다. 디프테리아에 걸려서 죽었다던가 보더라."

니르스 아저씨는 내가 그를 찾아가면 흔히 그랬듯이 내게 말없이 사포를 한 장 내주며, 마티의 관 뚜껑을 매끈해지도록 문지르게 했다. 그러면서 그는 이제 내가 꼽추네 집엘 찾아가면 대말을 되받을 수 있을 거라고 했다. 나는 고개를 끄덕였다. 그러면서 말했다.

"네. 가서 찾아오겠어요."

나는 관을 문지르면서 내 잃어버린 대말과 꼽추 마티를 생각했다. 내 대말을 탐냈던 마티. 그러나 그것을 타볼 수는 없었던 꼽추인 마티. 그래서 산산조각이 난 내 대말. 이제 그는 죽었다. 내게서 대말을 훔친 마티는 죽은 것이다. 그 대말은 내게는 보통의 대말이 아니었다. 그것을 타고 쿠누트와 맞서려던, 아니, 그를 누르고, 설욕하고, 그의 머리 위를 넘어 보려던 꿈을 담았던 대말이었다. 그것을 훔친 마티는 이제 죽었고, 나는 그의 관을 문지른다. 윤을 내기 위해서. 내 뺨에서는 눈물이 한 줄기 흘러내렸다. 그 눈물은 다른 모든 눈물과 똑같이 짠맛이 있었다. 그러나 그 눈물에는 이제 그를 완전히 용서해 주는 부드러운 마음과, 내 대말을 잃은 슬픔을 위로해 주는 기운이 서려 있었다.

〈어린 시절의 추억〉에서

12. 보트 속의 남자

이 이야기는 모두 내가 아홉 살 나던 해의 여름에 있었던 일이다. 당시 우리는 부우루 호숫가에서 살고 있었다. 그 안에 작은 섬도 있는 그 호수는 아주 넓고 아름다웠다.

나는 겨우 아홉 살이 되어 가고 있었고 하칸도 겨우 열 살이 되어 가고 있었다. 호수 가운데로 강물이 지나가고 있었는데 호수의 북쪽에서 흘러든 강물은 남쪽으로 흘러 나가고 있었다. 강물은 고지대인 랍 지방에서부터 흘러오고 있어서 봄철이 되면 그리로 뗏목이 떠내려 오곤 했다.

우리 집 창문에서도 호수가 재목으로 쓰일 수목들과 부서진 얼음장들로 꽉 덮이곤 하는 것이 한눈에 내려다보였다. 뗏목들은 서서히 남쪽으로 밀려갔고, 오월이 되면 그것들은 어느 사이엔가 사라지곤 했다.

그러나 아주 말짱히 다 없어지는 것은 아니었다. 얼마간씩은 가장자리로 밀려와 기슭에 걸려 남아 있는 것이 있었다. 그것들은 대개 다른 것들보다 물에 잘 뜨는 굵고 좋은 재목감들이었다. 우리는 그것들이 이제 어떻게 처리되는지 잘 알고 있었다. 일 주일쯤 지나면 뗏목꾼들이 와서 장대나 밧줄로 차례차례로 잡아 끌

어내어 흘려 보내는 것이다. 뗏목꾼들은 호수 기슭을 따라 오거
나 보트를 저어 오곤 했는데, 그들은 하루 사이에 호숫가에 남아
있는 것을 말끔히 떠내려 보내곤 했다. 사람들은 그들을 '쓸이꾼'
이라고 불렀는데, 그들이 한 번 다녀가면 호수는 다시금 비워지
곤 했다.

그런 까닭으로 하칸과 나는 그들이 나타나기 직전에 뗏목 세
개를 숨겼던 것이다. 우리가 사는 동네에선 호수까지 물을 끌어
들이는 도랑이 패어 있었다. 우리는 뗏목을 이 도랑으로 이십여
미터 가량 끌어들여 가지고 한쪽 가에 한 줄로 나란히 붙여 놓은
다음, 풀더미로 덮어 숨겼다. 그러는 데에 하루가 몽땅 걸렸다.
우리는 그것이 금지된 일이라는 것을 잘 알았다. 그러나 하칸은
그것을 취급하는 제재소는 엄청난 돈을 벌고 있기 때문에 그깟
뗏목 세 개 없어진 것쯤은 아무렇지도 않은 것이니 상관없다고
했다. 다음 해 뗏목꾼들이 올라올 때까지는 아무 일 없을 것이라
고 했다. 하칸은 그런 일에 아주 환했다.

그후, '쓸이꾼'들이 오는 날, 우리는 숲가에 앉아서 그 뗏목꾼
들이 오는 것을 보고 있었다. 그들의 한패는 물가를 따라 걸어왔
고, 한 무리는 호수로 보트를 타고 왔다. 뭍으로 온 무리는 여기
저기 걸려 있는 뗏목들을 발견하고 물 가운데로 밀어 넣었다. 그
러면 보트의 사내들이 그것들을 더욱 깊숙이 끌어갔다. 우리는
그들의 말소리들은 들을 수 있었지만, 무어라고 하는지는 제대로
알아들을 수가 없었다. 그리고 그들은 우리가 뗏목을 숨겨 놓은
그 도랑 입구까지 와서 한동안 쉬며 담배들을 피웠다. 나는 그때

내뿜던 하칸의 숨소리와 내 심장이 뛰던 소리를 아직도 생생히 기억한다. 그것은 마치 아직도 쌀쌀한 봄날씨의 대기를 콩콩 울려 대는 것 같았다.

그러나 그들은 그곳을 지나쳐 갔다. 그 뗏목을 못 찾아낸 채. 이튿날 아침이 되었을 때 호숫가엔 더 이상 남아 있는 뗏목이 없었고, 뗏목꾼도 보이지 않았다. '쓸이꾼'들은 이제 가버리고 일년 동안은 다시 나타나지 않을 것이다. 그리하여 그 뗏목 세 개는 이제 완전히 우리 것이 된 것이다. 여름 내내 마음껏 띄우고 놀아도 되는 것이다.

그러나 안전을 도모하기 위해 우리는 이틀을 더 기다렸다. 나는 그 사흘째 되던 날을 아직도 기억한다. 그날 이른 아침 나는 누군가 창문을 두드려 대는 바람에 잠에서 깨었다. 창문을 두드려 댄 것은 하칸이었다. 그는 방화용 사닥다리로 이층인 나의 방 창문까지 올라와 그러고 있다가 나와 시선이 마주치자 혀를 쑥 뽑아 보이며 얼굴을 찡그렸다. 나는 곧 침대에서 일어나 아직도 차갑게 느껴지는 방바닥에 맨발로 내려섰다. 그러면서 나는 그때 하칸이 손에 들고 있던 망치를 내게 내밀어 보이는 것을 보았다. 그것은 이제 공사를 시작한다는 뜻이었다. 이제 당장.

나는 서둘러 옷을 입었다. 그러고 나서 나는 물론 아침을 뚝딱 번개같이 먹어치웠다. 그러고는 밖으로 달려나갔다. 집 뒤쪽에서 하칸은 담에 등을 기댄 채 나를 기다리고 있었다. 빨간 셔츠에 파란 운동화를 신은 차림이었다. 바지 빛깔은 기억나지 않는다. 그는 내가 나오는 것을 보더니 웃어 보였다. 손에는 망치와 3인치짜리 못을 한 줌 가지고 있었다.

"자, 뛰어가자."

그는 말했다.

"이제 우린 공사를 시작하는 거야!"

그날 아침부터 우리는 뗏목배를 만들기 시작했다. 뗏목을 다시 호숫가로 끌어냈다. 제일 긴 놈을 가운데로 하고 셋을 가지런히 붙인 후 가름목을 대고 못질을 했다. 맨 앞쪽엔 한 장의 널판을, 가운데는 세 장의 널판을, 맨 뒤쪽엔 두 장의 널판을 대고 못질을 했다. 우리는 3인치짜리 못을 사용했다. 뒤쪽에만 6인치짜리 못을 하칸이 두 개 가지고 온 것이 있어서 박았다.

"이제 이 뗏목배를 실컷 타서 소용이 없어질 땐 우린 이 널판을 떼어 내고 못들을 깨끗이 뽑아 줘야 하는 거야. 못을 뽑아 주지 않았다간 제재소의 톱이 결딴나거든."

하칸은 입에 못을 잔뜩 물고 있어서 잘 알아듣지 못하게 입 속으로 중얼거렸다.

그는 한동안 입을 꾹 다물고 못질만 했다. 그러다가 다시 입을 열었다.

"우리만 생각해서는 안 되는 거야."

하칸은 나보다 한 살 위였지만 세상일에 환했다. 나는 그에게서 배우는 것이 많았다. 나는 내가 아홉 살이었고 하칸이 열 살이었던 그 해 여름을 지금도 잘 기억한다. 그것은 1910년이었다. 우리는 하루 만에 공사를 완전히 끝냈다.

하칸은 몸무게가 38킬로였고, 나는 35킬로였다. 우리가 올라

타자 뗏목배는 거의 대부분이 물 속에 잠겼다. 겨우 십분의 일 정도가 수면에 나왔다. 역시 물을 먹을 대로 먹은 뗏목들이었던 탓이었는데, 그 편이 우리에겐 오히려 더 안심이 되었다. 이제 더 이상 물에 가라앉지는 않을 테니까. 우리는 중심을 잘 잡아야 했다. 우리의 몸무게를 합치면 73킬로였는데 둘이 한쪽으로 치우치면 그쪽이 물에 쑥 잠기곤 했다. 둘이서 균형을 잘 잡아도 바람이 불면 물결이 널판 위로 거침없이 올라왔다. 그리고 뗏목과 뗏목 사이의 고랑에는 언제나 물이 올라와 있었다. 처음에는 그 물이 꽤 차게 느껴졌다. 최소한 13도나 14도는 되었을 텐데도. 그래서 우리는 장화를 신기로 했다. 뗏목은 완성되고, 준비도 끝났다. 우리는 약 3미터 가량 되는 장대로 꽤 먼 곳까지 뗏목을 밀어 갈 수가 있었다. 노로 사용할 널빤지도 두 개나 준비했지만, 노질은 몹시 힘들어서 거의 사용하지 않았다. 1인치짜리 못으로 뒤쪽 모판에 고정시켜 놓은 나무상자에는 우리의 식량이 들어 있었다. 그것은 물이 한 병, 길이가 십 센티쯤 되는 순대 하나, 빵 2분의 1파운드, 비스킷 여덟 조각, 칼이 한 개, 100그램짜리 마가린 한 통, 알사탕 스무 알, 작은 병으로 잼이 하나(그것은 차라리 시럽이라고 해도 좋을 만큼 묽어서 나는 부엌에 들어갔을 때 가지고 나오려 하지 않았지만 하칸이 그게 더 좋을 거라면서 가지고 가자기에 그에게 내주었던 것이다) 등등이었다. 그리고 또 뗏목은 든든하게 생긴 석궁(石弓) 한 개와 화살 여섯 개, 하칸의 낡은 투석기 한 개와 탄약으로 쓸 조그마한 조약돌 열 개 등으로 무장되었다.

그리하여 이제 우리는 의심할 여지없이 호수의 지배자가 된 것이다.

내가 지금 이야기해야 할 그날, 모든 사건의 시작과 끝이 되었던 그날, 우리는 꽤 늦어서야 출발을 했다. 저녁 일곱 시가 넘어서야 항해를 시작한 것이다. 집에는 고기를 잡으러 간다고 말하고 나왔다. 유월이 되면 우리에게도 고기잡이가 허용되었기 때문이다. 우리 둘은 그 전날 뗏목에 돛을 시험해 보았는데, 그것은 뗏목 양 옆구리에 장대를 하나씩 세우고 그 끝에 침대보를 두 귀퉁이씩 잡아 맨 것이었다. 장대가 자꾸 쓰러지는 통에 우리는 못질을 하고서도 장대와 뗏목에 밧줄을 여러 번 동여매어야 했다. 그래도 번번이 바람 부는 쪽으로 기울곤 했지만, 우리가 출범을 한 그날 저녁은 바람이 아주 순풍이었다. 육지에서 곧장 호수 쪽으로 엷은 바람이 불고 있었다. 우리는 군수품과 식량을 싣고는 곧장 돛을 올려 출범했다. 우리는 호수 가운데로 미끄러져 나갔다. 저녁 해는 호수 저편으로 막 지고 있었다. 몹시 아름다웠다. 나는 하칸에게 아무 말 않으려 했지만 보이는 것들이 너무나 아름다워 가만히 있을 수가 없었다. 하칸은 내가 그런 말을 할 때마다 간단히 웃어넘기기만 했다.

이제 와서 그때의 자세한 것까지 모두 기억하기는 어렵다. 하여튼 하칸은 뗏목 앞머리에 앉아 있다가 우리가 격침시켜야 할 적선이 발견되었다고 소리질렀다. 그는 돛을 모두 올리고, 적선을 끌어 잡아당길 쇠갈고리를 준비하라고 명령했다. 보이는 것은 다만 상당히 높게 이는 물결뿐이었는데도 마치 자신이 해적선의

선장이나 되는 듯이 고래고래 돌격을 명령했다. 해는 완전히 떨어졌지만 그쪽 하늘은 불타듯 빨갛게 물들어 있었다. 하칸은 일어나서 그의 석궁을 찾아 들려고 뒤쪽으로 갔다.

뗏목 위는 어디나 다 물기를 머금어 미끄러웠다. 나는 그가 비틀거리다가 뗏목에서 미끄러져 물 속으로 빠지는 것을 뻔히 보고 있었다. 순식간에 내 목전에서 벌어진 일이었다. 그 장면은 아직도 내 눈에 선하다. 그리고 물 속에 잠겨서 나를 올려다보던 그의 얼굴도 마찬가지로 눈에 선하다. 나는 그의 겁을 집어먹은 듯하던 얼굴과 창피해하던 얼굴을 기억한다. 얼마나 멋쩍고 무서웠을까.

호수의 수면은 물결이 심하게 일고 있었다. 나는 그에게로 손을 뻗쳤다. 이미 어두워 오고 있는데다 해가 지고 난 쪽의 그 빨갛게 물든 수면이 출렁대서 거리를 가늠하기가 영 힘들었다. 하칸의 얼굴은 물에서 무자백질을 하고 있었다. 그러면서도 그는 찡그린 얼굴로 웃음을 보이려고 했다. 마치 '이 무슨 망신이람' 하고 말하듯. 그리고 나는 계속 그에게로 손을 뻗쳤다.

다음으로 기억나는 것은 한참이 지난 후의 일이다. 한 시간, 어쩌면 그보다도 더 지나선지도 모른다. 나는 뗏목 뒤쪽에 앉아 있었고, 하칸은 앞쪽에 앉아 있었다. 그는 등을 나에게로 향한 채 몸을 웅크리고 있었다. 나는 그가 추운 듯이 웅크리고 있는 것을 보았다. 그리고 뗏목 위를 둘러보고, 하칸이 물에 빠질 때 모든 것을 한꺼번에 잃고 만 것을 알았다. 돛대도 없고, 노도 없어져 버렸다. 노 대신 쓰던 장대도 없어져 버렸다. 남은 것이라곤 내가 그 위에 앉아 있었던 그 못질한 식량상자뿐이었다. 그리고 하칸과 나만이 남았다. 우리 둘은 뗏목의 자기 자리에서 웅크리고 있었다. 그 사이에 풍랑은 완전히 멎어 있었다. 수면이 거울의 표면 같았다. 주위는 어둡고 적막했다. 시간은 자정쯤 된 것 같았다. 달이 이미 떠 있었다. 거의 만월이었다. 밤은 깊었고, 물은 소리 없이 시커멓게 깔려 있었다. 달빛은 그 시커먼 수면에 윤기만을 주고 있을 뿐이었다. 달빛을 받으며 다 망가진, 움직이지 못하는 뗏목배 위에 웅크리고 앉아 있는 두 아이. 그것은 기이한 모습이었다. 은빛 윤기를 발하는 수면은 말할 수 없이 적막했다.

나는 우리가 호수 한 가운데로 나와 있는 것 같다고 생각했다. 뒤를 돌아다보니 우리 동네의 먼 불빛들이 마치 검은 빌로드 천에 뚫린 하얀 바늘 구멍들처럼 조그맣게 보였다. 그리고는 다시 하칸의 움직일 줄 모르는 잔등을 바라보았다. 그것은 마치 꿈 속과도 같았다. 그리고 또 그렇게 이상했다. 고요함은 나로서는 깨뜨려 볼 생각도 품지 못하도록 깊었다. 나는 하칸과 말을 하고 싶었지만, 하지 않았다.

그리고 우리는 그렇게 말없이 오래오래 앉아 있었다.

나는 내 자신이 무슨 생각을 하고 있는지도 몰랐다. 일어났던 일들, 하칸이 어쩌다가 물에 빠졌으며, 어떻게 뗏목배 위로 올라왔는지, 왜 저렇게 조용히 거기에 앉아 있는지, 그런 것들을 알려고 했던 것은 안다. 그리고 바람이 왜 멎었는지, 왜 물결이 잔잔해졌는지, 달이 어떻게 떠올랐는지에 대해서도 기억을 더듬고 있었다. 그러나 무엇보다도 찍어 눌러 오는 걱정은 어떻게 집으로 돌아가느냐는 것이었다. 이젠 노도 없었고, 돛도 없었으며, 바람도 불지 않았다.

그렇게 한 시간쯤 지났을 때였다. 나는 아주 멀리서, 먼 곳에서 노젓는 소리가 들려오는 것을 알았다. 그것은 동네 쪽이 아니고, 그 반대인 동쪽에서 들려오는 소리였다. 그쪽에선 사람이 한 명도 안 사는데 노젓는 소리가 난다는 것은 이상한 일이었다. 그러나 그것은 의심할 여지없이 노젓는 소리였다. 나는 시선을 동쪽으로 하고 어둠 속을 응시했다. 입을 꼭 다문 채.

노젓는 소리가 서서히 가까워졌다. 그러다가 드디어 보트의 검은 그림자가 달빛 속에 미끄러져 들어오는 것이 보였다. 보트의 검은 그림자는 점점 우리 쪽으로 미끄러져 왔다. 곧 노를 젓고 있는 사나이의 검은 뒷모습을 식별할 수 있게 되었다.

나는 일어나서 응시했다. 하칸도 일어났다. 우리는 일어선 채 움직이지 않고 점점 우리에게로 다가오고 있는 보트만 바라보고 있었다.

"여보세요!"

나는 갑자기 물 건너로 소리쳤다.

"이리 와서 우릴 구해 주세요!"

보트의 사나이는 돌아다보지도 않았다. 그는 여전히 등을 돌린 채 보트를 저어 오더니 노를 치켜들며 배를 우리 뗏목에다 갖다 붙였다. 치켜 든 노에서는 물방울이 뚝뚝 떨어지고 있었다. 정말이지, 꿈에서 일어나는 일만 같았다. 그는 우릴 돌아다보지도 않았고, 묻지도 않았다. 왜?

그는 보트를 뗏목에 바싹 붙이고서야 처음으로 우리에게 고개를 돌렸다.

나는 달빛 속에서 그의 얼굴을 보았다. 내가 모르는 남자였다. 본 적도 없는 사내였다. 머리칼이 검었고, 얼굴은 길고 가늘었는데, 그는 나에겐 시선 한 번 주지 않았다. 그는 하칸만 바라보았다. 그는 우리 동네 사람은 아니었지만, 우리를 구하려고 온 것이다. 그는 하칸에게 손을 내밀었다. 하칸은 그 손을 잡고 조심스레 보트로 건너가 뱃머리 쪽에 앉았다. 둘 사이에선 말이 한 마디도 없었다. 그리고 나는 여전히 선 채 그들을 보기만 하고 있었다.

그러는 사이에 보트는 뗏목에서 떨어져 갔다. 그것은 나로서는 무슨 영문인지 알 사이도 없이 일어난 일이었다. 사나이는 자기 자리에 앉더니 노를 저어 갔다. 하칸은 나에게 등을 돌린 채 조심스럽게 앉아 있었다. 그는 나를 돌아다보지 않은 채 꼼짝 않고 앉아 있었다.

사나이는 노질을 계속했다. 그리하여 보트는 어둠 속으로 서서히 사라져 갔다.

나는 그들을 부를 수가 없었다. 소리칠 수가 없었다. 나는 선 채 화석이 된 듯, 그쪽만 응시하고 있었다. 나는 아주 오랫동안 그렇게 서 있을 수밖에 없었다.

모든 것이 지금도 그렇지만, 영문을 알 수가 없었다. 하도 이상했던 일이어서 이야기하기도 힘들다. 나는 보트가 보이지 않자 뗏목 뒷자리에 주저앉았다. 젖은 널판이 몹시 차가웠다. 나는 나무상자 속에 식량이 있는 걸 알고 뚜껑을 열었다. 그리고 전에는 손도 대지 않던 그 시럽 같은 잼이 든 병을 꺼내서는 손가락으로 퍼먹었다. 혀가 아리게 달았을 텐데도 별로 단 것을 느끼지 못했다. 먼동이 희뿌옇게 터오기 시작하면서부터 호수에는 안개가 끼기 시작했다. 안개가 호수를 완전히 덮었을 때야 날이 밝았다.

그리고 그 다음엔 나를 찾아 나선 보트가 드디어 나를 찾아냈다.

제일 먼저 온 것은 우리 할아버지였다. 나를 찾은 할아버지는 오래 전부터 부르면서 찾았는데 왜 대답이 없었느냐고 나무랐다. 그러나 나는 아무 소리도 못 들었다. 뗏목에서 일어날 때 목께로 흘러내린 잼이 끈적거리는 것을 느꼈다. 할아버지는 나를 두 손으로 안아 보트로 옮겨 태웠다. 나는 비로소 살아난 느낌이었다. 그리고 기억나는 것은 내가 보트 바닥에 뉘어졌다는 것, 그리고 담요에 싸여 오랫동안 두 다리를 쭉 뻗고 편안해했다는 것, 그리고 그러는 동안 할아버지는 급한 일이라도 있는 사람처럼 노질을 재게하고 있었다는 것 등이다.

그리고 난 심하게 앓았다. 나는 침대에 누워서 높은 열에 시달리며 이상한 꿈들을 꾸었던 것들이 생각난다. 땀을 심하게 자꾸 흘렸고, 잠들었다가도 가위에 눌려 고함을 지르다가 여러 번 깨어나곤 했다. 어머니며 할머니, 할아버지, 그리고 고모인 아니카까지 내 방으로 와서 내 곁에 있어 주곤 했다. 며칠 동안이었는진 모르겠지만, 하여튼 여러 날 그렇게 앓았던 것은 알겠다.

그러다가 어느 날 갑자기 병이 나았다. 마치 전깃불 스위치를 커기나 한 것처럼 순식간에 건강해졌다.

"뗏목배는 어떻게 되었어요. 할아버지? 그냥 내버려 두셨어요.
아니면 끌어올렸어요?"

나는 옆에 앉아 계신 할아버지에게 물어 보았다.

"끌어오기는 했었다만……."

하고 할아버지는 입을 여셨다.

"제재소 사람들한테 뺏겼나요?"

나는 성급히 물었다.

"아니다. 끌어오기는 했었다만 다시 뜯어서 뗏목으로 떠내려
보냈지."

할아버지께선 조용히 말씀하셨다.

"내 손으로 직접 했다."

"그럼 못은요? 전부 뽑아냈어요?"

"그래, 전부 뽑아냈다."

"잘하셨어요. 안 그랬으면 제재소에서 톱날을 전부 버리게 되
었을 거예요."

"안다, 이 녀석아."

"그런데 할아버지, 하칸을 데려갔던 그 보트의 남자는 누구예
요?"

그러나 할아버지는 대답을 안 했다. 생각에 잠기는 얼굴로 앉
아만 계셨다.

"그 사람 우리 동네에서 사는 사람은 아니던데요?"

나는 말했다.

"펄프 공장에 다니는 에릭손을 꼭 닮은 얼굴이긴 했지만, 에릭손은 아니었어요."

"아니구말구."

할아버지께선 나직이 말씀하셨다.

"이제 또 좀 자거라."

할아버지는 내 곁에서 몸을 일으키며 나를 다시 한 번 굽어보았다. 나는 그날 밤에 있었던 일을 이야기하기 시작했다. 그러나 할아버지는 이상하게 허둥대는 모습이더니, 화난 사람처럼 횡허케 몸을 돌려 방에서 나가 버렸다. 그러나 내가 다시 일어나 나가 놀아도 되게 된 다음 날엔 할아버지께서 다시 내게로 오셔서 먼젓번에 하다가 만 이야기를 해달라고 청했다.

나는 모두 이야기해 드렸다.

그러는 동안 할아버지께선 교회에 간 사람처럼, 그래서 천사님이나 성자님을 생각하고 있는 사람처럼 심각한 얼굴로 꼼짝 않고 앉아만 계셨다. 내가 이야기를 마쳤는데도 대답이나 물어 보는 말이 없으셨다. 지루하게 묵묵히 앉아만 계셨다.

"못을 다 뽑아 내셨다니 잘하셨어요. 하마터면 제재소의 기계를 결딴낼 뻔했는데."

그때 할아버지가 입을 여셨다.

"하칸, 그 애는 이제 다시 여기 나타날 게다!"

나는 그 해 여름 많은 책을 읽었다. 그 중에서 내가 제일 재미있게 읽은 책은 항해하는 네덜란드인의 이야기였다. 그는 한때 물에 빠져 죽어 가는 선원을 구하지 않고 내버려 둔 무서운 죄를 범한 적이 있었다. 그래서 그에게는 어떤 항구에도 정박하지 못하고 끊임없이 항해만 해야 하는 저주가 내려져 있었다. 그의 배가 항구에 가까이 가면 바람이 불어와 그의 배를 깊은 바다로 밀어 내는 것이었다. 그래서 그는 정박할 수 있는 항구를 찾아 끊임없이 항해하는 것이었다.

그렇게 여러 해가 지난다. 달밤이나 폭풍우가 휘몰아치는 밤, 뱃사람들이나 바닷가 사람들 중엔 키에 묶여 끊임없이 항해하게 되어 있는 그의 모습을 본 사람이 나타나곤 한다. 그러나 세월이 지남에 따라 그를 알아보는 사람이 없게 된다.

나는 그 이야기를 할아버지께 들려드렸다.

"아시겠어요, 할아버지? 그를 볼 수 있는 건 아주 깊은 밤중뿐인 거예요. 낮에 본 사람은 없어요. 그가 누군지 아무도 모르고, 누구와도 그는 말을 나누지 않아요. 그리고 깊은 밤이 되어서야 육지 가까이 나타날 수가 있는 거구요."

"그래서 어쩼다는 거냐?"

나의 기대에 찬 눈초리에 할아버지는 무슨 소리냐는 듯 되물었다.

"아무도 그를 모른다니까요. 깊은 밤에야 그는 사람 눈에 뜨일 수 있는 곳까지 나타날 수 있는 거예요. 그런데 그 사람도 깊은 밤중에 나타났잖아요. 모르시겠어요, 할아버지? 아무래도 무슨 관련이 있을 것 같지 않아요?"

"무슨 봄 뻐꾸기 소린지 알다가도 모르겠다."

할아버지는 퉁명스럽게 대꾸했다.

"그 사람은 밤중에 노를 저어 왔어요. 동쪽에서요. 동쪽엔 아무도 안 산다는 걸 할아버지도 나처럼 잘 알 게 아녜요. 그쪽엔 나그네조차도 머무는 법이 없어요. 그런데 그 사람은 그쪽에서 왔거든요."

그 다음부터 나는 호수 건너편 쪽을 수시로 살피기 시작하였다. 다른 사람들에게는 물론 그 까닭 같은 걸 밝히지 않았다. 그러나 어른들은 그러고 있는 나를 보면 불러서, 나로서는 잘 알아듣지도 못할 긴 이야기를 들려주거나 자잘한 심부름이나 일을 거들게 했다. 그것은 아무래도 내 생각을 다른 데로 돌리기 위해서인 것 같았다.

그 해 여름은 몹시 따가웠다. 호수의 동쪽 땅은 하칸이 늘 '똥 같은 곳'이라고 부르던 곳인데, 그 말처럼 그렇게 아름다운 고장이 아니었다. 물가엔 나무 등걸이 쓰러져 하얗게 껍질이 벗겨져 있었고, 그 위를 덤불이며 나무뿌리들이 마치 목을 졸라 죽이기라도 하듯 휘감아 조이고 있었다. 그리고 여기저기 벌목을 한 곳이 많아서 보기만 해도 갈증이 이는 것 같았다. 나는 병에다가 물을 한 병 담아 가지고 그곳을 보다 가까이 살피기 위해 호숫가를 따라 강 쪽으로 가보곤 했다. 그러나 강물이 흘러드는 북쪽과 흘러가는 남쪽 호숫가까지 가보아도 그 바로 건너편 쪽이나 잘 보였지, 가운데 쪽은 우리 동네에서만큼도 보이지 않았다. 그래도 나는 그 짓을 수시로 하곤 했다. 몇 시간씩 걸려 그렇게 쏘다니다가 물병이 비어 목이 마르면 집으로 돌아오는 것이었다.

하여튼 그런 식으로나마 호수 건너편을 샅샅이 살피느라고는 했지만, 나는 아무것도 찾아낸 것이 없었다. 강물이 빠져 나가는 남쪽의 건너편 기슭에 거의 다 망가진, 하얗게 색이 바랜 보트가 한 척 깊숙이 끌어올려 있는 것을 발견한 것 이외에는 없었는데, 그 보트는 벌써 몇 년 전부터 그 자리에 있는 듯싶었다. 그래도 나는 혹시나 해서 그쪽에 대고 큰 소리로 불러 보곤 했다.

"하칸! 하칸! 하칸!"

그러나 아무 대답도 들려오지 않았다. 산울림조차도 없었다. 그래서 나는 결국 호수 건너편에는 하칸이나 그 보트의 사나이가 가서 살고 있는 것은 아닌가 보다고 생각하게 되었다.

9월에 나는 마지막으로 그 남쪽 호숫가를 찾아가 보았다. 9월은 내가 가장 좋아하는 달이었다. 먹을 수 있는 열매들이 도처에 익어 있어서 아무리 쏘다녀도 목이 마르거나 배고플 염려가 없었다. 그리고 산이나 들에서 그렇게 따먹는, 그 이름 모르는 열매들은 모두 하칸이 가르쳐 준 것들이었다. 호수 건너편의 산들은 노랑색 빨강색으로 예쁘게 물이 들어 있었고, 수면에는 안개가 낮게 깔려 있었다. 나는 그날도 아무 성과 없이 돌아오고 말았다. 그러나 나는 그것으로 아주 단념하지는 않았다.

9월의 마지막 날, 나는 할아버지의 보트를 호수로 끌어냈다. 그것은 물론 금지된 일이었지만, 그날은 내가 아홉 살이 되는 내 생일날이었다.

나는 호수를 가로질러 노질을 해갔다. 엷은 안개가 수면 위를 온통 덮고 있었다. 엷은 안개였기 때문에 파랗게 맑은 하늘이 그대로 올려다보였다. 안개 속을 노저어 가자니까 마치 버려진 외로운 세계로 노를 저어 가는 듯한 기분이었다. 세상과 나와의 연관은 이미 모두 다 끊어진 것 같은 기분이었다. 그리고 그것은 희미한 느낌을 주는 것이었다. 나는 호수 가운데쯤에 이르러 노를 쳐들고 똑바로 앉아 정적 속에 귀를 기울이며, 무언가, 누군가를 기다리는 마음이 되어 있었다.

안개 속에 혼자 있으면 이상하게도 여느 때 혼자 있을 때보다 훨씬 더 혼자인 것 같은 느낌이 드는 법이다. 그리고 보다 감각이 예민해진다. 나는 지나간 일들을 모두 다시 한 번 생각해 보았다. 보트의 사나이는 왜 하칸만 데려갔을까? 그리고 그는 지금 어디에 있는 것일까? 또 왜 돌아오질 않는 것일까? 어른들은 어쩌면 그 이유를 알고 있는지도 모른다. 그러나 왠지 그들은 그것을 안대도 결코 이야기를 해줄 것 같지는 않은 느낌이었다. 그런 느낌이 들었다. 나 스스로 알아내야만 하는 일일 것 같았다.

나는 한 시간도 더 되게 그렇게 가만히 앉아 있었던 것 같다. 안개는 여전히 걷히지 않고 있었다. 그때 나는 보트 한 척이 안개 속에서 내 쪽을 향해 나오는 것을 보았다.

그것은 내가 타고 있는 보트나 마찬가지로 통나무를 파서 만든 카누식 보트였다. 그리고 분명 나를 의식하고 나에게로 오고 있는 것 같았다. 노를 젓고 있는 사람의 얼굴은 그렇게 쉬 알아 볼 수 없었지만 어른인 것 같지는 않았다.

그 보트가 가까이 옴에 따라 나는 내 눈을 의심하지 않을 수 없었다. 노를 저어 오는 사람은 하칸이었다. 분명 하칸이었다. 하칸의 보트는 서서히 다가왔다. 안개 속을 뚫고 소리 없이, 미끄러지듯 다가왔다. 그러나 나는 조금도 무섭지 않았다. 하칸은 노질을 소리나지 않게 계속하면서 나에게서 시선을 떼지 않았다. 나도 그에게서 눈을 돌리지 않았다. 그는 전보다 훨씬 더 나이를 먹은 것 같아 보였다. 그는 나에게 미소를 보내 왔다.

주위는 아주 적막했다. 나는 꼼짝 않고 앉아 하칸의 보트가 내 보트 옆을 지나 원을 그리며 안개 속으로 다시 사라질 때까지 그의 얼굴만 바라보았다. 그도 나에게서 내내 시선을 거두지 않았다. 그의 얼굴 표정은 독특했다. 그는 미소를 지으며 곧장 내 얼굴만 바라보았는데, 그 얼굴 표정은 마치, "나는 여기 있다. 그러니 너는 더 이상 날 찾을 필요가 없다. 너는 나를 찾은 것이 아니야." 하고 말하고 있는 것 같았다. 그리고 이젠 그를 찾았으니 그를 찾는 일 같은 것은 그만두어 달라고 청하는 듯싶었다.

우리는 말을 한 마디도 안 했다.

그저 서로 바라보기만 했다. 그리고 미소를 지어 보였을 뿐이다. 그리고 그는 옆을 스쳐 지나가 반원을 그리며 사라져 버렸다. 그후 나는 나의 어렸을 적의 유일한 친구인 그를 다시 만난 적이 없다. 나는 생각에 잠겨 오랫동안 움직일 줄 모르고 앉아 있었다. 그런 연후에야 다시 노를 잡고 젓기 시작했다. 그가 원을 그리며 지나간 곳에 이르자 물에 무언가 떠 있는 것이 보였다. 그것은 기다란 장대였다. 우리가 뗏목배를 밀고 갈 때 쓰던 장대였다. 나는 하칸이 그것을 나에게 돌려주려 한 것이라고 믿었다. 나는 그것을 가져가기로 했다. 나는 그것을 건져 보트에 올려놓고 동네를 향해 노를 저었다.

동네 앞의 호수에 이르자 물가에 할아버지가 서 있는 것이 보였다. 나는 벌써 멀리서부터 할아버지를 알아보고 있었다. 할아버지는 화가 나 있는 것 같았다. 어깨를 젖뜨리고 몸이 빳빳해 보이는 걸 보면 그걸 알 수 있었다. 그러나 나는 두렵지 않았다. 나는 보트를 물가에 대며 노를 치켜 배에 얹었다. 그리고 장대를 집어들어서는 육지로 던졌다.

할아버지는 그 장대를 눈여겨보시더니 이렇게 물었다.

"이걸 어디서 찾았느냐?"

"찾았어요, 그냥."

나는 그렇게 간단히 대답했다.

그리고 보트에서 뛰어내렸다. 보트를 육지로 같이 끌어올렸다. 그러고는 할아버지께서 야단을 시작하기 전에 입을 열었다.

"할아버지, 이제 더 이상 하칸을 찾아 헤매지 않겠다는 것만 말씀드리겠어요. 그 짓은 이제 끝났거든요."

할아버지께선 내가 하는 소리가 무언지 모르겠다는 듯한 얼굴을 하고 묵묵히 나를 바라보며 서 있었다.

"이젠 안 그래요. 그건 끝이 났거든요. 난 그렇게 결정했어요."

나는 언덕진 풀밭 길을 올라갔다. 영근 풀 열매들이 발밑에서 바삭바삭 터지고, 종아리에 부딪쳐 맑은 금속성을 발했다. 할아버지는 여전히 보트 뒤쪽에 서 계셨다. 나는 그 모든 일이 이제 모두 지나간 일로 생각되었다. 그것은 이상한 기분이었다. 사람은 일격을 당했다고 희망을 잃게 되는 것은 아니다. 어떤 심한 일을 당해도 해결책을 찾게 마련이다. 물론 일격을 당했을 때의 기분은 참담하지만, 사람은 거기서 무언가를 배우게 된다. 아무것도 배우지 못한다면 그는 더 이상 자라고, 이해하는 것이 멈춘 사람일 것이다. 나는 언덕길을 걸어가며 항해하는 네덜란드인이며 얼음나라의 공주 등, 내가 아는 모든 이야기들에 대해 생각해 보았다. 그리고 나에게서 하칸을 빼앗아 간 그 보트의 사나이에 대해서도 생각해 보았다. 나는 이제 다시는 그 여름에 앓았던 것과 같은 병은 앓지 않을 것이다.

그리고 전과 같은 장난을 하고 놀지도 않고, 전과 같이 그 네덜란드인과 같은 동화를 믿지도 않을 것이며, 모든 것이 전과 같지는 않을 것이었다. 그리고 그것은 9월에 있었던 일이었다. 하칸도 보름만 더 있으면 열 살이 되는 때였다. 나는 언덕 위로 올라갔다. 할아버지께서는 여전히 보트 뒤쪽에 서 계셨다. 그때 나는 내가 울고 있다는 것을 알았다. 그러나 나는 곧 진정되었다. 대기는 맑고 싸늘했다. 나는 마지막으로 한 번 더 그 보트의 사나이에 대해 생각해 보았다. 그리고 드디어 그가 누구인지 알게 되었다. 나는 집으로 향했다. 발밑에선 마른 풀들이 바스락거렸고, 종아리에 닿는 풀줄기들은 까슬거렸다. 이것이 이야기의 전부이다.

13. 금발의 잉게

네 벨스예 지방에서 일주일 동안 붙잡고 있던 일도 끝났다. 50크로네가 아직 주머니에 남아 있었고, 룩섹에는 작지만 독한 포도주 한 병이 들어 있었다. 그리하여 나는 베나 지방을 향해 떠났다.

부둣가의 어느 목로집에서 나는 같은 떠돌이 동료를 하나 만났다. 랑플로멘 호수 지방 태생인 그는 배관공이었으나, 나와 마찬가지로 실업자여서 역시 그 모양으로 사방을 돌아다니는 것이었다. 나와 한 가지 다른 점이 있다면, 나는 독일이며 프랑스, 벨기에, 네덜란드 등을 돌고서 돌아오는 길이었지만, —주머니엔 고작 50크로네를 간직한 한심한 신세였지만—그는 뱃삯이라도 장만되든가, 화부(火夫)로라도 취직이 되면 그쪽으로 나서 볼 심산인 것이 나와 다른 점이었다. 우선 우리는 작은 잔으로 한 잔 했지만, 그것은 어느 사이에 넉 잔이 되고 있었다. 그런데 서로의 신세타령이 끝나고 보니 여덟 잔이 되어 있었으며, 그 정도의 술값으로 나의 돈은 몽땅 털리고 말았다. 그러고 나서 그 친구는 오랫동안 바지주머니를 뒤지고 있었다. 그런데 어쩐 일일까? 주인이 작은 걸로 두 잔을 더 보내 오지 않은가. 우리는 감격해서 서

로 껴안고, 형제 같은 정에 넘쳐 술을 들이키고 잔을 비웠다. 그
런데 동료의 얘기가, 옛날 그가 얼마나 여러 가지 일을 했던가,
그리고 세상이 얼마나 살벌했던가 하는 데 이르러서는, 나도 입
을 다물고 그냥 있을 수가 없어서 몸을 앞으로 굽히고, 날건달로
독일이며 루마니아, 프랑스 등지를 떠돌아다니던 얘기에 열을 올
려 지껄이지 않을 수가 없었다. 그리고 열을 올려 가자, 한 푼 벌
어 남겨 가지고 온 것도 없는 주제에 억세게 행운만 만나며 떠돌
았던 것같이 얘기에 살을 붙여 가게 되어 버리고 말았다. 더구나
코르시카에서 재미 보았던 대목에 이르러선 마치 왕자나 되었던
듯싶게 내가 듣기에도 황홀할 지경이었다. 떠돌이 동료와 술집
주인은 입이 헤벌어져서 다물 줄을 몰랐다.

"여보게, 정말 멋들어진 여행이었군그래? 응, 멋졌어!"

그런데 나는 슬픔이 가슴 속에 괴어 올라서, 사랑스러운 마지
막 술잔을 흔들며 노래를 불렀다.

"어찌하려가, 아름다운 정원도 서로 스치고 지나는 속절없는
인간들에 밟히어 버리고, 장미꽃도 가엾이 꺾이어 가고……."

어찌해서 그런 노랫가락이 새어 나왔는지는 알 도리가 없었지
만, 가뜩이나 외국으로 떠나 볼 생각인 그 떠돌이 동료에게 아무
런 보장도 될 수 없는 바람만 불어 넣어 준 것이 미안해서 나는
마지막으로 한 마디를 덧붙였다.

"하지만 말일세, 사람에겐 자기 나라, 자기 고향이 뭐니뭐니해
도 제일 그리워지는 곳일세."

그러나 그 소리 역시 제동의 역할보다는 그 반대의 역할을 하

고 마는 것을 나는 동료의 얼굴에서 읽고 있었다.

"어디라고 했지? 코르시카? 그래, 코르시카! 내 거기에도 꼭 들르겠네. 들러서 그 처녀에게 안부를 전해 주겠어."

그러자 주인까지도 그깟 술집 팔아 치우고 뒤따라 떠나겠다고 열을 올리며 일어나더니, 곧장 큼직한 술통을 통째로 안아 들고 왔다. 그래서 우리는 그것마저 비우게 되고 말았는데, 술통은 통만 컸지 실상 안에 들어 있는 것은 그리 대단한 양은 못 되었다. 그래도 그것은 우리 셋이 인사불성이 되기에는 충분했다. 그리하여 아아, 우리들의 영혼은 유럽의 곳곳을, 평야를, 섬을, 그리고 또 스웨덴의 산맥을, 호숫가를 날아다니는 것이었다.

그러나 그때 잊어버려지지도 않지만, 동료가 갑자기 우울한 눈길이 되며 혼잣말같이 중얼거렸다.

"빌어먹을! 모스크바로 예전처럼 여송연만 한 마차 싣고 갈 수만 있다면 별지랄 다 부릴 수 있는 돈이 되는 건데!"

우리들은 입을 다물고 말았다. 모스크바로 여송연을 가지고 가기만 하면 스무 배 이상 남길 수 있다는 것이 어떻게 정설로 되어 있었던 것이다. 그도, 나도, 내 주위의 그 누구도 그런 이문을 남긴 사람은 하나도 없었지만 그것은 확고부동한 정설이었다. 그리하여 술통 바닥에 남은 술을 마저 제거해 버리는 작업이 다시 시작되었고, 문득 정신을 차리고 보니, 나도 거리에 나와 있었다. 목로집에서는 동료가 테이블 위에 두 팔을 뻗고 엎드려서 끙끙거리고 있었다. 아무리 잘 있으라는 인사를 해도 그는 요지부동이었다. 그저,

"그늘 속으로, 그늘 속으로 들어가는 거야. 모두!"

하고, 그는 중얼거리고 있을 뿐이었다. 그가 몸을 가눌 수 없을 정도였기 때문에 나는 혼자 작별을 고했다. 술집 주인은 문간까지 배웅을 해주었다.

"용기를 내는 거야, 우리! 그래서 셋이서 한 번 유럽 온 천지를 누벼 보자고!"

나는 그와 악수를 나누고 헤어졌다.

처음에는 집들이 얼마간씩 기울어진 듯이 보이고, 거리를 달리는 마차며 자동차들이 마치 나의 얼굴을 향해 달려드는 것같이 생각되었다. 그러나 나는 아랑곳없이 차도를 건너갔다. 유유작작하게. 그래서 마차며, 자동차들이 멈추게 되어 나는 승객한테서 욕을 얻어먹게 되었다. 그러나 그것은 불쾌하다기보다는 유쾌했다. 나는 고함을 치는 작자에게 맞받아서 고함을 질러 주는 것이 재미났던 것이다.

"뭐야, 이 못난 썩어질 자식아!"

그러고는 그 앞에서 왁 마셨던 것을 토해 주었다. 질겁한 작자들의 꼬락서니라니. 나는 여유 있게 싱긋이 웃어 보이기까지 하며 물러섰다.

"알아 두라고, 까불면 없어!"

도무지 눈앞에 뵈는 게 없었다.

그렇게 방약무인하게 걷는 사이에 나의 눈에도 세상은 평상시와 같은 또렷한 모습을 드러내게 되었다. 뒤에 두고 온 옛 시가의 초라함에 동료인 배관공 생각도, 들떠 버린 목로주점의 주인 생각도, 작은 잔의 신의 위안도, 포도주 술통 속의 유쾌한 거품도 사라져 버렸다. 나는 똑바로 걸어갔다. 어차피 여관에 들 돈도 없었지만, 돈이 있대도 술냄새를 확확 풍기는 술 취한 친구를 받아 줄 여관은 없을 것이었다. 그러나 겁날 것은 없었다.

삼월의 밤바람은 포근하기만 했고, 달빛마저 밝아 걸음을 걷기에는 안성맞춤이었다. 그러다가 아주 지쳐 버리면 아무 농가의 건초창고로든 숨어들기만 하면, 건초더미 속에 푹 파묻혀 실컷 잘 수가 있었다. 나는 어느덧 교외의 다리를 건너고 있었다.

아, 강물을 보았을 때 내 마음은 얼마나 뛰었던가. 녹색으로 칠한 난간에 기대니, 달빛 속에 잠겨 있는 항구까지 한눈에 보였다. 점점이 켜 있는 고깃배의 등불들. 그 아늑한 밤 풍경을 바라보고 있노라니 어쩐지 자신도 이 조국에서 아주 버림을 받을 인간같이 느껴지지는 않았다.

그래서 나는 다시 용기를 내어 밤길을 터벅터벅 걷기 시작했다. 불 꺼진 한산한 광장들이 드문드문 서 있는 지루한 교외를 벗어나자, 아스팔트도 없는 길이 시작되었다. 호두나무가 가로수로 늘어서 있는 길이었다.

그리하여 미스레예에 닿은 것은 자정이 훨씬 넘은 새벽 나절이었다. 더 이상 걸어 볼 수가 없이 피곤했다. 달도 지고, 마을에는 불 켜진 창문 하나 없었지만, 전에 이곳을 지날 때 들어가 편히 잠을 잤던 건초창고가 기억에 남아 있었다. 나는 그곳을 쉽게 찾을 수 있었다. 여전히 건초는 잔뜩 비축되어 있어서, 충분히 따스하고 좋은 꿈을 꿀 수 있을 것만 같았다. 나는 건초를 머리까지 덮어 쓰고 어둠 속에 몸을 내맡겼다.

나는 새들의 지저귐 소리에 잠에서 깨어났다. 으스스 한기가 들어 룩섹의 작은 포도주 병 신세를 졌다. 그러자 그 강한 포도주가 언제나처럼 선선히 점지해 주는 기적이 주인을 잘못 만나 고생인 나의 불쌍한 수족에 퍼져 왔다. 세수는 근처의 호숫가로 가서 했다. 그곳엔 한 척의 보트가 흔들거리고 있었는데, 흰 페인트로 '엘프리드호'라고 쓰여 있었다. 나는 천천히 길 위로 올라가 숲길을 걸었다. 새들이 방울처럼 튀어 오르고 있었고, 이슬은 아네모네의 새 순 위에서 반짝반짝 빛나고 있었다.

두 시간쯤 걸었을까, 배가 고팠다. 그러고 보니 마지막으로 음식이라고 먹은 것이 어제 아침에 먹은 굳은 빵 한 덩어리였다. 그나마도 어젯밤 길거리에서 토할 때 얼마간은 도로 나와 버렸을 테니 뱃속이 편치 못할 것은 당연했다. 그러나 아무리 둘러보아야 마을이 보이지 않았다. 공기는 맑았고, 햇살은 앙상한 호두나무 가지 사이로 수많은 얼룩이 되어 길바닥에 내리고 있었다. 바람은 나무를 살랑거리게 했고, 숲 냄새는 향기로웠다. 그러나 자연이 아무리 평화롭고 아름다운들, 내 뱃속의 평화를 못 지킨다면 무슨 소용인가.

반시간쯤 더 걷자 걸음이 휘청휘청해졌다. 나는 길가 양지바른 숲 속의 공터로 들어가 주저앉아 심호흡을 하기 시작했다. 차츰 심장이 편하게 되었다.

"이렇게 하면 좋겠군."

나는 생각했다.

"빵이 없을 때는 잠을 잘 것. 잠은 가난한 자의 빵이렷다."

그런데 꿈속에서 내 양심이 벌떡 일어나 내 가슴 위에 걸터앉았다.

"이봐, 요하네스!"

하고, 나를 타고 앉은 양심이란 녀석이 소리를 질렀다.

"네놈은 50크로네를 몽땅 마셔 버렸기 때문에 지금 배가 고픈 거야! 그러니까 그건 자업자득, 싸단 말이다! 네놈은 고통을 겪어야 해!"

나는 그 녀석의 바른 소리에 오싹 한기를 느꼈다.

"네놈은 앞으로도 정신 못 차렸다간 배부를 날이 없을 걸!"

그러나 나의 제2의 양심이랄까, 하여튼 먼젓번 친구에 대항해서 내 역성을 들어 주는 양심이 자리를 박차고 일어나 앉으며 내 편을 들어 주었다.

"뭐라는 소리야! 네까짓 놈이 뭘 안다고 까다롭게끔 굴고 있어! 대체 이 인생이 불쌍한 친구한테 술잔 없이 어떻게 살아 나가라고 그딴 소릴 하고 있어!"

그러자 먼저 양심이 내 가슴에서 뛰어내리더니 두 번째 양심에게로 달려들어 한 주먹에 때려눕히려 했다. 그러자 이 두 번째 친구는 형체를 없애고 낭랑한 목소리로 변해 버리고 말았다.

그 소리는 가지들이 흔들리고 있는 덤플 숲 위로 뛰어오르더니, 햇살 속으로 녹아들었다. 그러더니 또 이슬이 되어 내렸다. 이슬은 사방에서 반짝이며 산울림까지 되어 오는 낭랑한 웃음소리를 발하더니 드디어 자취도 없이 사라지고 말았다.

나로 말하면, 그리하여 네 활개를 펴고 자연의 대지 위에 가로 누워 여신들의 질투를 끄는 파리스처럼 단잠을 즐긴 것이다.

나는 무엇인가가 나를 꽉 쥐어박는 통에 눈을 떴다. 눈앞에 말 한 필이 불쑥 산더미처럼 다가와 서 있었다. 욕지거리 소리가 난다.

"야 이 주정뱅이 병신놈아!"

라고 누군가가 호통을 치고 있다. 말에는 짐마차가 달려 있었고, 호통 소리는 마부석에서 들려오고 있었다. 아마 그는 나를 치기 직전에서야 겨우 발견했던 모양이다. 그리고 길가 숲 속에서 잠이 들었던 나는 나도 모르는 사이에 거기까지 굴러갔던 모양이었다. 나는 길 한복판에 누워 있었다. 농사꾼이 하나 마차에서 뛰어내렸다. 욕설을 퍼붓는 장본인이었다. 나도 일어섰다. 농사꾼은 얼굴이 시뻘겋게 해가지고 덤벼들었다. 젊은 친구였다. 그는 내 어깨를 와락와락 당기면서 소리를 지르고 있었다.

"이 우라질 놈아! 아침 열 시밖에 안 됐는데 고주망태가 되어가지고 남의 간을 조리게 해놓기냐? 어디 맛 좀 보아라!"

그러고 보니 나를 와락와락 잡아당기는 것은 나를 메다 버리려는 수작인 모양이었다. 그것도 개천 쪽에다가. 가만히 있다간 외상 없이 개천으로 쑤셔 박힐 판이었다. 나는 양손으로 그의 손아귀를 빼내고 잽싸게 한 대 올려붙였다. 그러자 그는 몇 걸음 비틀비틀 물러나다가 엉덩방아를 찧고 말았다. 두말 할 필요도 없이, 우리 두 사람은 곧 본격적인 주먹질을 시작했다. 그러나 비록 취해 있었고, 뱃속까지 비어 있기는 했지만, 내게는 권투를 한 경험이 있어서 농사꾼은 얼마 안 가서 땅바닥에 축 늘어진 채 입도 못 놀리게 되어 버리고 말았다.

그리하여 나는 승리자가 되어 숲의 달콤한 공기를 흠뻑 들이마셨다. 어찌된 영문인지, 내게는 생기가 돌아와 있었다. 아직도 종소리만 울리면 4, 5회전은 무난히 뛸 수 있을 것 같았다. 그러나 이것은 곡마단에서 막간에 보여 주는 4회전 권투시합이 아니었다. 나는 풀이 죽어서는 늘 하는 식대로 작은 포도주 병을 한 모금 하려고 마개를 뽑았다. 그때 마차에서 여인이 뛰어내렸다.

"이 멍청이!"

하고, 소리를 지르면서. 농사꾼 곁으로 엎어지듯 달려가 머리를 받쳐 들고 이마를 쓸기 시작했다.

"아니오. 그걸론 안 되지요. 아주머니."

나는 수작을 걸고 그들 부부 곁으로 가서, 농사꾼의 코밑에 술병을 들이밀었다. 그는 얼마 안 가 코를 벌름거리며 다시 눈을 떴다.

일어나게 된 농사꾼은 마누라가 자기 몸을 받치고 있는 것을 보고 눈이 둥그래져 가지고 떠듬떠듬 물었다.

"어, 어찌된 일이오?"

"내가 당신을 한 대 친 거요."

하고, 내가 대답해 주었다. 그러자 그 마누라는 웃었다. 농사꾼이 나를 쳐다보는 그 얼굴은 영 얼빠진 그것이었다.

"당신, 내가 흔히 오토바이나 타고 이 근처를 설치는 날건달이

나 사기꾼이라고 생각한다면 그건 오해야."

하고, 나는 자기 소개를 했다.

"나로 말하자면 외국을 떠돌다가 돌아온 지 얼마 안 되는 위인이거든. 그러니까 지금은 당연히 실직자지. 일터를 찾아 내 사랑하는 조국을 떠돌아다니던 중 공복에 지쳐 잠이 들었던 거야. 술취해 곤드레가 되었던 것은 아니라고."

그러자 그 마누라가 또 까르르 웃었다. 빨간 수건을 뒤집어 쓴 그 밑의 머리칼은 밝은 금발이었고, 눈빛은 지중해의 물빛보다도 더 짙은 푸른색이었다. 그리고 그 이는 또 어찌 그리 희고 깨끗할 수가 있는지!

"아유 못난이!"

하고 말하고 그녀는 농사꾼의 턱에 붙은 흙을 문질러 털어 주었다. 그러고 나서 말을 계속하였다.

"애초에 비켜 달라는 말만 하고 말았으면 아무렇지도 않았을 걸, 덤비지만 않았어도 상관없었을 걸, 그게 마구 덤빈 벌이에요!"

농사꾼은 정말 멍청이처럼 나를 일 분 가량이나 노려보았다. 그러더니 물었다.

"일거리를 찾아다닌다고?"

"그렇소."

"어디로 가는 거요, 그래서?"

나는 모르겠다고 대답했다. 그러나 어디든 마을을 찾아 들어가 배를 채울, 말하자면 버터를 바른 빵이라든가, 따뜻한 수프를,

고깃덩이와 감자가 잔뜩 들어 있는 것이면 바랄 나위 없이 좋겠지만, 양배추 몇 줄거리만 들어간 것이라도 상관없겠으니, 그런 걸 좀 공짜로 손에 넣어야겠다는 소리는 잊지 않았다. 그러자 멍청이가 말했다.

"타요."

그래서 나는 마차 뒤에 올라탔다. 멍청이는 앞자리에 앉아 고삐를 잡았고, 자그마한 말은 종종걸음으로 달렸다. 나와 그 마누라는 뒤쪽에 나란히 앉았다. 숲 바람이 신선했고, 그리고 우리는 그 속을 마차로 가는 것이었다.

지금 생각해도 나는 내가 어떻게 그 멍청이네 집에 붙어 있게 되었는지 그 까닭을 모르겠다. 마차를 타고 가는 동안 우리들은 정말 한 마디도 지껄이지 않았다. 마차는 평평한 분지(盆地)에 자리잡고 있는 어떤 마을로 들어섰고, 이윽고 그 마을 안의 어떤 집 앞에 멈췄다. 집은 아주 허름한 대신 아주 넓었고, 나는 그 두 사람을 따라 방으로 들어갔는데, 그 뒤는 머리가 띵한 게 기분이 나빴다는 것밖에는 기억이 없다. 나중에 눈을 떠보니까 나는 높다란 침대 위에서 자고 있었다. 창가엔 고양이가 앉아 있었다. 둘러보니 한 장의 수호천사 그림이 눈에 띄어 기뻤다. 그것은 울창한 숲 속의 위태로운 길을 한 천사가 어린아이를 이끌고 가는 그림이었는데, 내가 어렸을 때 내 침대 맡에도 그런 그림이 걸려 있었다.

그때 갑자기 소 우는 소리가 들려왔다. 나는 부우루 지방의 불행했던 아버지의 누님인 아말리아 고모 집에 와 있나 보다 하는 생각이 들었다. 그러나 소가 또 한 번 길게 울자 나는 생각이 바뀌었다. 이건 프랑돌의 휴양지로구나. 벽돌공 콘라트와 슈나이더 녀석이 올테고, 그러면 트럼프판이 벌어지겠지.

그러자 소가 또 한 번 울었고, 그와 동시에 문이 열리면서 멍청이 농사꾼이 방안으로 들어왔다. 그는 내가 이틀 밤 이틀 낮을 꼬박 자기만 했다고 하면서, 내 침대에 걸터앉아 나를 살폈다.

"일을 좀 해주면 좋겠는데, 실은 머슴이 나흘 전에 집을 나가버렸거든. 이게 그 친구가 쓰던 방이야."

나로서는 세 끼 끼니와 잠자리만 해결되는 곳이면 어디고 상관없는 것이었다. 그런데 그는 월급도 얼마간씩은 주겠다고 하는 게 아닌가. 싫다 할 이유가 없었다. 그래서 우리는 아랫방으로 내려가 포도주를 마시고 치즈와 빵을 먹었다.

농사꾼 집엔 힘든 일이 없었다. 멍청이는 내 마음대로 일을 하도록 내버려 두었다. 나는 우선 기계라고 이름 붙일 수 있는 것은 모조리 고쳐 주었다. 짚을 묶는 기계에서부터 작두와 탈곡기, 다음엔 전깃줄 배선이며, 또 원심기(遠心機)에 이르기까지. 그러고는 소나 말의 뒤치다꺼리도 해주었고, 장부 적는 것도 거들어 주었다. 어느 날 밤엔 오토바이를 사고 싶다는 멍청이의 의논을 받고 함께 읍내로 나가서 중고품을 하나 사오기도 했다. 내가 그것을 시승해야 했고, 타는 법도 가르쳐 주어야 했는데, 그 다음부터 그는 매일 밤 그 고물 오토바이를 윙윙거리며 분수령 꼭대기의 참나무가 있는 곳까지 꼬불꼬불한 산길을 달리곤 했다.

이리하여 시간은 휴식 속에서 흘러갔다. 짐승들을 돌보고 난 뒤의 기분은 어쩌면 그렇게도 흐뭇했을까. 외양간 안에 윤이 나도록 손질을 받은 짐승들이 나란히 서 있는 것을 보면서 지나갈 때의 기분이란! 그 멍청이는 입에 침이 마르도록 나를 칭찬한다. 그러면서 곧잘 나를 오토바이 꽁무니에 태워 가지고 숲 속에 있는 주막으로 데리고 가주었다.

그의 마누라는 잉게라는 이름이었다. 젊고 미인이었다. 나와는 별로 말을 나누려 하지 않았고, 나도 될 수 있는 한 그녀를 보지 않기로 하고 있었다. 사실은 그녀가 곁에 있으면 나는 언제나 아니타의 생각이 떠올라 난처했던 것이다. 아니타는 내가 좋아하면서도 못 건드렸던 나의 첫 번째 짝사랑의 연인이었다.

그러나 그것만 빼면 지금의 생활은 매일매일 일하고 배불리 먹고 자는 멋진 생활이었다. 이 농사꾼네 집에 온 지 어느덧 한 달 반이나 지났는데, 내 뺨에는 볼록하게 살이 올라 마을의 하녀 계집애들이 재빨리 나를 어떻게 유혹해 보려고 노리는 형편이 되어 있었다. 밤이 되면 나는 곧잘 따뜻한 대기 속으로 빨려 들어가 개울가며 숲 속, 호숫가 등을 배회하곤 했다. 특히 잉게의 생각이 아니타에 대한 기억과 겹쳐지는 때는 어김없이 그랬다. 그래서 밤중에 몰래 방에서 빠져 나가 호숫가에 앉곤 했던 것은 부지기수였다. 그녀는 그만큼 아름다웠고, 그만큼 내 마음을 끌어당기는 힘이 있었다.

그러나 가슴이 설레다 정 안 될 것 같으면 나는 파이프에 불을 댕겨 물고 주막집을 찾아 흠뻑 취하곤 했다.

그러는 사이에 봄이 다가왔다. 나는 정말 말같이 일했다. 멍청이는 나 같은 일꾼은 본 적도 없다고 하면서 좋아했다. 얼마 안 있어 마을은 꽃에 묻혔다. 그리고 목장에서부터 풍겨 오는 꽃 냄새로 밤에 잠을 설칠 지경이었다. 멍청이는 매일 나돌아 다니며 술을 마셨다. 그는 말이 별로 없었고, 잉게는 방에 틀어박혀 옷을 깁고 있었다.

그 무렵의 일이었다. 마음은 무거웠으나 한눈 팔지 않고 일하는 나를 멍청이가 방으로 불러들였다. 방 안에는 잉게도 앉아 있었는데 멍청이가 말했다.

"올로프, 지금 벚꽃이 한창일세. 저 창밖을 보라고. 저 산 말이야. 벚나무뿐이지. 저게 우리 산이야. 내 첫 번째 재산이지. 버찌가 익으면 자네더러 잉게하구 읍내 장에 팔러가 달라고 할 셈이야. 자네는 그때까진 여기 있어 주겠지?"

그때 잉게가 나를 쳐다보았다. 나는 말했다.

"그러지."

벚꽃은 피고 있었다. 그리고 그 열매는 가지가 부러지도록 열렸다. 그 해 햇볕은 버찌가 익기에 꼭 알맞았다.

어느 아침이었다. 나는 소와 말을 돌보고 있었고, 멍청이는 그 오토바이로 외출을 하고 없었는데, 잉게가 마당으로 나오며 말을 걸었다.

"날씨가 참 좋네요."

"좋군요. 요샌 매일 좋은데요."

"어때요, 오늘 버찌 좀 따러 산에 갈 수 있겠어요?"

안 될 것도 없었다. 그래서 우리는 바구니를 두 개씩 가지고 떠났다. 처음엔 길도 없는 산비탈로 갔으나 차츰 가느다란 길이 나서고 있었다. 풀밭을 지나 개울을 건너자 거기서부터 벚나무 산이었다. 눈앞에 나무들이 늘어서고 열매가 아침 햇살을 받아 반짝이고 있었다. 잉게는 그곳 헛간 문을 열쇠로 열어 주었고, 나는 들어가서 사다리를 꺼내 왔다. 그러고는 나무 위에 올라가 열매를 익은 놈으로 골라 따기 시작했다. 살찐 열매가 어떤 것은 밤톨만큼이나 컸다. 두 시간 가량 지났을 때 그녀가 아래에서 나를 불렀다.

"좀 쉬었다 따요."

나는 아래로 내려가 그녀의 옆, 젖은 풀잎 위에 앉았다. 마을이 아래로 보였다. 교회에서 한낮을 알리는 종소리가 들려오고 있었고, 제법 후덥지근한 바람이 아래쪽에서부터 불어 올라오고 있었다.

"이 벚나무 산은 본시 내 것이에요. 결혼할 때 친정에서 받아 온 것이거든요. 그러니까 여기서 나는 수입은 내 마음대로 처분해도 좋은 거예요."

하고 그녀는 내 쪽은 보지도 않으며 말했다.

"호오."

나는 대꾸했다.

"아주머님께선 아주 부자신데요."

"이 산에서 나오는 수입도 적지는 않아요. 하지만 전 모두 우리 멍청 씨한테 주고 있지요. 다른 데는 멍청하면서도 돈만은 어

지간히 좋아하거든요. 그이는. 하지만 안 주려면 안 줄 수 있는
거예요."

우리는 양철 컵에 커피를 따라 마시고 점심 바구니에 넣어 가
지고 온 순대를 잘랐다. 점심 바구니엔 그 밖에도 음식이 여러 가
지 들어 있었고, 그 모두가 정성을 들여 맛있게 만든 것들이었다.
나는 점심을 마치고 다시 나무로 올라가 열매를 땄다. 내가 따서
던지면 잉게가 그것을 치마폭에 받곤 했다. 두 시쯤 되자 바구니
네 개가 꽉 찼다. 그러자 잉게는 다시 집으로 내려가 마차를 몰고
왔다. 우리는 바구니를 마차에 싣고 마차에 올랐다. 잉게가 고삐
를 잡고, 나는 그 옆에 올라앉았다. 그리고 우리 두 사람은 그 길
로 읍내로 향했다.

흰 교회가 있는 그 자그마한 시골 읍은 산길을 따라 한참을 가
야 했다. 햇볕이 내려 쪼이는 길에서는 흙먼지가 풀썩풀썩 일었
다. 울창한 숲을 몇 군데나 빠져 나갔다. 그리고 몇 번씩이나 내
가 고삐를 바꿔 잡아야 할 만큼 길은 고르지가 못했다. 그래도 조
그마한 말이 걸음은 빨랐다. 숲 속을 마차로 가는 한가로움. 어
쩌면 세상이 이렇게 평화스러울까 싶기까지 했다. 나는 잉게를
간간 돌아다보곤 했다. 그녀는 햇볕이 얼굴에 내려 쪼이는 것도
아랑곳 않고 눈을 반쯤 감은 채 가만히 앉아 있었다.

그런 모습을 보고 있으려니까 나는 자꾸만 가슴 속이 부풀어
오르는 것 같아서 휘파람을 불기 시작했다. 작은 말은 덜컹덜컹
달리고 있었고, 잉게는 자고 있었다.

이날 들어온 액수는 대단한 것이었다. 잉게의 돈주머니가 가

득 차 찢어질 것 같았다. 우리는 돌아가기 전에 과자 집에 들러 커피를 마셨다. 그리고 여섯 시를 칠 무렵에 다시 집으로 향했다. 말은 길을 알고 있었다. 나는 고삐를 쭉 놓은 채였다. 잉게는 내 옆에 앉아 있었다. 숲은 높았고, 길은 약간 언덕으로 경사가 지어 있었다.

그때 무슨 망령에선지 나는 잉게의 허리를 팔로 감고 말았다. 그녀는 그 손을 뿌리치지 않았다. 나는 말을 세워 놓고 그녀에게 키스를 하려고 했다. 그러자 그녀는 웃음을 머금으며 말했다.

"난 당신 아내가 아니에요, 요하네스."

나는 얼굴이 화끈 달아 올라왔다. 그리고 다시 고삐를 잡는 수밖에 없었다.

작은 말을 종종걸음이었다. 숲은 이제 싸늘했고 뒤쪽 차대에 선 빈 바구니가 털썩털썩 소리를 내고 있었다.

"요하네스."

잉게가 불렀다.

"전 우리 멍청 씨의 아냅니다. 제가 좋아하던 사람은 도회지로 나가서 돌아오지 않았고, 그래서 난 그 사람하고 결혼하지 않을 수가 없었어요. 어쨌든 여자는 때를 놓치지 않고 결혼을 해야 하는 거 아니겠어요. 도회지로 나간 그 사람은 학교를 다녔어요. 대학교까지를요. 그랬으니 무엇 하러 돌아오겠어요? 그리고 그때 우리 그 멍청 씨는 건실한 농사꾼이었어요. 그 사람의 요지부동으로 확고한 농사꾼인 점이 전 마음에 들었어요. 이 사람이면 결코 어디로 가버리진 않을 거라는 점을 저는 샀어요. 그래서 같이 살게 된 거랍니다. 그러니까 요하네스, 그건 좋아해서라기보다 분별이란 거죠. 당신을 이렇게 보고 있으면 그것을 정말 똑똑히 알 수 있게 되는 것 같아요. 한 달 반도 넘게 전 당신을 보아 왔어요. 그래서 전 잘 알았죠. 전 분별을 찾은 여자고, 그 분별이 얼마나 아픈 사실일 수 있는지를. 전 이전에 이런 아픔은 있을 거라고 짐작도 못했었어요."

"잉게."

하고, 나는 입을 열었다. 잉게, 금발의 잉게. 나는 그저 그 이름을 불러 주는 것밖에는 아무 말도 할 수가 없었다.

"전 그저 하찮은 시골 여자예요."

그녀는 계속했다.

"하지만 마음만은 당신과 같이 언제나 나그네예요. 한 달 반을 당신을 보아 왔어요. 그리고 당신이 얼마나 외로운 사람인가를 전 알아 버렸어요. 그렇지만, 그러지만 않았으면 난 외로운 것은 모르고 살 수 있었을 거예요."

"아, 잉게."

나는 정말 그것밖에는 아무 할 말을 몰랐다.

"하지만 저의 일은 이미 당신을 보기 전에 다 결정이 되었던 거예요."

잉게는 계속했다.

"저는 당신을 보게 되기 직전에 아기를 갖게 됐어요. 우리 그이는 애 낳는 것을 기다리느라 벌써부터 안달이지요."

숲의 대기는 시원했다. 작은 말은 달렸다. 내 마음은 자꾸만 깊은 곳으로 떨어져 내리고 있는 것 같았다.

"요하네스, 전 정말 당신이 좋아요!"

하고, 그녀는 말했다.

"정말이에요. 그건 사실이에요. 그리고 이건 사실을 사실대로 말하는 것 뿐이에요. 그 이외엔 아무 뜻도 가질 수 없어요. 제가 밴 어린애는 우리 멍청 씨의 자식이고, 그리고 또 당신은 어쩌다가 우연히 들른 사람으로 어느 날엔가 또 훌쩍 떠나가 버릴 사람이 아니겠어요."

우리는 천천히 마을로 다가가고 있었다. 잉게는 계속 말했다.

우리는 집에 도착했다. 멍청이는 문 앞에서 기다리고 있었다. 잉게가 그에게 돈이 든 지갑을 건네주었다. 그러자 그는 부피를 가늠해 보며 쾌재의 웃음소리를 발했다. 그리고 우리를 방으로 데리고 가서 떡 벌어진 저녁상 앞에 앉혔다. 하녀는 거기다가 또 포도주도 여러 병 내왔다. 멍청이와 나는 두 시간 동안이나 먹고 마셨다. 잉게가 자러 가자 그는 또 능금술을 내왔다. 그것마저 우리는 마셔 치웠는데, 그는 마지막 잔을 비우면서 앞으로 여덟 달만 있으면 아들이 생기는데, 그때는 큰 잔치를 베풀 테니 그때까지만 있어 달라고 조르는 것이었다.

나는 그후 두 주일 동안 매일같이 아침마다 잉게와 같이 벗나무 산으로 갔다. 따서 담는 작업이 끝나면 읍내의 장터로 가곤 하는 것이 일과였다. 이 두 주일 동안 나는 잉게에게 그녀 자신이 그다지 흔히 볼 수 있는 여자가 아니라는 것을 깨닫게 해주었고, 그녀가 그로 인해 나를 너욱 가깝게 느끼게 된 것은 사실이었지만, 그것은 즐겁다기보다도 괴로운 시간들이었다. 두 주일 동안 그녀는 그녀의 멍청이를 위해 정조를 지켰다.

그러던 어느 날 멍청이가 나를 붙잡고 말했다.

"내일 모레가 사람들을 초대한 날일세."

나는 잉게에게 그게 무슨 일이냐고 물었다. 그녀는 그것이 버찌의 수확을 감사하는 잔치로서 근방의 친척들과 동네의 젊은이들을 부를 것이라고 했다. 악사들도 올 것이라고 했다.

그날 아침도 나는 잉게와 같이 버찌를 싣고 읍내 장터로 떠났다. 그리고 돌아오는 길에 나는 그녀에게 키스를 했다. 그러자 그녀는 나에게 이제 낳게 될 어린애가 사내아이이면 요하네스란 이름을 지어 줄 작정이라고 말했다.

그리고 우리는 묵묵히 숲을 지났다. 잉게는 우리들이 죄를 범할 수 없는 것을 울며 슬퍼했다.

"울지 말아요, 잉게."

하고 나는 말했다.

"나는 앞으로 어디를 또 떠돌아다닐지 모르지만, 당신만은 결코 잊을 수 없을 겁니다. 이렇게 가까이 있으면서도 그렇게 멀리 있을 수 밖에 없는 당신. 난 당신을 언제까지나 고마운 마음으로 간직할 것입니다. 나를 당신처럼 진정으로 생각해 주었던 여자는 아직까지 없었고, 앞으로도 없을 테니까요."

잉게는 말을 세우고 말했다.

"요하네스."

그리고는 내 눈시울에 키스를 해주었다. 그것은 언덕 꼭대기에서였다. 길은 바람기 때문에 바짝 말라 있었고, 풀이 바람에 나부끼고 있었다. 그리고 마을은 아래 언덕 쪽으로 펼쳐져 있으며, 목장도 그쪽으로 펼쳐져 있었다. 그리고 그것은 아, 정말 너무도 부드러운 푸르름이었다.

"제게도 삶이 있어요."

잉게는 말했다.

"저곳에는 없는 삶이."

그러면서 그녀는 마을을 가리켰다.

"그렇지만 저는 저곳을 못 떠날 거예요. 안 그렇겠어요. 요하네스? 알아 주시겠어요? 저기서 태어나 저기서 자란 여자에게 무엇이 필요한가를."

"알고말고요."

나는 대꾸했다.

"잉게, 금발의 아름다운 잉게, 나는 당신을 사랑해요. 하지만 당신은 당신이 살아야 할 길을 살아가면 되는 거예요."

그러자 금발의 잉게는 다시 울기 시작했다. 그러나 나는 말을 움직였다. 마차는 골짜기로 내려갔다. 여전히 울고 있는 잉게를 내 옆에 태운 채.

그리고 그날 밤 나는 그곳을 떠났다. 아무와도 작별인사를 나누지 않고. 그리하여 기억에 남아 있는 잉게의 모습은, 두 눈에 눈물을 함빡 담고 있던 그 마지막 모습이었다.

14. 보도라는 사나이

내가 세상을 떠돌던 시절의 이야기다. 그즈음 나는 정직하기 위해서, 정직하기란 참으로 힘든 노릇이었지만, 가끔은 위법 행동을 해야 했다. 그것도 심지어는 일부러 좋아서 하는 것이었다. 법규에는 밀렵은 위법이라고 규정되어 있었고, 법관도 그렇게 말하고 있었다. 만일 밀렵을 하다가 잡히는 날에는 두 달 동안 구금이라고.

그러나 나는 그런 것에 도무지 구애를 받지 않았다. 물론 그들 상대방은 지능이 있고, 경찰과 밀렵 감시인을 두고 있었지만, 나도 이에 못지않은 걸 갖고 있었다. 사실인즉 내 편에서 더 많이 갖고 있었다.

그런데 무슨 얘기부터 시작해야 좋을지 모르겠다. 나 자신에 관한 얘기가 아니라 남쪽 어느 토탄밭〔土炭田〕에서 처음으로 만난 보도라는 사나이에 관한 이야기가 하고 싶어지는 것이다.

우리나라는 아름다운 고장이다. 바다의 소금 냄새는 온통 해안과, 나무들이 틈틈이 박혀 있는 바위투성이의 절벽을 덮고 있다. 호숫가에는 전나무와 소나무의 산림이 있어 감미로운 송진 냄새를 실어 온다. 그리고 남쪽 목초 지대에는 토탄밭이 있다.

　나는 토탄을 캐내기 위해서 토지를 빌려 가지고 있는 어느 토탄 채굴업자에게 일자리를 부탁했다. 그가 사람을 하나 쓴다는 말을 들었기 때문이다. 그가 그때까지 쓰던 사람은 자기 몫으로 돌아오는 토탄 수량 문제로 말썽이 나서 그만두었다. 이 채탄업자를 만난 자리에서 나는 이 사실을 알게 되었다. 두 다리가 굽어 보이고 어딘가 좀 당당해 보이는 이 사나이는, 내가 선금을 요구하자 대답은 않고 매서운 조그만 눈으로 한참 나를 쏘아 보았다. 그러나 타협은 성립되었다. 우리 두 사람은 어느 농가의 마차에 올라 토탄밭을 향해 떠났다. 그는 내가 일하게 되어 있는 장소를 가르쳐 주고는 자취를 감춰 버렸다.

　거기에는 무수한 구덩이가 패인 토탄밭이 널려 있었다. 축축이 젖은 검은 토탄 덩어리들이 땅에 차곡차곡 놓여 있었다. 토탄더미 맨 위에는 빛깔이 연한 토탄들이 쌓여 벌써 말라 줄어들어 있었고, 토탄더미 줄과 줄 사이에는 갈대와 보랏빛 부들과 노란 부채꽃 무리가 무성해 있었다. 저 멀리에는 농가들이 외로이 서 있고, 희읍스레한 벌판 지대에는 여러 마을의 탑들이 솟아 있었다. 주위에는 울어대는 물오리 소리와 갈밭을 스쳐가는 바람 소리와 물고기들이 뛰노는 소리가 들려올 뿐이었다.

　그러면 이제 이 보도라는 사나이에 관한 얘기를 해보기로 하자. 그는 자기가 아무개라는 사람이라고 알려 주기는 했으나, 그것이 그의 성인지 혹은 이름인지는 알 수가 없었다. 하여튼 그것은 문제가 아니긴 하다.

　그는 토탄더미 뒤 어딘가 보이지 않는 곳에 앉아 있었던지, 내가 옷을 벗고 있자니까 바로 내 등 뒤에서 인기척이 들려왔다. 나는 갑자기 몸을 돌렸다. 그는 따뜻한 미소를 띠고, 어디든 다닐 수 있는 권리를 가진 자만이 지니는 확고부정한 걸음걸이로 나를 향해 다가왔다.

"지금 일을 시작하려는 참이구려."

하고 그가 말을 건네 왔다.

"요전 사람은 도무지 일을 하지 않았지. 그래서 내가 일을 거들어 주면 어떻겠냐고 말할 정도였어요. 그러면 그자가 뭐랬는지 아시겠습니까?"

"그만두라고 하지 않았습니까?"

하고 나는 반문했다.

"그래요. 그자는 그렇게 대답을 했답니다. 내가 왜 그를 거들어 주어서는 안 됐을까요? 나는 여기서 살고 싶다는 거구, 결국 하나님이 이 땅을 창조해 냈다는 데 지나지 않지요. 그런데 저번 사람이 뭘 했단 말입니까. 그러구두 그 사람은 가버렸습니다."

"하나님이 이 땅을 창조했다는 말씀엔 무슨 뜻이 있습니까?"

하고 나는 그와 그 먼저 사람과의 알력을 몰랐기 때문에 물어보았다.

"그 뜻은 내가 여기를 걸어다닐 수 있는 권리를 갖고 있다는 거지요! 이 땅은 우리들 모두의 것입니다."

"아하."

하고 나는 말을 이었다.

"내가 형씨와 인연을 갖고 있는 동안은 형씨도 같이 일할 수 있습니다. 하지만 나는 나 자신을 위해서 돈벌이를 하러 온 겁니다."

"누가 돈이 필요하단 소릴 했습니까? 나는 조금도 필요하지 않습니다."

"그럼 좋습니다."

하고, 나는 손을 내밀었다.

그의 손은 고된 일을 그리 많이 하지 않은 손이었다. 갓 잡히기 시작한 굳은살이 군데군데 아직 물집이 아물지 않은 채였다. 이것으로 그는 고된 일에 단련이 되어 있지 않다는 걸 알 수 있었다. 그의 피부는 연하고 상하기 쉬워 보였다. 그리고 그의 손에 시선이 끌린 나는 덩달아 그의 얼굴도 자세히 살펴보았다. 숱이 많은 거무스레한 금발머리가 개털 길이만큼 짧았다. 이마는 밝고 좁았으나 흉하지는 않았다. 나는 조금도 거짓 없는 묘사를 할 생각이다. 그의 까칠까칠한 눈썹 밑에는 약간 우묵진 눈이 마치 녹주석(綠柱石)처럼 맑게 푸르러 있었다. 친절이 어려 있는 눈매였다. 코는 곧고 날이 서 있었다. 입은 언제나 다물어져 있지 않고, 턱주가리는 다소 나오고 너부죽했다.

결국 나는 그를 이렇게 훑어보고 난 순간에 이것을 가지고 그 인물의 됨됨이를 평가할 수는 없었다. 아니, 그는 글이나 책 따위에는 생무지와도 같은, 다소 거칠어 보이는 좋은 사람으로 보였다.

나는 이 고장에 물오리가 많다는 걸 벌써 알고 있던 터라, 해가 넘어가면 저녁 찬으로 한 놈 잡아 오리라고 마음먹고 있었다.

이 사나이는 좀도둑은 아니었다. 그는 내가 혼자 밀렵을 하도록
내버려 두고 있었다.

"그런데 이름을 뭐라고 합니까?"

하고 그는 웃저고리를 벗은 뒤 토탄더미 그늘에 앉아 있는 내
옆에 내려놓으면서 물었다.

"올로프라고 합니다."

하고 나는 대꾸했다.

"나는 보도라는 사람이오."

하고 그는 자기 소개를 했다.

이런 일이 있는 후 우리 두사람은 일을 했다. 볕은 두 사람의
머리와 팔을 태우고, 셔츠를 꿰뚫고, 잔등과 어깨를 달구었다.
땅 속 깊이에서 싸 하고 감미로운 냄새가 솟아올랐다. 축축이 젖
은 토탄 덩어리들이 너저분한 토탄 구덩이 바닥 속에 묵죽히 쌓
여 있었다. 토탄석은 사면으로 뻗쳐 있는 식물의 뿌리로 이루어
져 있었고, 토탄밭은 빛깔이 찬란한 꽃들로 덮여 있었으나 우리
둘은 이것을 한 이랑 한 이랑 일궈 나갔다.

토탄을 말리기 위해서는 뒤집어 놓아야 했으므로 우리는 쭉 허
리를 굽히고 일을 하느라 허리와 등이 아팠다. 손은 온통 감탕이
묻어 아렸다. 그는 자기가 할 일을 알고 있었다. 즉, 우리 두 사
람은 토탄을 나란히 쌓아 놓은 한가운데서 줄의 양쪽 끝을 향해
각기 한 쪽씩 맡아 가지고 일해 나가는 것이었다. 그는 나 못지않
게 재빠른 솜씨였고, 나는 이 일에 관해서는 숙련공이었다. 나는
돈벌이를 위해 하는 일이었지만 그는 아무것도 바라는 것이 없이

그저 재미로 하는 것이었다. 나로서는 잘된 일이었다. 나는 그에게 아무것도 주지 않아도 좋았다. 내가 주인이 아니니까. 한 줄을 다 마치고 새 줄을 잡아 그 줄 복판에서 서로 만날 때마다 그는 그럴싸한 얼굴로 내게 미소를 보냈다. 아닌 게 아니라 그는 좋은 사람이었다. 나는 내 웃저고리가 있는 주변을 살폈다. 그의 것이 내 것 옆에 있었다. 그러나 나는 돈은 바지주머니 속에 간직하고 있었다. 저고리주머니 속에 돈을 간직해서는 안 된다는 것을 나는 내 방랑 생활 초기 때부터 터득하고 있었다.

그렇게 우리는 일을 했다. 그가 없다면 나는 쉬기도 했겠지만 그는 줄곧 일을 하고 있었다. 어쨌든 좋았다. 우리는 일을 계속해 나갔다. 오후로 접어들면서 어느덧 저녁이 가까워 오고 있었다. 둘이 다시 줄 복판에 왔을 때 나는 허기를 느껴 벌렁 누워 버리며 말했다.

"오늘은 이만 합시다."

"그럽시다그려."

그도 내 옆에 날개를 폈다. 그는, 키는 그리 크지 않았어도 어깨는 떡 벌어져 있었다.

"식사를 하러 갑시다."

하고 내가 말을 건넸다. 우리 둘이는 저고리를 꿰입었다. 내 저고리 속에는 샌드위치와 차가 든 물병이 들어 있었다. 토탄을 나란히 쌓아 놓은 줄 양 끝에는 물이 있었다. 이 물은 토탄밭을 일구기 전에 퍼낸 물이었다. 그런데 일 미터 높이로 토탄을 쌓아 올린 좁다란 지면과 지면 사이에는 직선으로 파나간 구덩이

가 여러 개 있었다. 우리는 물가로 가 앉았다. 쥐오줌풀과 쇠귀
나물의 부드러운 꽃과 질경이의 엷은 잎들이 잔잔한 수면에 소
리 없이 솟아 있었다.

　우리 두 사람은 이런 곳에 앉아 있었다. 나는 샌드위치를 꺼내
들었다. 그는 물을 들여다보고 있었다. 그러는 그의 속을 나는
알 것 같았다. 그는 먹을 것이 아무것도 없었다. 두 무릎 위에 손
을 깍지끼고 앉아서 그는 조용히 앞을 바라보고 있었다. 그 미개
한 모습. 돈이 아직 주머니 속에 들어 있는지 보고 싶은 생각이
났다. 돈은 있었다. 그래서 나는 그에게 샌드위치를 반 나눠 주
게 된 것이었다.

　"어서 드시오."
하고 말을 건네자 그는 그럴싸한 얼굴로 샌드위치를 받아들었
다.

　"사람이란 결국 먹어야 하는 거죠."
하고, 사뭇 철학적인 소리를 하고는 그는 두툼한 샌드위치를 억
센 이빨로 베어 물었다.

　저녁때 나는 그에게 말했다.

　"저 마을에는 물오리가 많습니다. 마을의 물오리 말이에요. 마
을 사람들이 물오리에게 둥지를 만들어 주어 가지고 알을 낳게
하면서 기르고 있습니다. 오리가 수백 마리는 될 듯싶던데. 아주
탐이 납니다."

　그는 대답이 없었다. 등을 붙이고 잠이 들어 있었다. 아무래도

좋았다. 나는 날이 아주 어두워진 뒤에 마을을 향해 떠났다. 길가에 쭉 늘어서 있는 버드나무 하나에서 굵직한 가지를 하나 꺾어 들었다. 창날처럼 생긴 잎을 다듬자 한끝이 약간 굵은 훌륭한 지팡이가 되었다. 마을은 어둠 속에 덮여 있었다. 농가들이 점점이 서 있었다. 잔잔한 수로(水路)에는 물오리들이 죽은 듯이 떠 있었다. 나는 길 한쪽에 앉아서 주위를 살폈다. 등불 하나가 조그만 집 뜰에서 비쳐 오고 있었다. 잠시 후에 처녀 하나가 그 등불을 들고 헛간 쪽을 향해 가는 것이 보였다. 그녀가 헛간 쪽으로 사라지자 그곳 창문에 불빛이 떠올랐다. 그녀의 금발머리가 어깨까지 드리워 있는 것이 보였다. 예쁜 처녀라고 생각했었다. 나는 조용히 떠 있는 물오리를 바라보고 있었다. 나는 기다리고 있었다. 처녀는 다시 나오지 않았다. 얼마 후에 불이 꺼졌다. 불을 끄고 처녀는 헛간에서 자는 모양이었다. 그녀는 이 집 식모인 듯 싶었다.

나는 다시 물오리들이 있던 곳으로 눈을 돌렸으나, 그것들은 아주 멀리 가 있었다. 나는 마치 물오리들에게 모이를 주는 듯이 흙을 몇 줌 물에 뿌려 주었다. 그러자 한 놈이 이쪽을 향해 서서히 헤엄쳐 왔다. 순간 나는 손에 있던 지팡이를 겨누어 내리 갈겼다. 대가리에 명중했으나 오리는 대번에 죽어 주질 않았다. 완전히 해치우기도 전에 그놈이 마구 꽥꽥거려 멀리 있던 다른 놈들도 들입다 달아나면서 꽥꽥 소리를 질러댔다. 마을의 물오리들이 온통 울어대기 시작하는 것 같았다. 나는 그놈을 끌어당겨 잡아 죽여서는 웃저고리 밑에 감춰 버렸다. 주위를 돌아보았다. 헛간

앞뜰에 다시 불빛이 나타났다. 아까의 처녀가 내가 있는 쪽을 바라보며 서 있었다. 휘파람을 불며 나는 돌아섰다.

따스한 밤이었다. 보도는 잠이 깨어 있었다. 나는 그에게 오리를 보였다. 대가리는 피투성이였고, 청록색의 날갯죽지에도 피가 여러 곳 묻어 있었다. 목은 부러져 있었다.

"형씨, 형씨도 빵만으로는 살 수가 없습니다."

하고 나는 말했다.

그는 오리를 들여다보고 나더니 졸음 맺힌 소리로 이렇게 말했다.

"안 됩니다. 그런 짓을 해선 안 돼요. 오리를 죽여선 못쓴단 말입니다."

그러고 나서 그는 다시 오리의 부러진 목을 들여다보았다.

그렇게 나온다면 나 혼자 잡수셔야지, 나는 그렇게 생각하며 털을 뜯기 시작했다.

다음 날 그는 다시 지난밤에 했던 소리를 되풀이했다.

"그런 짓을 해서는 안 됩니다!"

나는 빵을 팔러 다니는 사람한테서 빵을 샀다. 보도가 일하고 있는 동안 나는 토탄불에 오리를 구워 놓았다. 그는 오리고기엔 손도 대지 않을는지 몰랐다. 만일 그가 맨 빵만 먹는다 해도 나로서는 반대할 아무것도 없었다. 고기는 맛이 좋았다. 더구나 토탄불에 구웠기 때문에 강한 향기까지 풍겨 이만저만한 맛이 아니었다. 다 먹고 난 뒤 나는 더 일할 생각이 나지 않았다. 어째서 일을 더 해야 한단 말인가. 해는 높이 떠 있었고, 주위는 아름다웠다. 주변에서 풍겨 오는 마른 풀 냄새는 향긋했고, 이랑에 고여 있는 물은 잔잔했다. 보도는 맨 빵만을 먹고 있었다. 군소리 없이 조용히 먹고 있었다.

다음에 나는 토끼를 한 마리 잡았다. 나는 토끼, 토끼 중에서도 산토끼를 좋아했지만 내게 잡힌 놈은 집에서 기르는 집토끼였다. 그러나 그놈은 어떻게 헤어날 수가 없게 되었던 것이다. 놈이 길을 건너고 있는 걸 내가 잡아 치운 거니까. 그 얘기의 전말은 이렇다. 즉 언젠가 처녀가 헛간에서 자던 그 농가에 가게 되었던 것이 원인이었다. 나는 그녀의 얼굴이 어떤지 낮에 보고 싶었다. 밉지 않은 얼굴이었다. 내가 우유 한 병을 산 뒤에 그 집주인이 그녀를 부르는 소리에, 그녀는 안으로 들어가면서 엉덩이를 흔들었다.

그리고 그 엉덩이가 시야에서 사라지는 순간 나는 그 농가의 뒤뜰에 토끼집으로 향하는 길이 나 있는 것을 알아챘다. 그리고 내가 그 토끼집 하나를 열어 보았던 것이 그런 일이 되어 버렸던 것이다. 물론 나는 당장 잡아 넣으려면 넣을 수도 있었다. 그러나 내가 그럴 필요까지 있었겠는가. 나는 농가 사람들에게 인사를 하고 돌아섰다. 그리고 돌아오는 길목에서 그 달아났던 토끼를 만났다. 토끼의 귓등을 막대기로 한 대 때렸더니 목이 부러지고 말았다.

보도한테 돌아오자, 그는 나를 보며 전번과 같은 소리를 또 했다.

"그런 짓을 해선 안 됩니다. 토끼를 죽여서는 안 된단 말이에요."

나는 이 말에 화가 치밀어올랐다. 그래서 한 마디 쏘아 주고 말았다.

"이봐요, 당신은 좀 있으면 이제 물고기도 잡아선 안 된다고 하겠구먼!"

그러나 그는 줄곧 일을 하고는 맨 빵만 먹는 것이었다. 그것이 오래는 계속될 수 없다고 생각한 나는 버터와 치즈를 사왔다. 그는 기쁜 얼굴로 그것들을 먹었다. 토탄 일은 제대로 잘 진행되어 나갔다. 그럴 법도 한 것이, 쌓아 놓은 토탄이 우리 두 사람의 손에 의해 순식간에 뒤집어져서 잘 말랐던 것이다. 나는 등앓이도 멎고 손도 다시 재빨라지게 되었다. 그리고 우리 둘은 다 일을 재미있어하는 성미였다. 나는 만병통치약인 딱지풀무리의 뿌리를 좀 캐어 두었다. 그것은 떠돌이들에겐 확실히 효험이 좋은 명약이었다. 한데서 자노라면 우리는 때로 아침 안개 속에 둘러싸이는 수도 있었다. 그리고 해뜨기 전에 일어나는 우리여서, 아침에 일어나면 언제나 한기가 으슬으슬 돌았다. 그렇지만 그때 이 딱지풀무리의 뿌리를 으깨어 짜낸 즙을 한 잔씩 마시면 한기가 말짱히 가시곤 했다. 보도는 늘 조용히 잤다. 조용한 사내였다.

나는 물고기를 낚아 볼 요량으로 낚싯바늘과 줄을 사왔다. 낚싯대는 버들가지로 해도 족했다. 보도는 개의치 않고 혼자 일을 했다. 그는 토탄을 뒤집어 놓는 일을 해나가고 있었다. 그러나 나는 그 시간에 낚시찌에 눈을 팔고 있었다. 그것이 미안할 것은 없었으니, 하여튼 나는 내 수입의 일부를 그에게 나눠 주고 있는 셈이었다. 돈이 전부는 아니니까. 그래서 나는 미안한 빛은 조금도 띨 필요가 없었다.

나는 살찐 농어를 몇 마리 잡았다. 이놈은 욕심이 많다. 제아무리 허섭쓰레기를 미끼로 걸어도 덥석 와서 삼키곤 하는 것이다. 내가 잡은 고기의 배를 가르고 있자니까, 보도가 어느 사이엔가 내 뒤에 와 서서 나를 지켜보고 있었다. 그가 무슨 이야기를 하려는지는 훤히 속이 들여다보였다. 그는 전번과 같은 이야기를 또 하고는 게다가 한 술을 더 떴다.

"고기 대가리를 어떻게 잘라 버릴 셈이오!"

그는 자기 머리를 설레설레 저었다. 그러는 품이 심상치 않게 보이기는 했지만, 그것은 그의 문제지 나의 문제는 아니었다. 그는 점점 말이 적어져 갔다.

어느 날 저녁 그는 이런 이야기를 시작했다. 음향이 멀리까지 흘러가는 맑게 갠 아름다운 저녁이었다. 이런 때이면 누구나 노래가 부르고 싶어지는 법이다. 그래서 그와 나란히 토탄더미에 기대어 앉아서 나는 노래를 부르고 있었다. 나는 노래를 좋아서 부르기는 했지만 잘 부르는 노래는 아니었다. 보도가 내 팔을 잡으며 이렇게 말했다.

"형은 동물들이 영혼을 가지고 있다고 봅니까?"

"아니오."

하고, 나는 오페라 아리아를 한 곡 또 불렀다. 이 노래도 잘 부른 것은 아니었지만 그래도 감정표현만은 되었다고 나는 생각했

다. 그는 노래가 끝나기를 기다려 다시 내 어깨를 가만히 두드
려 왔다. 그의 푸르스름한 눈은 긴장되어 있었고 입은 약간 벌
어져 있었다. 사람은 무슨 중대한 일이 있을 때 그런 얼굴이 된
다. 눈과 입은 몹시 중대한 무엇을 바라고 있으면서, 그것이 거
절당할까 봐 겁을 먹고 있는 기색이었다. 그의 눈언저리가 점점
붉어져 갔다. 나는 그것이 무엇을 뜻하는지 알고 있었다. 이런
경우 그것은 자신의 굴복을 말하고 있는 것과도 같았다.

  "형은 사람도 영혼이 없다고 보십니까?"

하고, 그는 물었다. 나는 그가 무엇 때문에 그런 소리를 하는지
알 수 없어서 "글쎄요."라고만 대답했다. 그러자 그가 또 말했다.

  "영혼이 없는 거라면 죽은 사람은 고통이고, 원한이고 물론 없
겠지요?"

  "여보시오, 살아 있는 내 일도 생각하기 귀찮은데 죽은 사람
애긴 왜 끌고 나오는 거요! 난 그런 덴 취미 없소!"

하고, 나는 쏘아 버리고 말았다. 그러나 그의 눈은 긴장되어 있
었고, 그 언저리는 충혈되어 있었다. 그는 죽은 사람은 아무 고
통도 원한도 모른다는 나의 대답을 바라고 있었으리라. 그러나
그때 멀리 마을 쪽에서 소란한 소리가 들려와서 그가 바라는 대
답은 해줄 수가 없었다. 겨를이 없었다. 내가 앉은 채 허리를 틀
어 동네 쪽을 살피는 순간, 어느 사이엔지 우리가 일하고 있는
토탄밭 둑에 세 사람의 사내가 이미 불쑥 나타나고 있었다. 나
는 첫눈에 그것이 경관이라는 걸 알 수 있었다.

  "줄행랑을 쳐야 한다!"

나는 후딱 일어나며 소리를 질렀다. 마음에 짚이는 것이 있어서 나는 다짜고짜 도망을 쳤다. 내가 밀렵을 한 것을 보도란 놈이 고발을 해서 경관들이 잡으러 온 것이라고 즉각 깨달았다. 3개월간 구류. 판사는 이렇게 언도하리라. 내가 잡히기만 하면. 저 보도란 놈! 관대하고 정직한 얼굴의 사내. 푸르스름한 녹주석 같은 눈, 피를 꺼리는 비겁한 위선자, 나는 토탄밭 끝까지 달아나 와서 토탄 구덩이를 뛰어넘었다. 그러고는 뒤를 돌아보기 위해 발을 멈추었다. 경관들이 이쪽을 향해 달려오고 있었다. 나는 토탄 더미 뒤에 몸을 숨기고, 호수께로 이어지는 질퍽한 갈밭을 향해 기어갔다. 그러기 위해서는 꽤 넓은 수로를 건너야 했다. 나는 살며시 물 속을 미끄러져 들어가, 둑길을 등지고 서 있는 갈밭 속으로 가만히 헤엄쳐 나갔다.

그러면서 나는 생각했다. 나를 배반한 보도란 놈은 이제 만날 수 없겠지? 헛간에서 자는 그 처녀를 찾아갈 수밖에. 그 처녀를 말이다. 금발머리를 어깨까지 드리우고, 조그만 흰 이빨의 그녀. 얼마나 훌륭한 처녀인가, 그녀는! 그녀를 건드린 것 때문이라면 석 달쯤 콩밥을 먹어도 억울할 게 없다. 우유 한 병과 엉덩이를 한 번 흔들어 대며 걷는 것을 보는 것만으로라도 좋겠다. 나는 갈밭으로 들어가는 대신 수롯가를 따른 마을로 접근하기로 했다. 잘만 하면 오늘밤에 만리장성을 쌓을 수도 있을 것이 아닌가.

경관들이 찾는 소리가 들려왔다. 나는 경관들에게서 보이지 않을 수로 쪽에 바짝 숨어 있었지만, 내 발끝에 닿아 휘저어진 개흙 바닥이 피어올라 내 바로 뒤쪽에서부터 흙탕물을 일구며 흘러

내리고 있었다. 그러나 흙탕물이 소리를 지르는 것은 아니니, 경관들이 그것을 알아보리라고는 생각되지 않았다. 경관들의 말소리가 멀리 사라지고 있었다. 바로 옆에 두고도 못 찾는 바보 같은 녀석들, 물은 차가웠다. 나는 수로 둑께의 나무숲이 울창한 곳을 향해 다시 살살 걷기 시작했다. 그쪽으로 기어올라 나무숲 사이에 숨어서 동정을 살피려는 것이었다. 나는 미끈거리는 개흙 바닥 위를 조심스럽게 걸어 갔다. 물풀들이 다리에 걸리고 발목까지 개흙 바닥에 빠지곤 하면서.

그런데 이제 보니 경관들은 그렇게 바보가 아니었다. 왜냐하면 내가 그 나무숲이 무성한 둑께로 기어오르려니까, 거기엔 경관 하나가 미리 와서 나를 기다리고 있었던 것이다. 그는 숲 사이에 엉거주춤 서서 권총을 빼들고 있다가 소리를 질렀다. 과히 크지도 않게.

"임마, 이리 와!"

나는 별도리가 없어 그리로 가는 수밖에 없었다. 그곳은 애초에 내가 가려던 곳이기는 했지만.

"손들어!"

나는 손을 들었다. 그리고 둑 위로 올라섰다. 그제야 나는 아까 있던 자리에 저고리를 두고 온 것이 생각났다. 저고리를 두고 왔노라고 말했다. 그러나 다른 두 경관과 함께 저고리는 바로 근처에까지 와 있었다. 보도는 수갑을 찬 채 약간 뒤쪽에 멍청하니 서 있었다. 술집 주인처럼 뚱뚱하게 생긴 경관 하나가 마치 어린애 같은 목소리로 이렇게 말했다.

"자, 그럼 모두들 형무소로 돌아들 가야지. 자네도 별 반대는 않겠지, 이 사람아?"

"네."

하고 나는 대답했다.

"처분대로 하십시오."

그러나 이 사건을 밝히는 데는 잠시 설명이 필요하다. 경관들은 내가 필요해서 온 것이 아니라는 것, 그러니까 나는 단순한 토탄 채굴 인부에 불과하다는 것, 그리고 나는 형무소를 탈출한 적이 없는 순결한 사람이라는 것이 밝혀진 것이다. 남에 의해서 순결이 밝혀진다는 것처럼 근지러운 일이 또 있을까. 경관들의 애기는 간단했다. 그들은 보도가 필요했다는 것이다. 그들의 말인즉, 보도는 어쩌다가 얼김에 누군가를 죽였다고 했다. 나는 함빡 젖은 채 경관들과 같이 떠나는 보도와 악수만 나누고 싱겁게 남아야 했다. 그의 손은 이제 정말 노동자의 손이 되어 있는 걸 나는 알 수 있었다.

경관 중의 한 사람이 도무지 납득이 가지 않는다는 듯 말했다.

"그런데 당신은 어째서 그렇게 날쌔게 달아났던 거요?"

그는 나에게도 미련이 있는 모양이었다. 그러나 미련을 싹 가시게 해준다는 것 또한 양심적인 인간이 할 짓은 아니었다.

"떠돌이 생활이라는 건 언제나 달아날 준비를 해둬야 되는 것 아니겠습니까?"

"법에 걸릴 짓을 곧잘 하는 모양이지?"

"사람들은 누구나 법에 걸릴만한 짓을 얼마간씩은 하면서 사는 거겠죠."

나는 대꾸했다.

"자네 말이 맞아."

예의 어린애 목소리를 가진 뚱뚱한 경관이었다. 그리고 그들은 보도를 데리고 가버렸다.

그리하여 나는 그 해 가을 추워질 때까지 그곳에서 토탄 일을 혼자서 했다. 그러고는 다시 그곳을 떠나갔는데, 내가 마지막으로 얘기하려던 것이 무엇이었던가. 아, 그렇다. 나는 그 처녀를 다시 만나러 찾아갔었다. 그녀는 역시 아름다웠다. 나는 잠시 그녀의 손을 잡을 수 있었다. 어떻게 될 성도 싶었다. 그런데 내가 정작 입을 열어 물어 본 것은 이런 것이었다.

"보도가 얘기한 것처럼, 오리나 토끼를 죽이는 것이 정말 그렇게 무서운 일일까요?"

15. 오디세우스의 편지

내가 페넬로페의 곁을 떠난 것은 내 인생의 최전성기 때의 일이었다. 인생은 내 앞에 넓게 펼쳐져 있었고, 나는 이제부터 많은 것을 기대할 수가 있었다.

10년 후, 우리가 트로이를 정복했을 때 이미 나는 지치고 피폐해 있었다. 전쟁이 내 사지(四肢)에서 골수를 다 빨아 먹어 버렸으며, 나는 완전히 불타 버리고 난 찌꺼기로 텅 비어 있었고, 다시 한 번 시작할 용기라곤 이미 갖고 있지 않았다.

조그만 자극에도 나는 벌벌 떨었으며, 내 동작은 침착하지 못했고, 몸에는 맥이 없었다. 그리고 나는 혼자가 되어, 아무도 나를 관찰하는 사람이 없게 되면, 나 자신과의 대화를, 마치 내가 울면서 그 사람의 잃어버린 행복을 애석히 생각하는 어떤 낯선 사람과 얘기를 나누는 것처럼 나눈다.

야영 생활이 나를 기진맥진케 했으며, 굶주림이 내 육신을 짓씹어 놓았고, 비와 눈이 내 군복을 갈기갈기 찢어 놓았으며, 이슬과 습기가 내 사지를 뻣뻣이 굳게 만들어 버렸던 것이다.

얼마나 자주, 우리는 한 조각의 빵조차 없는 신세가 되었던가. 그리고 얼마나 오래 단 한 접시의 따뜻한 국물을 얻기 위해 기다

려야만 했던가! 그리고 그놈의 추위, 우리는 그 추위에 내맡겨져
있었거니와, 새들도 얼어 죽고 산 짐승도 눈 속에서 횡사하는 아
시아의 그 얼음 같은 겨울은, 우리가 아직 겪어 보지 못했던 가혹
한 것들이었다.

그럼에도 이 모든 것은— 여름의 이글거리는 더위와 겨울의 얼
음 같은 추위, 벌레들과 부상자들의 비명 소리— 만일 적어도 사
자(死者)들이 내 잠을 방해하지만 않았던들 견디어 낼 만 했을
것이다. 그러나 아무리 그러려고 해도 나는 이들 죽은 사람들을
잊을 수가 없었다. 그들의 얼굴은 내가 잠자고 있을 때에도 나를
뒤쫓았다. 푸른 눈에 이마 위에까지 드리워 축축하게 엉켜 있는
금발머리를 한 어린 병사의 죽은 얼굴, 두꺼운 종이와 진흙으로
만들어진 인형과도 같은 머리통들, 잿빛 두개골과 히죽이 웃는
입을 한 가면 같은 얼굴들.

나의 아들 플라시다스여, 내가 과장하고 있으며, 내 자신의 괴
로움 때문에 남의 불행을 잊고 있는 것이라고 네가 나를 비난하
리라는 것쯤은 나도 알고 있다. 그들도 나처럼 괴로워하지 않았
겠느냐고. 굶주림과 추위가 오디세우스에게만 몰아닥치고 다른
사람들 천막 앞에서는 멈추었더냐고.

아니다, 얘야. 다른 사람들도 물론 괴로워했다. 그러나 그들
은, 아이아스와 메넬라오스, 아가멤논과 아킬레우스, 이들은 모
두 아직은 좋은 일을 위하여 싸우고 있다고도 믿고 있었다. 그들
은 배신이다, 배반이다 하며 그것을 복수해야 한다고 믿고 있었
다. 그리고 정의가 승리할 수 있도록 도움이 되기 위해 스스로 고

무, 격려하며 참고 견뎠다. 그러나 나에겐 그러한 위안이 허락되지 않았다. 나는 이 전쟁의 무의미성을 알고 있었다. 천민이 저주하고 트로이인들까지도 후회하기 시작한 지 오래인 이 전쟁의 무의미성을 말이다. 나는 또한 어느 쪽도 자발적으로 적과 절충하여 휴전을 성립시킬 용의를 갖고 있지 않음도 알고 있었다.

그러므로 10년째의 해도 지나고 전쟁의 종말이 여전히 예견되지 않자, 나는 내 힘으로 평화를 강요하려고 결심했다. 이러한 목적으로 나는 나무로 그 몸뚱어리 속에 열 사람이 숨을 수 있는 큰 말을 하나 만들게 하여, 트로이 사람들이 이를 성 안으로 끌어들일 때를 기다리게 했던 것이다. 내 계획에 의하면 다른 모든 그리스인들은 그 사이에 철수를 가장해서 이웃의 테네로스 섬으로 후퇴하였다가 열 사람 중의 하나가 약속된 신호의 횃불을 올리거나 출발 후 나흘 이상이 경과하였을 때에 다시 되돌아올 것이었다.

물론 곧 밝혀진 바이지만 트로이인들은 그들의 호기심을 억제할 줄 알아서 처음에는 다만 조심스러워 했다. 여하간 열 사람은 나흘째 저녁때까지 기다려야 했다. 그제야 그들은 목마를 스케이슈 성문을 통해서 안으로 끌고 들어가서 시장터의 시청 청사 그늘 속에다 방치해 두었다. 그리하여 나는 약속된 돌격의 세 시간 전, 즉 나흘째 저녁 아홉시가 되어서야 비로소 들창을 열고 밖으로 나올 수 있게 되었던 것이다.

플라시다스여, 그후에 일어난 일은 네가 너의 책을 통해 알고 있는 대로이다. 그러나 처음에 내가 실제로 의도했던 바는 성의 본문(本門)을 열고 내 동포들을 들어오게 하여 기습당한 토로이인들로 하여금 신속하고 무혈적인 항복을 강요하는 데 있었다.
그러나 그날 저녁 거리를 거닐며, 집 안에 있는 사람들을 관찰하
였을 때, 내게는 갑자기 우려스러운 생각이 고개를 들었다. 즉,
대체 군인들이 결정적인 순간에 군기와 질서를 유지하리라고 반
드시 보장할 수 있는 것일까 하는 것이었다. 그리고 그렇듯 오랜
결핍의 세월이 지난 지금 오히려 횡포와 탈선이 저질러질 가능성
만이 있는 것이 아닐까 하는 걱정이 있다. 그렇다, 내 계획이 너
무나 쉽게 정반대로 뒤집혀지고, 약탈과 살인이 일어날 우려가
팽배했다.

　나는 늙은 트로이인의 형상을 하고 생각에 잠겨 말없이 거리를
걸었다. 때는 바야흐로 따스한 여름 저녁으로 온화한 일기였다.
우리나라에서는 찾아볼 수 없는 그런 저녁이었다. 비가 내린 뒤
라 공기는 향기롭고 신선했다. 사람들은 창문을 열고 몸을 밖으
로 굽힌 채 이웃 사람들과 잡담을 나누고 있었다. 짝지은 젊은 남
녀들은 널따란 경마장을 어슬렁거리며 미래를 설계하고 있었고,
가끔 나에게로 농담이나 또는 "여보쇼, 늙은이. 이리 올라오지 않
겠소?" 하는, 사람의 마음을 유쾌하게 해주는 소리들이 던져져
오곤 했다. 10년 동안이나 트로이인들은 고난과 궁핍을 참아 왔
다. 그러나 그리스인들이 물러가고 평화가 되돌아온 이제 그런
어두운 그림자라곤 더 이상 조금도 찾아볼 수가 없었다. 노파들
은 집 앞에서 등의자에 앉아 뜨개질을 하고 있었고, 노인들은 가
슴 위에 팔짱을 끼고 침착한 신뢰감을 갖고 저녁 하늘을 쳐다보
며 한 잔의 포도주를 기울이고 있었다. 구석에는 손에 상처 자국

이 있고, 사지 여기저기 화살에 맞은 자국이 있는 젊은이들이 서 있었는데, 그들 역시 모든 것이 지나가고 이제 다시 한 번 처음부터 시작할 수 있게 된 것을 기뻐하는 얼굴들이었다.

나는 횃불 밑에서 여름옷을 깁고 있는 소녀들과 집 안에서 커튼의 구슬을 갖고 놀고 있는 작은 아이들을 보았다. 그러나 내가 그들을 쳐다보고, 그들의 장난꾸러기 같은 외마디 소리들을 들으며 즐기고 있는 동안에 벌써 내 머릿속에서는 목에 붉은 줄이 묶인 채 하수구에 쓰러져 있는 그들의 모습이 떠오르는 것이었다. 소녀들의 옷 위에는 피가 흐르고, 젊은이들이 기뻐한 것은 너무 시기상조였으며, 노인들의 만족스러운 눈들은 공포와 경악에 부릅 뜨여지고 있었다.

이 순간에 나는 행동하지 않으면 안 됨을 알았다. 내 생애에서 최초로 나는 인간들을 살릴 수 있는 기회를 갖게 된 것이었다. 만일에 내가 트로이인들에게 경고를 하고 부녀자들과 아이들을 병사들의 공격으로부터 지켜 주는 데 성공한다면 고난과 결핍의 여러 해가 헛된 것이 아니리라.

이 아이들이 죽느냐 사느냐는 오로지 내 용기와 내 결심에 달려 있는 문제였다. 단 일 분이라도 헛되이 해서는 안 되었다. 남은 시간이라고는 불과 몇 시간. 그러면 그리스인들의 공격은 시작될 것이다. 바삐 나는 중앙통을 떠나 사원지구를 가로질러서 인적이 없는 어두운 골목에 접어들어 라오콘의 집으로 통하는 문을 열었다.

내가 그 안에 들어섰을 때 사제(司祭)는 마침 거무튀튀한 동

(銅)으로 된 커다란 갈고랑이를 가지고 난로 속의 장작 토막들을 끊어서 갈라 놓고 있는 참이었다. 처음에는 그가 어찌나 자신이 하는 일에 몰두해 있는 것처럼 보이던지, 나는 그가 내가 들어온 것을 전혀 알아차리지 못한 것으로 생각했다. 그러나 잠시 후, 그는 머리를 들고 구석에 있는 의자를 가리켰다.

"이방인이여, 앉으시오. 하지만 너무 오래 지체하지는 마시오. 제물이 되기엔 어울리지 않소. 당신이 영리하다면 도망치려고 애 써 보시오. 스케이슈 성문의 파수병은 매수할 수가 있소."

그는 짤막하고 쌍동쌍동 자른 듯한 말을 약간 헐떡이면서 아주 힘들여 했다. 그가 말을 끝내자 나는 한 발짝 그에게로 다가가, 내 말에 귀를 기울이고, 중요한 소식을 전해 받도록 그에게 요청했다.

플라시다스여, 나는 매우 진지하게 말했으며, 일부러 무게 있고 엄숙하게 들리는 말들을 골랐다. 그러나 놀랍게도 그는 내 말의 뜻 같은 것은 전혀 아랑곳 않고, 다만 그 억양만이 거리끼는 것처럼 보였다.

"이방인이여, 나는 당신 목소리를 알고 있소."

하고 그는 천천히, 침착하게 말했다.

"이미 오래 전 일이긴 하나 아직도 똑똑히 기억하고 있소. 그 목소리를 들었던 것이 그리스에서였던가? 코린트에서 축제 사절 단 가운데 끼었을 때 들었던가? 아니면…… 잠깐만…… 우리가 만난 것은 아테네에서가 아니었소?"

갑자기 그는 생각해 낸 것 같았다. 그의 눈초리가 밝게 빛났다. 그는 내 두 손을 움켜잡고 내 옆 방바닥 위에 앉았다.

"내 어찌 그것을 잊을 수 있으리오?"

하고 그는 나지막하게 말했다.

"우리가 만난 것은 당신 결혼 날이었지요? 당신은 처녀와 아테네의 사원 앞에 무릎을 꿇고 있었고, 나는 당신에게서 불과 몇 발자국밖에 안 떨어져서 있었소. 파초스산(産) 대리석 조상(彫象)의 아주 가까이에 말이오. 그것은 트로이인들의 아테네 시에 대한 선물로서, 내가 그날 아침 제막했던 것이었소. 내가 당신보고 그 조상을 주의해 보도록 했던 일을 아직도 기억하시오?"

설사 그가 매우 낮은 목소리로 이야기했고, 또 나는 그의 목소리를 듣기 위해 그에게로 몸을 깊숙이 숙이지 않으면 안 되긴 했지만, 한 마디 말도 나는 놓치지 않았다. 그리고 그의 이야기가 길어지면 길어질수록 더욱더 손에 잡힐 듯이 움직일 수 없고 뚜렷하게 저 결혼의 날이 내 눈앞에 떠오르는 것이었다. 평화의 첫 서광이, 행복한 시절의 먼 광명이 나를 부드럽게 감싸 오는 것이었다. 그리고 음침한 영상들은 퇴색해 갔다. 전쟁의 그림자를 쫓아 버리기에는 여신상의 얼굴 위에 떠 있는 단 한 번의 미소, 부드러운 끌의 새김 하나만으로도 족했던 것이다.

그의 말에 사로잡히고, 그의 얘기의 그물 속에 얽혀들어, 그의 목소리의 밑바닥에 가라앉아서, 내 아들아, 나는 시간을 잊기 시작했던 것이다. 몽현(夢現) 사이를 방황하는 몽유병자, 헤르메스 신의 황금 지팡이가 그 관자놀이를 건드린 무도자처럼.

밝은 의식과 몽롱한 수면의 경계에서 나는 다시 한 번 여신상

의 미소를 보았다. 그 여신상은 페넬로페의 눈을 갖고 있었으며,
자기를 따르라고 내게 손짓을 했다. 나는 일어나서 그쪽으로 걸
어갔다. 그러나 내가 첫 발걸음을 떼어 놓자 벌써 장면은 바뀌었
다. 사원과 돌기둥 들은 안개 속에 사라져 버리고 안개는 바다로
변했다. 파도와 섬들, 푸른 해변과 닻을 내릴 장소를 찾는 배들
이 딸린 은빛의 해면으로.

만(灣)이 하나 나타났다. 이타카의 항구. 축제 기분으로 장식
된 정박장. 깃발과 등롱들이 즐비한 해안 도로. 알록달록 옷을
입은 인간들과 꽃으로 뺑 돌린 연단. 페넬로페는 밝은 비단옷을
입고 옆에는 텔레마하를 거느리고 하얀 어깨걸이를 걸치고 있었
다. 두 사람은 바다를 쳐다보며 서서히 항구로 미끄러져 들어오
는 배를 바라보고 있었다. 배가 부두에 닿고 선원들이 닻줄을 던
지자 군중은 차단선을 뚫고 배를 향해서 몰려갔다.

그러나 현문이 내려지고, 햇볕에 탄 수염투성이 사나이가 난
간에 나타나자 갑자기 쥐죽은 듯 조용해졌다. 군중은 무릎을 꿇
고 기마순라병들이, 그들을 헤치고 길을 열어 배에서 연단의 맨
위 계단까지 양탄자를 깔았다.

페넬로페가 텔레마하를 데리고 연단을 떠난 그 순간에 난간 주
변에 있던 그 사나이도 역시 계단 있는 데로 가서 천천히 자기 배
의 검은 선체를 따라 양탄자로 내려갔다. 페넬로페가 그를 향해
서 마중을 나온 것이었다. 페넬로페는 여신상의 미소를 지니고
그 사나이에게 자기를 따라오도록 손짓했다.

나는 그가 고개를 끄덕이고 한 발짝 페넬로페에게로 가는 것을

보았다. 그러나 그는 갑자기 멈춰 서서 무릎을 꿇고 땅에다 머리를 숙이고서 땅바닥에 입을 맞추었다.

플라시다스야, 내가 꿈에서 이타카의 해변에 있는 자신을 보고, 내 입술이 돌투성이의 대지에 닿는 그 순간에 나는 처음으로 나에게도 또한 귀향의 시간이 오리라는 것을 다시금 알게 된 듯이 생각되었다. 살인과 굶주림이 나로 하여금 이 세상 가는 곳마다 전쟁이 있는 것이 아님을 망각게 했던 것이다. 그리고 다른 곳에서는 사람이 자기의 서재에 앉아서 한 권의 책 위에 몸을 굽히고 아침을 기다리고 있다는 것도.

그러나 라오콘의 말이 아테네 시에서 있었던 결혼의 영광을—페넬로페 곁에서 지낸 시간들, 이카리오스와의 저녁 대화, 엘로이시스와 수니온 곶으로의 기마 여행을—방불케 되살려 준 지금, 나는 다시 한 번 메넬라오스가 이타카로 왔던 그날 저녁에 내게 찾아왔던 평화로운 행복의 위협을 느꼈던 것이다.

그 당시 나는 아무 하는 일 없이 검은 돛을 단 배가 도착하기를 기다리고 있었다. 그러나 지금 나는 행동하고, 전쟁을 단숨에 종식시키기로 결심한 것이다.

기탄 없이 나는 라오콘을 신뢰하였으며 헬레나와의 싸움에 대해서 이야기해 주었고, 나로 하여금 메넬라오스를 돕도록 강요한 선서를 개탄하고 전쟁의 공포, 굶주림과 불쌍한 죽음, 병신의 운명과 고아의 고난을 되뇌였다. 그리고 솔직하게 꾀를 써서 이 모든 것이 종지부를 찍을 계획에 대해서도 언급했으며, 제 집 앞에 앉아 있는 인간들을 볼 때에 나를 사로잡았던 걱정과 후회를 말했다. 그리고 시내를 걸을 때 얻은 내 결심을 이야기했다. 간단히 말해서 나는 완전히 라오콘의 손아귀에 들어가서 이 어둠의 비밀을 잘 아는 눈먼 예언자인 그가 해결책을 찾아내 주기를 기다렸다.

그렇다, 플라시다스야. 나는 그리스인들의 승리를 좌절시킬 용의를 가지고 있었다. 어린이의 꿈을 꾸고 있는 마당에 승리가 무엇이란 말인가! 동정에 겨워서 나는 정복자의 명성과 명예를, 내게 맡겨진 인간들의 생명, 부녀자들의 소원, 어린아이들의 잠과 노인들의 추억을 위해 희생할 것을 추호도 주저하지 않으리라. 설사 내가 아가멤논의 눈에 배반자로 보일지라도, 공명심 많은 애국자들이 내 행위를 저주한다 할지라도, 나는 사람들이 나를 사랑하지 않는다는 것을 알고 있었다. 라오콘의 경고가 없어도 괜찮았을 것이다. 나는 이미 오래 전에 내 적대자들의 본심을 꿰뚫어 보았으며, 내가 약점을 드러내는 그때, 그들이 나를 공동으로 공격할 수 있는 시점을 그들이 기다리고 있다는 것을 예감했다. 아니다, 나는 내 행위의 결과를 과소평가할 이유가 없다. 나를 화석으로 만들리라는 것을 내가 알지 못하기에 너무도 잘 재판의 방법을 나는 알고 있었다. 군중은 우선 망설이는 데서 오는 조심성을 약점이나 공포심과 혼동하기를 좋아하는 법이다. 그러니 현명한 자를 배반의 현장에서 잡았을 때, 왜 그들이 그냥 덮어두겠는가?

그럼에도 불구하고 사태가 이렇듯 엄숙하긴 하나, 아직도 대참사를 막고, 비단 트로이인들을 구할 뿐만 아니라 내 자신의 머리도 또한 올가미에서 빼낼 수 있는 열쇠가 내 손에 쥐어져 있었던 것이다. 내가 사려를 잃지 않고 우월성과 침착성을 지니고 있다면 만사가 좋은 결말을 얻게 될 것이었다. 우선 라오콘은 지체 없이 프리아모스에게 가서 내가 이 도시에 도착한 것을 알려야 한다. 나중에 트로이인들의 경악을 이용하고, 치외법권적인 보호의 확약을 받아 제후들의 모임에 나타나기로 했다. 일반적인 혼란을 냉철하게 고려할 때, 적이 시내 중심부에 와 있고, 그럴만한 비밀 통로가 있다고 트로이인들을 확신시켜 그들을 공포와 경악 속에 몰아넣고, 마침내는 그리스인들이 거기서 공격을 준비하고 있는 거대한 지하 갱로 조직이 있다는 생각이 이들에게 더 이상 기만이며, 환상으로 여겨지지 않을 정도까지 그들을 끌고 간다는 것이 그리 힘들지 않을 것이었다. 내가 예상하기로는, 만일 우선 그들이 목전에 임박한 총공격을 믿는다면, 그들은 그리스측의 요구를 받아들여, 헬레나를 내어 주고 상당한 보상을 지불할 것이었다.

그리고 그렇게 되면 나는 곧 어둠의 도움을 빌려 아무런 위험 없이 그리스의 진지로 되돌아가 배반당하고, 발각되었노라고 이야기하고, 불행한 우발적 사고가 일어난 양 가장하여 나의 옛 손님 라오콘의 이야기를 할 수 있을 것이다. 그의 아들들이 운수 사납게도 정탐 행각 중에 있는 나를 알아차렸다고 말이다. 내 처지를 어둡게 묘사하면 할수록, 내 운수를 불길하게 그리면 그릴수록 나는 더욱더 인상적으로 내 자신의 공로를 주장할 수 있을 것이다.

지하 통로 이야기가 우롱당한 트로이인들에 대한 조소와 찬탄과 경탄을 불러일으킬 뿐만 아니라, 싹터 오르는 걱정을 재빨리 입막음하리라는 데는 의심의 여지가 없었다.

확실히 예측할 수 있는 바와 같이 마지막에 가서는 모두 즐거워지고, 나에게 감사와 찬사를 퍼부을 것이었다. 왜냐하면 나는 절망적인 처지에서 냉철한 우월성을 견지하고, 그리스측의 요구를 관철시켰으며, 오랫동안 그리워하던 평화를 가져왔기 때문이다. 그러면 나는 얼마나 만족해서 트로이로 되돌아갈 것인가. 목마 속에 남아 있는 내 동행자들은 남몰래 말의 몸에서 나오게 해주면 된다. 그리고 이들을 막 갱도에서 올라온 그리스인들이라 생각게 해주리라.

사실 잘 궁리된 계획이었으며, 그렇듯 사람을 승복시키는 논리를 지닌 계산이었다. 나의 아들 플라시다스야, 그래서 심지어 라오콘조차도 경악을 감추지 못했던 것이다.

이렇게 함으로써 비단 그리스인과 트로이인들뿐만 아니라 나의 손님이었던 그, 나를 두 번째로 잃고 싶어 하지 않는 그도 역시 덕을 볼 수 있으리라고 미소지으며 말했다. 그리고 시간도 물론 더 이상 허비할 순 없었다. 그는 다시 한 번 두 아들이 제물을 차려 놓고 기다리고 있을 해변에 다녀가야 할 것이므로, 곧 집을 나서야겠다고 했다. 우선 바다로 갔다가 곧 프리아모스의 궁전으로 가겠다고 했다. 아무도 따라올 필요는 없다고 했다. 그는 길을 알고 있으며 내가 위험에 빠지기를 원치 않는다는 것이다. 이 말과 함께 그는 일어나서 나를 끌어안고 한 시간 안에 되돌아오겠노라고 약속했다.

"당신은 피곤할 것이오, 오디세우스. 몸을 쉬시오. 그리고 내 집의 평화를 즐기시오."

그는 미소를 지으며 몸을 굽혀 인사를 하고 나에게 손을 흔들어 보였다. 문이 찰칵하고 잠기고, 나는 거리에서 발소리가 반향하는 것을 들었다.

그러고 나서 무슨 일이 있었는지는 네가 또 알고 있는 바대로다. 플라시다스야, 그가 해안에 도착하여 막 물가에서 포세이돈에게 도살한 소를 제물로 바치려는 참이었는데, 바다에서 한 마리의 잿빛 뱀이 올라왔던 것이다. 제물에서 흘러내린 피 냄새가, 아니면 동(銅)으로 된 제기에 담긴 내장이 이 뱀을 이끌어냈을 것이다. 라오콘은 기도와 경건한 생각에 잠겨 있어서 이 괴물이 접근해 오는 것을 알아차리지 못했다. 그는 우리 계획의 성공을 위해—그것을 나는 확신한다— 기도를 드리고 있었던 것이다. 그리고 뱀이 그의 몸에 와 닿고, 그가 몸을 막으려 하며 아들들에게 소리쳐 구원을 청했을 때는 이미 때가 너무 늦었다. 뱀의 촉수에 졸려 푸르둥둥한 얼굴, 튀어나온 혈관과 부푼 사지를 하고 있었다. 나는 세 사람 모두가 해변에서 질식해 죽어 있는 것을 발견했다.

내 가엾은 친구여, 내가 온 것이 너무 늦었다. 그대를 구하기에 너무 늦었고, 내 행동을 하기에도 너무 늦었다. 나는 말없이 사람들이 뱀의 몸뚱아리를 큰 칼로 이리저리 자르고, 죽은 사람들을 뱀의 사슬에서 풀어내어 진홍색의 천으로 덮어 나무수레에 싣는 것을 바라다보고 있었다.

나는 슬픔에 복받쳐서 거기에 남아 소리 없는 기도를 올렸다. 그리고 검정옷을 입은, 트로이의 직업적으로 통곡을 해주는 여인들이 수레에 다가와서 반원형으로 늘어서서 날카로운 비명 소리를 내며 죽은 사람들을 통곡할 때에야 나는 그곳을 떠나 천천히 시내로 되돌아왔다.

통곡 소리는 점점 멀어져 갔다. 트로이는 조용했다. 사람들은 자고 있었다. 다만 한 주막집에서 나지막하고, 거의 애처롭게 들리는 음악이 흘러나오고 있을 뿐이었다.

후에 몇 명의 사람들이 거리를 배회했다. 그들의 외침은 성벽에 부딪쳐 부서지고, 오랫동안 여운을 남기며 반향했다. 그리고 언덕 위 어느 곳에서 거대한 어둠의 보자기에 휩싸여 질식했다.

밤은 청명하고 매우 쌀쌀했다. 달은 조그만 장밋빛 무리를 둘레에 두르고 있었고, 별들은 총총히 빛나고 있었다. 시각은 밤 열한 시, 한 시간 안으로 그리스인들의 공격이 개시될 참이었다. 나는 비참하게 녹초가 된 느낌이었다. 내 계획은 실패에 돌아가고, 나로서는 말 속에 숨어 있는 내 동료들을 깨워 내 나라 사람들에게 약속된 신호를 보내는 외에 다른 도리라곤 아무 것도 없었다.

내가 시내를 거의 완전히 가로질러 다시금 시청 가까이에 이르렀을 때, ─목마의 거대한 그림자가 달빛 속에서 뚜렷이 보였다. ─ 나는 다시금 밤중에 쏘다니는 한 패의 무리와 만났다. 그들은 나를 향해서 오고 있었다. 서로 팔을 끼고 있는 사내들과 여자들의 무리가 물결치는 사슬처럼 거리를 가로막았다. 그들은 나를 발견하더니 떠들면서 내게로 몰려와 나를 에워싸고 웃으면서 상당한 몸값을 치러야만 다시 놓아 주겠다고 협박했다.

자기들의 돈으로는 술을 사서 다 마셔버리고 이제 반 농담, 반 진담으로 최소한 2, 3페니히라도 내게서 짜내려고 하는 게 분명하다.

나는 다시금 시간을 잃는 데 대해 몹시 화가 나서 그들에게 두서너 개의 동전을 던져 주었다. 그것도 그리스 돈을. 그들은 그것을 알아차리고 놀랐다. 전사자에게서 노획한 물건인가?

나는 미소를 지어 보이며 고개를 저었다. 그리고 그들이 다소 제정신으로 돌아와 나를 이제 좀더 자세히 관찰하므로,—한 녀석은 심지어 조그만 등불을 내 얼굴 앞에 갖다 대기까지 했다.— 나는 모든 것을 한꺼번에 걸고 진실을 말하기로 결심했다.

"친구들이여, 나는 레르테스의 아들 오디세우스요. 그리스의 서부지방에 있는 섬 이타카가 내 고향이오."

이 말을 끝내자, 플라시다스야, 이 무슨 망측한 웃음소리가 터져 나왔더란 말이냐! 이 무슨 환호, 이 무슨 감격이 터져 나왔던 것이랴! 사내들은 나를 끌어안고 여자들은 내 볼을 가볍게 쓰다듬어 주었으며, 나를 사랑스럽게도 '익살꾼'·'어릿광대'라고 불렀던 것이다. 그리고 마지막에는 모두가 나를 어깨 위에 올려놓고 거리를 누비며 의기양양하게 메고 다니다가 한 주막집으로 달려갔다. 거기로 그들은 떠들며 들어가서,

"이 사람은 이타카 출신의 오디세우스다. 부자란 말이야. 우리 오늘은 그의 돈을 몽땅 마셔 버리자."

하는 말과 함께 거듭거듭 내 건강을 축복하며 마시는 것이었다.

제신이 사람을 망치려 할 때야 그 사람의 눈에서 피치를 흘리게 하느니라. 제신은 그 사람의 심장을 맹목적으로 고동케 하고 정신을 밤의 암흑으로써 어둡게 만든다. 하지만 신의 손이 그를 건드릴 때 그것을 느낄 사람이 어디 있겠는가? 그의 발이 이미 이글이글 타는 숯에 닿아 있을 때 아직도 희망하지 않을 중생이 어디 있겠는가?

저주받을 자들, 그대들, 불행한 떠돌이들이여, 아무도 이날 밤을 살아 넘긴 자는 없었거니, 역시 저주받을 자들 그대들, 왕궁의 불행한 파수병들이여! 그대들도 또한 내 이름을 알고 있었다. 나는 내 이름을 그대들에게 소리쳐 불러 주었다. 하지만 나를 도와 왕을 깨워 달라고 그대들에게 요청했을 때 그대들은 나를 조소했고, 한 녀석은 심지어 내 얼굴에 침을 뱉기까지 했었다.

그대들은 아직도 10분간의 시간 여유가 있었다. 그러나 그 시간을 이용하는 대신 그대들은 나를 붙잡고 내 가슴 앞에다 창을 갖다 댔던 것이다.

그리고 내가 모든 것을 밝히고 열두 시 조금 전에 목마 이야기를 해주자, 그대는 내가 술에 취했다고 생각하고 나를 쇠사슬로 묶어 지하 감옥으로 끌고 내려갔던 것이다. 거기서 그들은 나를 구석에 내동댕이치고, 다음 날 아침 속결 판사의 형벌이 내려질 것이라고 나를 위협하는 것이었다.

그러나 아침이 밝고, 내 나라 사람들이 나를 마침내 풀어 냈을 때는 그 판사는 나무에 매달린 지 오래였다. 한 늙은 그리스인이

나에게 그를 가리켜 주었다. 병사들이 그의 아내를 포옹하려 하자 왜 그는 그것을 막았을까고, 그는 어깨를 움찍하면서 말했다.

그것은 끔찍한 광경이었다. 플라시다스야, 시내는 계속해서 불타고 있었다. 약탈하는 무리들이 집집을 샅샅이 뒤졌다. 사흘 동안 그들은 하고 싶은 짓을 마음대로 해도 되었다. 거리에는 아이들이 입을 벌리고, 공, 막대기, 인형을 아직도 팔에 안은 채 죽어 쓰러져 있었다. 반쯤 무너진 집에서는 부상자들의 비명 소리가 새어 나왔다. 목쉰 목소리가 물을 달라고 졸랐다. 여자들은 산란한 눈초리를 갖고 시내를 달리면서 아무도 이해하지 못할 말을 외쳤다. 아마도 그들의 죽은 아이들의 이름이거나 아니면 전승자에게 주는 저주였을 것이다. 백발노인들은 하수구에 앉아서 한 조각의 빵을 구걸하고 있었다.

그러나 불타는 시가의 끔찍한 영상보다도 더 고약한 것은, 그리스의 진영에서 그러한 종말에 대해 사람들이 느끼는 만족감이었다. 정말이지, 플라시다스야, 우리는 한심한 승리자들이었다! 부상자들을 돌보는 대신 우리는 호화찬란한 축제를 벌였다. 곤욕을 당한 자들을 돌보아 주려고 적으나마 노인들과 불구자들에게 한 접시의 수프를 나누어 주는 대신, 우리는 노획물을 피리꾼들과 창녀들에게 나누어 주었다. 트로이인들이 굶주리고 있는 데 반해서 우리는 포도주를 거리에 쏟았다. 잔치에 잔치가 따랐다. 전승 축하가 뒤에 뒤를 쫓았다. 장교 연회의 도취경이 피정복자들의 불행을 너무도 빨리 잊게 해주었다.

지금 전쟁의 괴로움을 기억하고 있는 사람은 아무도 없었다.

죽은 사람들은 매장되고 살아 있는 사람들은 자기의 권리를 요구
했다. 몇 주만 더 있으면, 그러면 사람들은 고향으로 되돌아가
집에 살림을 차리고 12년 전에 중단했던 곳에서 다시 삶을 시작
할 것이었다. 모두가 다시 옛 집에 돌아간 것 같았다. 헬레나조
차도 되돌아와서 메넬라오스와 화해를 했다. 금발로 염색된 머리
를 하고 주름살과 눈가의 잔주름을 화장으로 감추고 있을 뿐인
늙은 여인. 오래 전에 이 여자 때문에 사람들이 전쟁에 나갔었다
는 것을 기억하는 사람이 지금 누가 있으랴?

그 이야기를 가끔 하는 유일한 사람은 아마도 나일 것이다. 사
람들은 이 이야기를 좋아하지 않았다. 그러나 과거에 내가 영웅
이었고, 개선과 승리는 오로지 내 계략의 덕택이었기 때문에 나
를 그냥 내버려 두었으며, 심지어는 내가 아직도 한동안 보상금
징수를 감시한다는 구실하에 트로이에 남아서 적으나마 최악의
불공평을 피하도록 도와주는 것 때문에 그대로 놓아 두었던 것이
다.

나는 왕의 궁전에서 살고 있었다. 플라시다스야, 그 집은 옛날
에 시인들이 프리아모스의 황금의 집이라 노래했던 집이다. 그러
나 이제는 다만 연기에 검게 그을린 전면만이 지나간 영광을 상
기시켜 줄 뿐이다.

지붕은 반쯤 무너졌고, 창문들은 흡사 실명한 눈과 같았다. 잡
초들이 계단과 현관에 무성했고, 연못의 대리석 물받이에는 갈대
와 거대한 양치식물이 제멋대로 자랐다.

집의 내부에서는 억지로 열린 옷장, 뒤진 서랍장과 부서진 유

리 진열장이 술에 취한 병사들에 의한 약탈을 입증해 주고 있었다. 다만, 트로이인들이 왕자문이라 부르는 조그만 문짝 하나만이 반쯤 성하게 남아 있을 뿐이었다.

여기에 나는 작기는 하나 꽤 안락한 거처와, 상당한 크기의 왕의 홀을 만들게 했다. 이 두 방은 과거 트로이 왕이었던 프리아모스가 인생의 황혼을 보내는 그 소박한 방과 아주 가까이에 있었다.

아무 감동 없이, 플라시다스야, 엄숙한 비애의 느낌 없이, 나는 그 사나이의 이름을 입 밖에 낼 수는 없구나. 한때 열넷이나 되는 아들이 있었지만, 이제는 자식 하나도 없이 외롭게 죽음의 시간만을 기다리고 있는 그 사나이의 이름을 말이다.

두 마리 야위어 빠진 말에 끌리는 고풍의 마차가 내 진영 앞에 멈추고, 상당한 거리를 두고 프리아모스가 내 앞에 무릎을 꿇고, 그의 옛 친구 레르테스의 아들에게 자기 집으로 와달라고 간청했을 때, 그는 아주 외로웠고, 겨울의 공포에 두려워 떨고 있었다. 그때에, 플라시다스야, 나는 수치심과 후회에 사로잡혀 억지스레 점잖은 말로 그의 간청을 거절하려고 했다.

그러나 그러고 나서, 그가 나에게로 달려와서 노인의 비참한 운명을, 자기의 고독과 텅 빈 궁전의 어둠을 이야기하자, 그리고 울면서 두 팔을 쳐들어 하소연을 했을 때, 나는 그의 손을 잡고 되도록 빨리 그의 집으로 가겠다고 약속하는 수밖에 없었다. 지팡이에 의지하고 그는 바로 그날 저녁 성문에서 나를 맞이하였다. 한 노예가 횃불에 불을 붙이고 다른 노예가 문을 열었다. 그

러고 나서 우리는 단둘이서 남게 되었다. 둘이서 걷기 시작하게
되었던 것이다.

프리아모스가 앞장을 서서 걸었다. 나는 말없이 그의 뒤를 따
랐다. 우리는 모르타르와 토사 위를 걸어 망망한 폐허를 건너갔
다. 그리고 홀과 응접실을 지나고, 많은 방과 방 사이를 멈칫거
리며 복도를 찾아 반쯤 무너진 통로를 더듬어 나갔다. 그리고 부
서진 계단을 기어 올라가고, 굉장한 건물의 옆면을 끝에서 끝까
지, 잡동사니와 짓부숴진 옷장들과 우리를 가로막고 있는 뒤집혀
진 탁자들을 넘어갔고, 지하실에서 밈칫거리고, 창고의 저장실을
이리 뒤지고 저리 뒤졌고, 자꾸만 돌음길을 하였고, 길을 잃어
뻥 돌아가기도 했고, 오랫동안 헤맨 다음 겨우 처음 떠났던 곳으
로 돌아왔던 것이다. 그것은 밝은 아침까지 걸린 배회였다. 왕자
문 앞에까지 오는 데 해뜰 때까지 걸렸는데, 우리는 이 왕자 문
앞에 새벽 네 시경, 어찌할 바 모르고 기진맥진이 된 채 깨어 있
기보다는 오히려 잠에 빠진 채 도달했던 것이다.

이 배회는, 내 아들 플라시다스야, 공포의 박물관을 질러가는
이 행진은, 끔찍끔찍한 수난의 길이었다.

거기에는 프리아모스의 막내둥이, 열여섯 살배기 다이포보스
가 아버지의 명령을 어기고 자기 형들과 함께 싸움터로 나가기
위해 투갑과 철갑으로 무장을 하던 방이었다. 그의 라우테(고대
의 악기—역주)가 아직도 한쪽 구석에 기대어 있었고, 공책들이
방바닥에 흩어져 있었다.

거기에는 안드로마헤의 방도 있었다. 부서진 다리와 비워진

서랍이 딸린 우아한 소탁자가 여왕의 방임을 상기케 해주었다.

거기에는 또 더럽혀지고 열에 들뜬 손들이 마구 뒤진 넓은 홀 파리스와 헬레나의 거처도 있었다. 요와 이불은 갈기갈기 찢어져 있었고, 침대 밑에 있는 아프로디테의 머리는 도끼질로 빠개져 있었다.

여신의 입은 드러난 상처를 지닌 채 딱 벌어져 있었다. 코는 두 동강이가 났고, 눈과 눈 사이에 난 균열이 애교 있는 표정을 망쳐 놓았으며 미소는 목양신의 주름살이 되고, 우아함은 사티르의 시니컬한 히죽 웃음이 되어 있었다. 그리고 마지막으로 작은 조개껍질 형태의 타원형 방이 있었는데, 이것은 헬레나의 사실(私室)이었다. 그 방은 이 성곽 전체에서 파괴되지 않은 유일한 방이었다.

은거울들이 불그스레한 나무로 된 틀 속에 세워져 있었는데, 걸상과 의자들은 멀쩡했다. 쿠션도 깨끗하게 그대로 있었다.

접시와 병과 프라이팬은 제자리에서 옮겨 놓은 손자국 하나도 없었다. 마치 여왕의 심신이 아직도 흰 수정 위에 쉬고 있기라도 한 것같이 여겨질 지경이었다. 사람들이 여기서 멈췄단 말인가. 눈이 부시고 황홀해지고, 놀라서 뒤로 물러갔단 말인가? 아름다움의 광채가 빛나는 광휘의 반영이 술 취한 병사들을 불현듯 제정신 들게 하고, 그들의 발걸음을 방해했단 말인가? 청춘의 빛에 눈이 멀어 쓰러지고 공경심에 겨워 그냥 지나쳐 갔단 말인가?

"기적이오."

하고 프리아모스가 나직한 소리로 말했다.

"정말 기적입니다. 우리도 문턱을 넘어서지 맙시다. 여신이 우리에게 노하실지도 모르니까요."

그는 말없이 지팡이를 들어 방의 빈 공간에 내밀고 반원을 그리더니, 세 개의 손거울을 가리키면서 미소를 지었다. 그 거울들은 쳐든 횃불의 이글이글 타오르는 둥근 부분을 붉은 황금으로 된 섬광으로 화하게 했다.

"이 방에 들어서는 자는 마술에 걸리게 됩니다. 우리는 모두 그 여자의 아름다움에 도취되었지요. 파리스와 아드로마헤, 헤카베나 헥토르는 말입니다. 그리고 나도 역시."

그러고 나서 그는 조용히,

"나는 그 여자를 몹시 사랑했지요."

하고 말했다.

"내 친자식들보다도 더, 제신이 그 때문에 나에 대해 노했는지도 모릅니다. 그렇지 않으면 내게서 아내와 내 아들을 다 뺏어 가셨겠습니까? 그런데도 나는 오늘까지 그 여자를 사랑하고 있습니다. 죽을 운명을 지닌 자에게는 적어도 자기 생애에 한 번, 단한 번 완전한 존재와 만났다는 것이 커다란 행운인 거니까요. 헬레나는 말씀이에요. 나는 그 이름을 아무리 자주 불러도 부족합니다만, 많은 여자들처럼, 단지 미인이기만 한 여자는 아니었습니다. 다른 예쁜 여자들보다 덜 아름다웠다고 할 수는 없겠지만, 경탄할 만한 여자였고 순수한 여자였습니다. 헬레나는 아름다움 그 자체였습니다. 거울이었지, 그 반영은 아니었어요. 헬레나는 태양이었지, 광선은 아니었습니다."

그러나 그는 또,

"하지만 헬레나도 인간에 불과했습니다."

하고 슬퍼하며 덧붙였다.

"아무리 그렇게 되지 않으려고 애를 쓰고, 분이며 연지며, 환각제와 해독제를 찾았지만 늙음의 시간은 피할 수 없었소이다."

그는 목소리를 높였다.

"당신은 태양이 구름 때문에 어두워지는 것을 봅니다. 그러나 태양은 곧 다시 비칠 것입니다. 별들은 빛을 잃었다가 저녁에는 다시 밝게 빛납니다. 달은 가늘어졌다가 새로이 둥글어집니다. 그러나 인간은 지속도 정지도 모르는 것입니다. 재래에 대해 인간은 아는 바가 없지요. 인간은 되돌아올 수가 없습니다. 주름살의 그늘이 아름다움을 영원히 망치지요. 늙어가는 전사의 망설임은 그의 명성을 파묻어 버리는 것입니다. 공포의 첫 징조가 경기자를 경기장에서 몰아내는 것입니다. 아, 그러니 경기장을 적당한 때에 떠나는 것이 낫지요."

그는 어깨로 피곤한 몸짓을 해보였다.

"하지만 헬레나는 어떻게 해야 했을까요? 그 아름다움을 위해서 트로이인들은 싸움터에 출전했습니다. 늙은 여자를 위해 싸울 사람은 아무도 없습니다. 그러니 헬레나에게는 매일같이 꾀로써 자신을 자꾸만 이겨 나가는 외에 무슨 길이 남아 있었겠습니까? 마지막에 가서는 물론 분가루도, 화장도 소용이 없었지요. 헬레나는 매우 고독해져서 자기 방안에 틀어박혀 있었습니다. 대축제 때에도 백성들에게 발코니 위에서 다만 먼발치로 모습을 나타냈을 뿐이었습니다. 마침내는 포장을 드리운 마차를 타고 그리스 진영으로 갔지요. 그렇지 않았더라면 트로이인들이 돌을 던졌을 겁니다. 가엾은 헬레나, 여태까지 거울만이 그 청춘의 모습을 간직하고 있을 뿐이지요."

프리아모스가 엄숙하고도 상징과 비유에까지 고양된 이야기로써 그의 이야기를 내게 해준 것이 벌써 이 첫날밤의 일이었던가? 아니면 그후의 일이었던가? 이미 그것은 기억할 수가 없다. 내 나이가 되면, 플라시다스야, 기억력을 잃는 법이란다. 어제와 과거는 똑같은 것이 되고, 최근에 지나간 일이 유년 시절에까지 미치는 것이다.

일 년 이상이나 나는 거의 매일같이 그에게 다녔다. 처음에는 그에게 이야기를 시키기 위해서였다. 그렇게 다채롭게, 어떤 시인도 꾸며 낼 수 없을 이야기들을 말이다. 나중에 그 기력이 눈에 보이게 없어지고, 더 이상 침대에서 나올 수 없게 되고부터는 또한 나와 나의 인생에 대해서 이야기를 들려주기 위해서였다.

우리 두 사람을 맺어 준 괴로움, 인생의 허무함과 빨리 늙는데 대한 지식이 우리들로 하여금 서로 아무것도 숨기지 않게 만들어 주었던 것이다. 그리고 오래지 않아 페넬로페와 텔레마하 역시 프리아모스와 친숙하게 되었다.

그러나 아무리 그가 머릿속으로는 이타카에 머물러 있길 좋아했을지라도, 그의 마음을 가장 많이 움직인 것은 트로이의 새 소식이었다. 시장에서 주고받는 말들, 항구의 풍문, 뱃사람들의 이야기와 시내에 파다하게 번지는 소문들.

　나이를 먹어서도 여전히 깨어 있는 용서할 만한 호기심의 악덕에 대해 이해심을 갖고 미소지으면서 나는 그에게 친절하게 답해 주었다.

　전쟁에 대한 보상 의미로서의 세금의 징수에 나는 관용과 온후함으로 다스렸기 때문에 처음에는 그토록 적대적이었던 트로이인들의 태도가 차츰차츰 신뢰와 존경으로 변해 갔다. 나는 그 도시의 생활에 한몫 끼어 있었고, 프리아모스에게 그렇게 하지 않고선 결코 들려주지 못했을 여러 가지 은밀한 이야기들을 전해 줄 수 있었다.

　그가 그 해의 겨울에 심하게 병이 나고 의사들이 더 이상 많은 희망을 주지 않자, 나는 내 자신에게 정해진 시간을 넘어서까지 그의 곁에 남아서 해줄 수 있는 한의 간호를 해주었다. 그리고 그에게 동화며 우화, 전설들을 들려주었다. 그런데 그것들이 후에 노예가 옆에서 잘못 들어서 그랬던지, 그 얘기가 내 자신의 모험으로 전해져서 삽시간에 세상 사람들의 입에 널리 오르내리게 되었던 것이다. 그 밖에 나는 괴물과 흡혈귀, 눈이 하나 달린 거인과 흉한 모양의 난쟁이, 또 새처럼 노래할 줄 아는 바위에 대한 이야기도 해주었다.

　나중에 프리아모스의 정신이 혼돈되기 시작하자, —그는 꿈을 많이 꾸었고 횡설수설했다.— 나는 그에게 옛 동화집을 읽어 주었다. 마침내 다시 독서를 할 수 있다는 것이 나로서는 얼마나 다행이었던가! 이제야 비로소, 내 아들아, 나는 차츰 전쟁을 잊기 시작했던 것이다. 내 정신은 발전할 수 있기 위해 이제 한번 평화의 여가와 병사적인 정적의 운둔이 필요했던 것이구나.

마지막까지 프리아모스는 옛 이야기를 들으며 기뻐했다. 저 어두운 3월의 밤까지, 그날 밤 그는 단말마의 고통 없이 평화롭게 세상을 떠난 것이다. 그 며칠 후 우리는 그를 그의 아들들 곁에 묻어 주었다. 그리고 일주일 동안의 조상 기간이 지나고 생활이 다시금 제 궤도에 오르자, 나에게도 역시 작별의 시간이 다가왔다. 의전 행렬이 부두에까지 나를 따랐고, 어린아이들이 현문에다 꽃을 뿌려 주더구나. 그리고 내가 배에 오르고, 선원들이 닻을 올리자 우는 사람이 많았다.

그러나 내 마음 속은 평화로웠고, 행복을 느꼈으며, 거의 기쁘기까지 했다. 토로이의 정복자는 이제 그들의 친구로서 떠날 수가 있었던 것이 아니겠느냐.

여름 기운이 감도는 새벽에 트로이의 평야가 아지랑이의 베일 속에 아련히 잠겨져 갔고, 우리 앞에는 탁 트인 바다가 가로놓여졌다. 배는 이타카로 항로를 잡았다.

기꺼운 감동에 사로잡혀 나는 아폴로 신에게 한 마리의 양을 바쳐 하늘의 축복을 탄원하고, 고향으로 돌아가는 나의 긴 항해길에 보호와 인도를 내려 주시기를 빌었다.

16. 겨울의 사랑

이야기는 프리들뢰르가 어둠 속에서 나오는 데서부터 시작된다. 그러나 사실은 서두 이전에 그의 이야기를 하자면 많은 시간이 걸린다. 그러나 지금 그는 여기에 있고 온 몸을 쭉 펴고 떡하니 누워 있으면서 어색하게 손으로 눈물을 닦으며,

"사탄이 내 영혼을 빼앗아갔다. 하지만 상관없어."

하고 차분한 목소리로 말했다.

그리고 그에게 활기를 넣어 준 이야기가 있었다.

그가 잠깐 쉬는 것을 누군가가 방금 보았다고 해서 못마땅해하지는 않으리라. 심지어 그는 웃어 보려고 애썼으며, 마치 자기가 썩 잘 미소짓는 데 성공하지 못했다 할지라도 여전히 웃어 보려 애썼을 것이다. 그는 발로 돌을 탁탁 차보고는 돌을 찬 일에 대해 생각해 보았다. 자기의 그런 행동이 자기 발을 다치리라는 조심스런 생각이 들었다. 또 다른 아주 단단한 돌을 차보았으나 그 돌은 도랑으로 굴러 들어갔다. 그는 또다시 이야기했다.

"노총각인 내 혼을 악마가 빼갔어. 하지만 뭐 괜찮아. 네가 그걸 알기만 하면 돼."

하고 그는 또다시 중얼거렸다. 이 말은 입 안에서 우물우물 걸

쭉한 옥수수죽처럼 되어 버렸지만 그가 그 말을 삼켜 버리지 않
았더라면 입 안에 그런 죽을 오랫동안 머금고 있을 수는 없는
일이므로 뱉어 버리게 되었을 것이다.

"아, 아냐. 노총각이라니, 아니지. 누구는 이런 방면으로 성공
할 수도 있고 또 누구는 다른 쪽에서 발전할 수도 있는 거야. 그
게 뭐 대수로운 일이람."

이제 나는 숲으로 들어가야지. 그는 코트 윗주머니에 손을 넣
고는 각설탕이 몇 개 들어 있는 걸 알았다.

"누가 이걸 두 곱으로 늘려 준다면……."

그는 오랫동안 생각을 계속했다.

"……그래서 누가 죽고…… 악마는 내 영혼을 가져가고, 그런
건 대단찮아."

어쨌든 그는 담배를 피우고 싶었다. 그래서 파이프를 꺼냈다.
잎담배가 조금 남아 있었다. 그는 생각했다.

"재를 떨어 버리지 않는 게 좋아. 그게 좋은 생각이야. 그런 게
바로 교양이라는 거지."

프리들뢰르는 행복했던 시절을 회상하였다. 그는 멈추어 서서
담배에 불을 붙이고 한 모금 빨아들였다. 확 잎담배가 타더니 파
이프 안에서 푸시시 하고 큰 소리를 냈다. 그래서 프리들뢰르가
숨쉬기 곤란할 정도였다는 걸 알 수 있으리라. 그건 별로 안전치
못한 파이프였으나 프리들뢰르는 아주 건강한 심장을 가졌으므
로 그가 원하기만 한다면 귀가 멍멍해지도록 큰 소리를 지를 수
있었다. ─행복했던 때에─ 그러나 지금 이런 저녁엔 조금 전의

그 큰 소리 같은 것은 영원한 시간 속으로 사라져 버렸다. 그가
마음의 문을 닫은 지는 이미 오래 전이었고ㅡ, 단지 독백만이 남
았다.ㅡ 잠시 그의 중얼거림은 중단되었고 그 다음엔 침묵, 아마
도 죽음이⋯⋯.

마을 밖 가게의 계단 위에서 프리들뢰르는

"악마가 내 혼을 빼갔어, 괜찮아. 난 그런 부류는 아니니까
⋯⋯."

하고 중얼거렸다.

이 모든 일은 어찌하여 발생했는가? 누가 옳고 누가 그른 걸
까? 그런 건 중요한 일이 아냐⋯⋯. 하지만 내 마음의 문은 영원
한 시간을 위해 그 자물쇠를 잠갔다. 이 모든 걸 저주하라. 이 모
든 걸 파멸시켜라. 넌 악마가 내려오지 못하도록 하라. 네가 내
앞에 버티고 있다 할지라도 난 관계치 않겠다. 내 숨이 붙어 있는
그 시각까지. 그러나 프리들뢰르가 확신한 한 가지 일, 그가 알
고 있는 한 가지 일은 거대한 분노가 그의 내부로 향하지 않고 그
의 마음의 문을 폐쇄시켜 버려ㅡ다른 이야기들에 대한 길이 막혀
버렸다면ㅡ그때 그의 이야기는 곧장 그가 목적한 바로 다가왔을
거라는 것이었다. 그때, 그가 젊었을 때 그랬던 것처럼 건장한
체구를 지닌 칼 스트란드가 벽을 뚫고 다가와서는 어둠침침한 장
소에서 시커먼 악마에게로 곧장 내려오리라는 것이었다. 그러나
그 분노는 잘못된 방향으로 나타났다. 심장은 얇은 명주 그물처
럼 기이하게 느껴졌고, 다리는 가늘고 팔은 마비된 듯이 느껴졌

다. 그는 자신이 무엇인가에 상처 입은 듯이 억압된 기분으로 느껴졌다.

눈물이 그의 뺨을 타고 흘러내렸다. 그러나 찝찔한 눈물은 슬픔의 표시가 아니었다. 프리들뢰르는 칼 스트란드, 순경, 클레멘티나, 그들 모두가 자기 앞에서 미소를 지어 주었으면 하고 바랐다. 순경은 서서 자기를 응시하고 있고, 칼 스트란드는 프리들뢰르를 겁내고 있고, 클레멘티나는 프리들뢰르에 대해 미안함을 느끼고 있다. 거기서 그의 생각은 출발점으로 되돌아간다.

"난 남의 일을 방해하는 그런 사람은 아냐. 그래, 담배나 더 태워야겠군."

파이프에서 마지막 뿌지직 하고 담뱃불 꺼지는 소리가 나자 그는 이렇게 생각했다. 혀끝에 닿는 담배맛이 씁쓰름했다. 그는 탁침을 내뱉었다.

"나는 원하기만 하면 이 주일 내로 금시계를 찰 수 있을 텐데. 그래 난 목 높이까지 올라오는 상의를 입을 수도 있어."

프리들뢰르는 마치 좁은 상의 깃이 목을 조이는 듯 손을 목 언저리에 대보았다.

"분명코 나는 상의도 바지도 입을 수 있고, 번쩍이는 구두도 신을 수 있었을 텐데. 더욱이 내 소유의 양화점을 가질 수도 있었는데. 셈도 잘 맞추고 부기도 잘하니까 그런 사람은 수수료를 많이 쓰는 감독장이 될 수 있지, 염려없어."

여기에서 프리들뢰르는 칼 스트란드에 대해 다시 생각하기 시작했다. 그러자 내심 깊은 불쾌감이 느껴졌다. 조금 전의 그것보다 더한 감정이었다.

"칼 스트란드는 스위스, 노르웨이 여러 곳을 돌아다니며 아무래도 많은 여인들을 속여 넘긴 것 같아. 그의 눈을 보면 알 수 있지. 바로 그 눈이 문제란 말이야."

그는 조용히 생각해 보았으나 또다시 혐오감이 일어났다.

한때 칼 스트란드는 이렇게 얘기할 수 있었다.

"나를 믿으시오. 그래서 사람들은 나를 믿었고 여자들 역시 나를 믿었지."

그의 외모가 그렇게 만들었으리라. 쳇, 그리고 또 다른 때에—

프리들뢰르는 길 중간에 다시 멈추어 섰다. 호주머니를 뒤졌다. 그는 잎담배 부스러기가 아직 조금 남아 있는 것을 찾아내서는 파이프 속에 넣고 불을 댕겨서 빨아들였다. 쓴 담배 맛이 아무렇게도 느껴지지 않았다. 나라는 인간은 어리석게 살아왔어, 그것뿐이야. 난 모든 사람을 항상 신뢰했었지. 정말 난 좋은 인간이지, 그렇고말고. 결코 손찌검을 해본 적이 없어. 다른 사람들이 내게 그런 못된 것을 가해 와도 나라는 인간은 정말 좋은 사람이지. 칼 스트란드, 너, 너 같은 녀석은 어림도 없는 일이지. 하지만 난 네가 지금처럼 늘 그래 왔었다고는 말하지 않겠어. 자네도 긴 생애 동안의 어느 해, 어느 하루엔 의리 있는 인간이었겠지. 우리들이 사귀어 온 이래로 그 말은 해당될 수도 있으리라. 하나, 난 절대로 널 용서할 수 없어.

넌 내 면상을 후려갈기려 들겠지. 그렇다고 해서 내가 너하고 똑같은 짓을 할 순 없지. 알겠지만 말이야, 내 뼈대는 튼튼하고

내 팔뚝의 힘도 세. 줄다리기를 해보면 어떻게 될 것 같아? 요샌
그런 게임이 있지. 어떤 사람들은 너무 속임수에 능해. 말 안 해
도 알겠지만, 외국에 나가 오래 있었거나 이런 누추한 농장을 벗
어나 다른 도시에 가본 사람들은 말이야. 그런데 칼 스트란드,
자넨 어쩌면 그리도 야비할 수가 있나? 도저히 용서 못하겠어—
그게 중요한 게 아냐.

프리들뢰르는 어둠 속에서 눈을 감고 파이프에서 마지막으로
담배 연기를 흠뻑 빨아들였다. 그러고 나서 주머니에 손을 넣고
는 온몸을 부르르 떨었다. 그가 다시 눈을 떴을 때 그의 눈앞에는
아무것도 보이지 않았다. 칠흑 같았다. 밤공기가 아주 싸늘하지
는 않았으나 불쾌한 눅눅한 습기와 한기가 몸에 스며들었다. 두
시간 전에 프리들뢰르는 중얼거렸었다.

"어떤 때라도 여름날은 아름다웠다. 잠깐 사이에 과거의 계절
들이 눈앞을 스쳐가는 것 같군."

어딘가에서 불빛이 비치고 있었다. 철도역까지는 1킬로미터,
숲까지도 1킬로미터 남짓 남았다. 한데 양쪽 방향은 서로 달랐
다. 왜 걸어다니면서도 사람들은 묵상을 할 수가 없담. 제기랄,
한쪽 길을 그만둬야 되겠군. 프리들뢰르는 언제나 분명하게 살아
왔다. 이제 올 때까지 왔으니, 둘 중 하나를 선택해야만 할 텐데.
퉤! 거품 있는 침이 나왔다. 퉤!

결국 그는 숲 쪽으로 가기로 결심했다. 그에게 그 길은 이 세
상 누가 걷는 것보다 길게 느껴졌다. 그러나 어둠 속에서 아무도
듣는 이 없는 가운데 내심 결정한 일이라도 자기 자신에게 한 약

속은 지켜야 하는 법이다. 그는 바로 그런 사람이었다. 그러나 하늘엔 별 하나 보이지 않았다. 지금까지 프리들뢰르는 하늘의 별이라든가, 그런 것에 대해 한 번도 생각해 보지 않았다. 그러나 오늘 밤 같은 때엔 하늘의 모든 별이 제 위치를 지켜야만 한다고 생각하였다.

또다시 하늘의 별들을 볼 순 없을 거야. 저 별들을 말이야. 아, 그건 별로 중요한 일이 아냐. 그런 일엔 난 신경 쓰지 않으니까— 칼 스트란드, 자넨 칼 아르우드 가게와 전화도 가지고 있는 데다 돈도 많이 벌었지. 자네 장차 출세하겠군. 자네 같은 녀석은 으레 그런 법이지. 지방의회 의장이 되든지, 몇 년 내에 국회의원이 되든지 하겠지. 누가 우익이고 누가 좌익인가를 묻기라도 하면 손을 내저으며 딴전을 피울 테지. 오른손을 카운터 위에 손풍금 건반처럼 줄줄이 이어져 있는 금고 서랍 맨 위에 얹고, 돈 서랍 풍금처럼 보이겠군. 왼손은 금전을 빼고 난 제일 중요한 모든 것들, 밀가루 부대, 치즈 덩어리, 수프 통에 얹어 놓고 있겠지.

힘든 일이었지, 힘든 일. 지금도 죽음을 향해 한발 한발 어디로든지 난 가고 있어. 전 인생을 통해서 나의 길은 난관 속으로만 이어져 왔다. 아니 그것의 연속이었다. 들어 봐라. 칼 스트란드, 그 모든 지나온 길에 대해 나는 결코 후회하지 않는다. 네 그 입을 박살내지도 않을 것이다. 칼 스트란드, 네가 한 짓을 생각한다면 클레멘티나를 내가 다시 빼앗아와야 되겠지. 그러나 그렇게는 않겠다. 그런 일을 나는 결코 하지 않을 것이다. 내가 자네 같진 않으니까. 알겠나? 내가 무슨 말을 했더라? 언젠가 자네가 찾아와서 이런 말도 했지.

"이제 자네가 스몰란드의 우리 집에 찾아오게 되겠지. 그런데 중요한 일은 자네가 스톨리우스에게 얘기해 왔던 일이야."

자네는 대꾸했었지.

"그래, 확실히 그래."

내가 다시 말했다.

"넌 왜 예전에 네가 한 짓에 대해서는 언급을 회피하지?"

그러자 자넨 대답했다.

"전에 네가 완전히 결단을 내린 것은 아니었으니까."

또 내가 말했지.

"그래 우린 오래 단짝이었지."

게다가 난시였다가 나중엔 완전히 시력을 잃어버린 요한손의 후임으로 새로운 감독장을 정할 때의 일에 대해서도 의심이 간다. 그때 모두들 내가 제일 셈을 잘 맞추는 적임자라고들 했는데 말이야. 칼 스트란드, 자넨 그때 그 일에 대해서 자네의 그 교활한 두뇌를 들이밀어 댔었지. 자네 역시 셈에 능란하고 부기도 잘 하는데다가 기사들을 오래 보아 왔으니까. 그때 자넨 기사로 다시 돌아왔지. 그래도 기사 전원은 목록과 그외 다른 온갖 사무들을 처리하는 데는 프리들뢰르가 필요하다고 얘기했었지. 분명히 말해 두지만 난 기사들 내부에서 분열이 생기는 게 싫었다. 그리고 스톨리우스는 누가 감독장이 되어야 하는지를 판가름할 수 있었다. 틀림없이 나는 꼭 필요한 것들을 셈하고 부기할 수 있었다. 그러나 나는 너희 같은 부류들 속에 가담해서 똑 같은 취급을 받고 싶진 않았어.

"칼 스트란드, 자네가 그런 방법으로 야심을 가졌는데 내가 군이 나이든 노동자 동료들을 위해서 방해가 되고 싶진 않았다."

그러자 스톨리우스가 큰 막사에서 사무실 문을 통해서 재빨리 뛰어나왔고, 자네 둘이 일을 끝내 버리고는 얘기했지.

"여러분, 칼 스트란드와 여러분들이 마다하지 않는다면 칼 스트란드를 감독장으로 정하기로 하겠습니다."

그때 고미올레가 앞으로 걸어나와서 이렇게 얘기했다.

"자, 우리가 프리들뢰르에 대해 생각해야 할 것은, 그분은 철도를 깔고 돌을 쪼고 3차 수학을 계산하는 것을 모두 해오셨을 뿐 아니라 우리 직원들 중에 가장 연로하시다는 것입니다. 이번 철도선도 우리와 함께 설계하셨습니다. 그러나 그때까지도 칼 스트란드 저 사람은 철도가 무엇인지 전혀 몰랐던 사람입니다. 그러므로 우리는 프리들뢰르를 감독장으로 모셔야 되겠습니다."

그러나 그때 내가 말했지.

"스톨리우스와 칼 스트란드가 결정한 방침에 나는 반대하지 않겠습니다."

그러고 나서 칼 스트란드, 자네한테도 얘기했었지.

"자넨 언제나 정직하게 살지 않았었다. 하지만 내가 말하려는 건 단지 그것뿐이네."

자, 이제 자네는 수수료를 받는 감독장님이 드디어 되셨다. 그리고 자네가 자리를 떠나기 전에 나는 말했지.

"이제 감독장님이 되셨군. 반대로 나는 다른 동료들과 마찬가지로 여전히 일급 노임자로 남아 있고."

"자네가 우리 모두를 위해 훌륭한 계약을 준비하지 않았기 때문이지."

그러나 자네는 거액을 저축해 놓고 있다. 내가 짐작하기에는 이제 스몰란드로 돌아가면 집을 짓든가 사들인 후에 결혼을 하겠지. 말해 두지만 난 그런 일을 할 수 없어. 내 저금액은 아직 조그만 물건도 장만할 수 없으니까. 또 난 자네 같은 인간은 아니라는 점에서도 그런 일은 못한다. 난 다른 사람들을 이용할 수는 없어. 그리고 이제 난 곧 오십 줄에 들지 않아? 난 이미 셈을 맞추는 데도, 부기에도 지쳐 버리고 말았지. 곧 그들이 감독장으로 만들려는 요한손의 장남에 대해 얘기하겠어. 단지 나는 자네와 함께 집에 가고 싶어. 난 그 가게 여주인 클레멘티나와 약속했어. ……나를 20년이나 기다려 주었지. 그녀는 일급숙녀이며, 자기 부친이 사업에 실패하고, 그래서 모든 일이 이리 된 것뿐이야. 그녀가 부친에게,

"저렇게 명랑하고 노래 잘하는 프리들뢰르와 결혼을 못하게 하신다면 전 일생 다른 어느 남자와도 결혼하지 않겠어요."
하고 말했음에도 그녀의 부친은 철로 설계자를 사위로 맞아들이고 싶어하지 않았지. 그녀가 말한 것은 바로 그것이야. 언젠가 그녀가 내게 편지를 썼기에 나는 몇 년 더 기다려 달라고 답장을 냈지. 그리고 나서 아마 그녀의 부친은 돌아가셨을 거다. 그동안 나는 돈 몇 푼을 예금할 수 있었는데, 청부가 잘 되었기 때문이지. 그런데 자네는 그녀가,

"프리들뢰르가 어느 날 내 앞에 나타났는데, 그는 술도 전혀 마시지 않는 좋은 분이었지요."
라고 말한 것을 들었는지.

난 자네한테 그녀에게 그런 말을 하도록 일렀지. 자넨 곁눈질을 하며 그녀와 그녀 아버지에게 얘기했었다. 자네가 그녀 부친의 마음을 돌릴 수 있었기 때문에 칼 스트란드, 자네가 얘기한 것은 그것뿐이다. 그리고 우리는 악수를 나누었지. 그래 사실이야.

여기까지가 숲의 장면이 시작되기 이전까지의 이야기이다. 맹세코, 얼마나 불량한 상태로 그들이 도랑을 팠던가. 어느 것이 철도이고 어느 것이 도랑인지를 누구도 얘기할 수 없었다. 그러나 사람들은 그들이 알고 있는 이외의 주변의 것은 본 적이 없었지. 그들이 노를랜드를 봤어야 했는데.

프리들뢰르는 이마에서 땀을 닦아 냈다. 그러고는 앞을 보려고 애썼으나 하나의 벽처럼 그의 앞에는 숲이 너무 어둡게 막아서 있었으므로 아무것도 볼 수 없었다. 그러나 그는 벽 속을 들여다보려고 했다. 제기랄, 저 밑 희끄무레한 곳까지 온통 먹빛으로 칠해 버려라. 전에 이곳에 온 적이 있단 말이야. 나와 클레멘티나, 우리 둘이 다 젊었을 때였지, 정말 그러고 보니 젊었을 때의 일이로구나.

여기에서 이 단원은 끝나고 다른 장면이 전개된다. 교구(敎區) 순경은 제각기 고미올레가 얘기한 것처럼 그가 절도죄로 구속되었을 때 자루에서 무엇을 옮겨 내고 있었는지 사람들에게 물었다. 프리들뢰르는 몸을 돌려 길에 서서 뒤를 돌아보았다. 그리고 어둠 속에서 프리들뢰르는 단지 앞으로 계속 걸어가고만 있을 뿐이었다.

그 정거장은 2킬로미터 가량이나 떨어진 곳에 있었다. 시야가 환해졌다. 정적. 약간의 미풍. 정거장 양편에 하나씩 서 있는 신호등이 끊임없이 쉬지 않고 깜박이고 있었다. 프리들뢰르는 그 불을 만들어 낸 자는 똘똘한 놈이라고 생각했다. 덕분에 기관수들은 그들이 서 있는 곳이 어딘지를 알게 된 것이다. 한데 난 아직도 우리가 그들에게 이르기까지 철로를 놓고 기관차가 개통을 하던 시절을 기억할 수 있다. 그때 우린 기름등잔을 썼다. 불빛이라고 신통친 않았지만 우린 환성을 질렀다. 우리는 또한 이따금 철길에 나무토막들을 놓아서 여기까지가 이번 주에 우리가 운행하는 거리라는 것을 표시하기도 했다. 그런데 기관차가 되돌아갈 필요가 없을 때에는 우리는 이 나무토막들을 거둬 두었다가 다음에 다시 사용했던 것이다. 로마도 하루 아침에 이루어지진 않았어,라고 우린 지껄이곤 했다.

프리들뢰르는 개울둑에 앉아 있었다. 그는 담배개비가 더 없나 하고 주머니를 뒤지고 있었다. 성냥개비에 불이 당겨졌다. 꽤 단단한 나뭇가지 같군. 만약 저 가지가 튼튼치 못한 전방보다 더 신통치 않다면 땔감으로밖에 소용없는 거지.

새 성냥개비. 사람은 이렇게 자기 통로를 찾아내는 모양이다. 프리들뢰르는 가문비나무에 등을 기대고 앉았다. 마치 머리 위에 지붕을 이고 있는 듯이 보였다. 이런 나무들로는 전신주를 만들지. 난 젊었을 때 전신주를 묻을 구멍들을 팠다. 스톨슨은 이렇게 말하곤 했다.

"이런 기둥들은 말이야. 깜깜한 속을 통과해서 제대로 길을 가는 문화— 바로 그거야. 룰리아 같은 큰 마을로부터 키루나 같은 추운 마을에 대고 사람들이 서로 이야기를 할 수 있거든. 누가 발명했든 간에 거 똑똑한 친구군……."

나는 저 단거리용 기관차들에게도 미래라고 하는 것이 적용될 수 있는지 궁금했다. 깜깜한 속에서는 미끄러져서 뒤집힐 것만 같았다. 구부러지는 곳에서도 그렇고. 스톨슨이,

"문제는 비탈길이야. 기관차들이 쇠로 만들어졌고, 무척 무겁다는 걸 생각해 봐."

라고 했던 말은 옳았던 것 같다. 그것들은 수레와는 다르니까. 비록 그것들의 너비가 길이만 하더라도 철로 위에 작은 못 하나라도 있다면 전복하게 되니까.

노를랜드에서 살며 갖가지 것들을 보아 온 사람일지라도 여전히 이것저것에 익숙해야 하는 것이다. 그렇지, 난 거기 그렇게 있었고, 칼 스트란드가 아래에 누워 있었어. 그때의 내가 오늘의 톰이었더라면 난 그자를 놓아 둔 채 떠났을 터인데.

어이쿠! 진정하게. 칼 스트란드가 소리쳤다. 나는 별들과 하늘에 있는 다른 모든 것들을 보려고 무척이나 애썼다. 그때 칼 스트란드가 고맙다고 했었지.

나의 노력은 유용했었지. 그자는 그리도 혼이 나갔으니까. 그

렇게 놀라 자빠진 녀석의 꼴은 난생 처음이었어. 그러나 오늘의
나였더라면. 그러나 어차피 나는 그걸 들어올렸을 거야. 너희 둘
만이 있는데 하나가 철도 수레 아래편에 놓인 바위 바로 옆에 누
워 있는 그때, 그래서 칼 스트란드 같은 놈의 몸뚱아릴 박살내기
위해서 수레가 그저 1인치만 삐걱하면 될 그런 때, 그 짓은 다른
놈이라면 기필코 했을 짓이지.

그러나 오늘의 나였더라면. 칼 스트란드가 무슨 생각을 하고
있었는지는 알 수 없는 노릇이지만—만약 그 당시 그 녀석이 무
슨 생각이든 했다고 한다면.

흠, 또 기차가 왔군. 아무도 스몰랜드가 멀리 떨어져 있다고
말하지 않겠지. 그러나 그 모든 것을 치러 온 놈으로서는……

제기랄, 기차들이 달려가는군. 꼭 스톡홀름의 거창한 정거장
에 멈출 기차들 같은 꼴로.

그런데 칼 스트란드, 자넨 어쩜 그리도 고약할 수 있나?

클레멘티나—난 정말 그녀를 알 것 같아. 그녀는 사십이 넘었
고 쓸쓸하고 그래서 집구석에 남자가 필요한 거지. 난 그걸 이해
해. 한데 훨씬 새파란 칼 스트란드는.

나무등걸에 기댄 프리들뢰르의 등이 떨며 고동쳤다. 육중한
가지들이 그의 얼굴을 쓸었다. —가문비보다 더 고약한 게 있지.
소나무, 그건 참 굉장한 거야. 여기 이 교구에 사는 사람들은 소
나무라는 게 뭔지 모르거든. 노를랜드나 그와 비스름한 세상엔
생전 가봤어야지. 스몰랜드엔 관목만 있다고 할 바가 못 돼.

클레멘티나의 편지만 온다면. 그럼 나는 감독이 되어 돈을 벌

었을 터인데.

그렇지만 요한손네 아들 녀석 생각도 좀 해봐. 걔는 돈이 궁했어. 아비가 눈이 멀자 요한손의 앞으로 나오는 연금이란 정말 쥐꼬리만한 푼돈도 못 되었으니까. 소경노릇도 별로 재미난 것은 못 되는 것 아냐?

클레멘티나가 그것에 대해서 한 마디만 말했어도 나는 그녀를 부인하지 않았을 텐데. 난 이렇게 대답했을 거야. 그것이 네가 원하는 길이었다면 나는 결코 사람들의 행복—네가 그렇게 부른다면—을 방해하거나 가로막는 놈이 되고 싶지 않다고. 그런데 나한테 아무 말도 해주지 않고, 내가 생각하던 대로 내버려 두고서…… 클레멘티나는 내 얼굴 정면에 대고 말할 수 있었어야 해, 자, 이것이 나와 칼 스트란드 사이의 길이오,라고. 이런 생각들을 그때 했지만 이제 와서야 이해하게 됐어…… 어디 내가 그런 생각을 하도록 내버려 두었나.

그 문제를 논하자면 칼 스트란드는 비겁자이며 끔찍스럽기 이를 데 없는 놈이다. 늘 녀석이, 과거에도 그랬듯이. 이 기차들은 사람을 현기증 나게 하는군. 불을 켜두는 것은 안전을 위해서 좋다고 스톨슨이 말했지. 밝았다 어두웠다 하는 저 깜박거림을 정지시킬 수만 있다면 온갖 사물들을 볼 수 있을 텐데. 흠, 또 나에게로 돌아와서.

나는 클레멘티나의 그것을 생각할 수 없었던 거야. 우린 이 비탈에 나란히 앉아 있곤 했지. 그런데 그녀는 아마도 칼 스트란드 녀석하고도 꼭 그와 같이 여기에 앉아 있었겠지. 그 녀석이 고향에 돌아와 그녀에게 붙어 다니며 가게 주위를 돌아다니기 시작한 이래로 말야. 내가 어렸을 땐 기차가 많지 않았어, 사람들은 철길에도, 기차에도 익숙하지 않아서 감히 탈 생각을 하지 못했지. 노를랜드에서도 그와 꼭 같았지만, 거기가 지금은 모든 것이 훨씬 더 크고 나아.

왜 그녀는 편지를 하지 않았을까? 왜 칼 스트란드는 편지를 보내지 않았을까? 그런데 이제야 알게 됐어. 비록 우리가 같은 조합에서 수년 간이나 일해 왔지만. 그러나 그자는 스톨슨에게는 편질 했거든. 그놈은 언제나 이용할 구석이 있는, 자기보다 잘난 인간들을 위해서는 늘 즐겁게 해줄 태세를 하고서 기막히게 아첨을 부렸지.

난 그놈이 그런 생각으로 그랬다고 짐작해― 그 속을 누가 알겠어(스톨슨과 같은). 그런 중요 인물을 받드는 좌익분자들의 지지를 받는다는 것을 가게 주인에게 보여 주는 것은 대단히 중요한 일이라고 여겼던 게 분명해.

프리들뢰르는 그의 커다란 몸집을 일으켰다. 그러고는 크게 외쳐 보는 것이다. 자아, 이제 그 모든 것을 결판내는 게 좋겠군. 사람은 이것 아니면 저것이니까.

카드 노름꾼 펠르가 말했지. 게임은 정당해야 해. 그놈이 붙들렸을 때 그치에게 사기당한 자들은 쾌가를 불렀지.

"이제 네놈의 본색이 드러나는군. 이 사기꾼. 자네 자리로 돌아갈지니."

그리고 펠르가 덧붙였지. "이것 아니면 저것이야." 그런데 나는 다만……. 프리들뢰르는 다시 앉았다. 앉아서 쉰다는 것은 참으로 좋다. 그는 눈을 지그시 감았다. 그리고 다시 생각에 잠겼다.

나는 이것을 되돌아가는 여행이라고 불러야만 할 것 같다. 그 것은 스말비킨에 있는 막사들 속의 빈대들 애기를 했을 때처럼이나 부끄러운 애기다.

스톨슨에게 내가 했던 말을 생각하면 창피해진다.

"자, 기관사님, 이제 저는 남부의 따뜻한 고장을 찾아가 볼까 합니다."

난 그렇게 말했지. 스톨슨은 씨익 웃어 보이더니 최대의 축복을 해주면서 내가 결혼해서 집을 장만할 계획인가에 대해 물었다.

"저어, 아마 그렇게 될 테죠. 사람이란 오랫동안 객지에 떨어져서 세상 구경을 하다 보면 결국 가정을 찾고 싶어지는 법이니까요."

이렇게 대답했지. 그랬더니 그가 50크라운짜리 지폐를 꺼내며,

"자, 이건 선물은 아냐. 난 선물을 받지 않는 프리들뢰르의 성격을 잘 알고 있으니까. 자네의 첫아이 몫일세. 난 그 녀석의 대부가 되고 싶으이."

라고 말했다. 그때 우리는 예전에 가져 보지 못했던 식의 대화를 나누었지. 내가 일하던 노동자의 작업 조에서는 모금을 해서 금화 일백 크라운을 마련했고, 그 돈과 명부를 가지고 왔던 요

한손네 아들 녀석은 이렇게 말했다.

"당신은 내 열여섯 번째 생일을 여기서 못 지내겠죠. 그리고 스몰란드에서 부자 농부에다가 가게 주인이 될 테니까. 우리 조에서는 그간 당신이 잘 협조해 준 데 대한 감사의 표시로 송별 선물을 주기로 했어요."

그들은 나에게 은으로 된 손잡이가 달린 지팡이를 하나 선사했다. 누군가가 이를 드러내며 씨익 웃더니 이런 말을 했다.

"부자 가게 주인들은 그걸 가지고 다니는 법이거든."

그자는 아마 크로노버그 출신의 피터손이 아니면 팔룬에서 온 닐손이었을 거야.

그 말을 할 때 그놈이 무얼 알고서 지껄였던 수작인지 궁금하군. 이빨을 부러뜨려 놓았어야 하는 건데. 하지만 그 녀석은 아무것도 몰랐을 거야. 조합의 모든 작자들이 말했지.

"스트란드를 보게 되거든 안부 전해 주게나."

그자는 우리 교구에 살았으니까.

"암."

나는 대답했지. 내가 떠날 때 우리 조의 사람들은 처음부터 같이 있었는데, 동료들이 크게 상심하더군. 나도 그랬지. 꼭 누가 죽기라도 한 것 같았으니까— 어쨌든 결국 누구나 죽게 마련이지만.

프리들뢰르는 다시 일어섰다가 도로 넓은 엉덩이를 주저앉혔다. 저기 아래 또 기차가 오고 있군. 한데 멈추지 않고 신호등 사이로 굼실거리며 내려오다가 속력을 내더니 멀리 사라져 버렸다.

프리들뢰르는 한참 동안 기차 소리에 귀를 기울였다. 너무 오래 귀를 기울여 마침내는 고요만이 그의 귓전을 울려 올 때까지. 조그만 대합실에 켜졌던 불이 나갔다. 외등은 켜진 채 밤낮을 쉬지 않고 깜박거리는 일을 계속하고 있었다. 달리 할 일이 없으니까. 이제는 사람들이 잠자리에 들 시간, 막차가 지나갔다.

프리들뢰르는 다시 눈을 감았다. 그저 담배나 한 모금 흠뻑 빨아 볼 수 있다면. 누구나 궐련을 피울 수 있는 것도 아니고 또한 누구나 입에 담배꽁초를 물고 어슬렁거릴 수 있는 것도 아니다. ─꽁초래야 건드리면 폴싹 하는 손톱만큼 뭉친 종이톨이지만. 프리들뢰르는 다시 그의 호주머니를 훑었다. 이런 누더기 속에서 나올 게 뭐람. 내가 노를랜드에 있을 적에 입고 다닌 낡은 코트에서는 늘 궐련이 나왔는데. 담배써 두 톨. 담배랄 수도 없는 잡동사니의 부스러기들이지만 파이프를 채워 주는군. 프리들뢰르는 연기를 내뿜다가 '퉤' 했다.

한 녀석이 기차에 앉아 인생은 정말 근사한 것이라고 말했지. 잉거멘랜드에서 시작되는 남부는 멋진 고장이라고 생각했었지.

덥고 화창했던 지난 여름, 랩 지방들(스칸디나비아 최북부 지역)은 어떤 곳이고 벌어졌던 큰 싸움이 어떻고 하며; 어느 녀석인가 지껄여대고 있었지. 어떤 것은 참말이고 어떤 것은 거짓말이었지만 거기 가봤다는 것과 온갖 것을 두루 다 봤고 세상 일주를 했다는데 노르웨이까지 가봤다는 것을 보여 주는 게 문제였다. 맞은편에 앉은 시골뜨기는 조금 튼튼하게 생겼군. 그가 말을 거는군.

"선생님, 댁은 혹시 프리들뢰르 씨가 아닌가요?"

"네, 그렇소만. 왜 그러시는지?"

"제 부친은 압랜드 출신의 펠르입니다. 저는 아더펄손이라고 하지요. 프리들뢰르 씨, 절 알아보겠소?"

"아, 자네가 아더라고? 암, 기억나고말고. 자네가 대장간에서 일할 때, 자넨 철도 종업원이나 대장장이라든가 석수는 결코 될 것 같지 않다고 말했어."

"프리들뢰르 씨는 늘 약한 친구들에게 참 친절했더랬지요. 스트란드는 달랐죠. 늘 시끄럽게 굴기만 했거든요. 스트란드 말이 나왔으니 얘긴데요. 저는 지금도 외판원으로 일하고 있어요. 웁살라로 가는 길이죠. 참, 스트란드는 출세했죠. 지난 여름에 만났었지요. 장가도 가고 자기 가게도 가지고 있더군요. 제 생각엔 그는 가게를 가지고서 장가든 것 같지만요."

그것은 한 번에 복용하기엔 너무 과량이었다.

조금 후에 내가 말했다.

"이봐, 자네 스트란드 마누라 이름을 아나."

"저어, 카롤리나라고 하던가."

"클레멘티나가 아닌가?"

"맞아요."

그때 기차가 웁살라 역에 닿았다.

"자네 부친에게 안부 전해 주게나."

"그러면 저희 아버지가 별세하신 걸 모르시는군요. 프리들뢰르?"

"오, 그가 죽었다고. 흠, 우린 다 언젠가는 죽기 마련인걸—"

웁살라 역에서 한참 정거했다가 기차는 다시 출발하기 시작했다. 나는 다시 소리쳤다. 아더, 부친에게 안부 전해 주게, 압랜드 산(産) 펠르에게 말이야, 꼭 전해 주게. 우린 다신 못 만날 테니까 말이야. 아더는 내가 미쳤다고 생각했을 거다.

기차는 출발했고, 이내 스톡홀름이라고 외치는 소리가 들렸다. 스톡홀름. 이 고장을 눈여겨봐야 해, 그곳 사람들은 스톡홀름이라면 사족을 못 쓰거든. 다른 때 같으면 좋아라 했겠지만 지금은 무엇이고 즐기기가 힘들어. 그자는 은 손잡이가 달린 지팡이를 들었고, 그래서 가게 주인같이 보이고—오라, 스몰란드에서 온 가게 주인이시지.

사람들이 이쪽에서 지껄이면서 저쪽으로 걸어가고. 알코올이 본래 내 장기는 아니었지만 이제 나는 그것이 가지는 위안의 힘을 발견하였다. 노동을 하지 않으면 온몸이 쑤시고, 한잔 마셔도 얼떨떨해지던 친구여. 이런 식으로 살아가든 저런 식으로 살아가든 근사한 면들이 조금씩은 있기 마련이지. 물줄기처럼 돈이 새는 총각 살림. 하지만 누구나가 어떤 것을 위해서 일하고 저축한다는 것도 별로 재미없을 거야. 한 친구가 우체국에 가서 스톨슨 앞으로 가는 전문에,

"귀하의 50크라운은 상환하셔도 좋음. 금년엔 세례식이 치러질 것을 소망하기 때문임. 행운을. 프리들뢰르."

라고 띄워 보낸 건 정말 멋진 일이다. 그런데 금화 일백 크라운이라. 이건 저축해 둘 만한 것이 못 돼. 그래, 이 지팡이를 떨

어뜨릴 수도 있지. 그것이 그 친구의 손에서 떨어졌고 그는 그것을 집어 올리지 않았다.

"선생님, 지팡이가 떨어졌어요."

애송이 하나가 달려오면서 말했다.

"애야, 네가 가지렴. 난 어쨌든 부자 가게 주인은 아니니까."

내가 말했다.

그런데 어디 그럴 수가—자아, 칼 스트란드, 어디 자네 코에 한방 먹여 줄까? 나는 오십이 넘었지만 내 주먹은 여전하단 말씀이야. 그런데 그때의 그것은 호기심이었다. 그는 클레멘티나의 눈언저리가 어떻게 변했는지 보고 싶었다. 낡은 도시에서 그는 술이 취해 가지고 거기 있던 취한 다른 놈들에게 지껄여댔다.

"자, 이젠 그만 술을 놓으려네. 고향 스몰란드로 가서 옛적에 알았던 어떤 녀석의 이빨을 분질러 놓을 작정이거든. 그러면 정신이 말짱해야지."

약속이 정해졌으면 철저히 지켜야 하는 법. 고향에 돌아갈 차비를 마련하느라 막노동을 했고 한 달 동안 시멘트를 날랐다. 20년간 저축했던 돈을 두 달 사이에 스톡홀름에서 단 1페니도 남기지 않고 몽땅 날려 보냈던 그 친구가, 저 망할 놈의 신호등이 잠시 동안이라도 깜박이는 것을 중단할 수 있다면.

오랫동안 프리들뢰르의 내부와 주위를 싸고 정적이 흘렀다. 나는 술도 마셨고 싸움도 했다. 하지만 이렇게까지 형편없는 기분이 되어 보긴 난생 처음이어서 나는 코를 킁킁거렸다. 나는 쾌청한 코를 가지고 싶어한다. 노래하고 싶을 때 킁킁 콧소리가 나는 것은 좋지 않다.

요한손의 아들을 빼고는 노래를 할 줄 아는 자라고는 전 조합을 통틀어 한 명도 없었다. 그렇지만 그 녀석마저 언제나 파비안의 아코디언이 맞춰 줘야만 부를 수 있었다. 파비안의 아들녀석도 역시 그러했다. 그런데 요한손네 꼬마녀석의 목소리는 좋았다고 기억돼. 한데 그놈은 가사를 도무지 욀 줄을 몰라서 좀 어려운 대목에 가서는 부룸부룸이나 봄봄 하는 소리들로 때워 버렸지. 아, 지금은 그런 것들을 생각할 때가 아냐. 파비안.

프리들뢰르는 일어나 그의 머리 위에 드리운 가지를 힘차게 휘어잡았다. 그는 호주머니에서 손을 잡아 빼면서 생각했다. 이 나무 그루터기의 무게가 마흔이나 스물다섯, 혹은 서른 된 사람의 몸무게와 겨우 맞먹을 정도라면 이 나무 등걸은 쓸모가 없는 거야.

클레멘티나는 어렸을 때 말하곤 했지. 줄리어스, 네가 걸으면 땅이 떨려. 멀리서도 네가 걷는 소리를 들을 수 있어. 프리들뢰르는 다시 앉았다. 그는 큰 소리로 뇌까렸다. 그의 뺨은 젖어 있었다. 나는 그것이 이다지도 힘들 줄은 상상도 못했었지. 섰다가 앉았다가 견딜 수가 없구나. 아, 파비안—

파비안, 그자는 자살했지. 그래, 그놈은 그랬어. 겨우 서른이 되었을까 말까. 조합에서 장례를 치러 주었고 기관사가 가슴을 찢는 열정 어린 말을 몇 마디 했었지. 최대한 설득력 있는 말을 골라서. 열정이란 육체에도 있고 영혼 속에도 있고—

클레멘티나.

아, 그럴 수가, 그럴 수가. 뺨이 젖어 있군. 닦아야지. 일요일
이면 파비안과 요한손네 아이와 나는 노래를 부르곤 했지.

훗사, 그이가 이국서 온다네
전쟁을 훌훌 벗어 버리고 싶어서
돌아오자 맨 첨에 한 말
내 사랑하던 여인은 아직도 살아 있느뇨?

아, 아냐. 요한손 꼬마가 그 가사랑 곡조를 안다고 말했던 건
거짓말이야. 파비안은 그의 아코디언을 잘 켰지만, 그 옆에 서서
요한손네 꼬마는 노랠 한답시고 흉내를 냈지. 그 목소리는 높다
랗고 또랑거렸다고 말해 줘야겠지. 그 녀석은 술도 담배도 몰랐
어—

그럼요, 당신의 여인은
살아 있고말고요. 잘 살고 있대요.
오늘이 그녀의 잔칫날인 걸요

오, 아냐. 천만에! 프리들뢰르가 소리쳤다.
칼 스트란드, 내가 너에게서 이것을 용서해 줄 수 있다면.
그래서 어떻게 되었지?
도시에 있는 악당 한 놈이 내 손에 권총 한 자루를 쥐어 주더
니만 1피이버(5달러짜리 지폐)를 요구하지 않았겠나. 그러니 자

넌 가까이 오지 말라 이건데.

"오, 아냐, 인석아. 넌 프리들뢰르가 집시처럼 관목숲 속에 숨어 있다가 한 방 쏠 거라고 생각해?"

하고 내가 말했지.

"넌 빵이 좀 필요한 듯하니 내가 1피이버를 주마. 그렇다고 해서 내가 더 가난해지지는 않을 터이니까. 한데 그 권총은 네 할머니가 멋진 남자를 만났을 때 쓰시라고 드려."

내가 말했다.

"그럼 내가 그걸 가질까 봐."

"총알 값으론 1크라운."

그가 말했다.

"옛다. 이제 꺼져."

내가 말했다.

그저 그 권총이나 지금 있다면 그러면 나는 좀더 빠를 수 있을 터인데. 젠장, 수백 킬로그램의 다이너마이트를 다루던 놈이 막대 설탕의 끈 하나로 죽다니.

그렇지만 칼 스트란드, 절대로 난 이 일에 대해서만큼은 너를 용서하지 않을 테다. 오, 절대로! 비록 내 다리가 너무 여자한테 시달려서 병색을 하고 다니던 핀란드 산 이삭이란 놈의 꼴처럼 썩어 문드러질지언정 결단코.

프리들뢰르는 격노하여 쥐고 있던 나뭇가지를 힘껏 낚아챘다가 공중으로 튕겨냈다. 내 몸이 붙어 있는 한 결단코 안 돼. 저 음울한 지방에서 온 작달막한 검둥이가 내 앞에 정면으로 나타난다 할지라도.

클레멘티나.

안 돼.

나는 더 이상 서 있을 수가 없었다. 나는 앉아야 했다. 이런 밤 중에는 담배 맛이 날 텐데. 무슨 일이 일어났던가? 한 사람이 길을 따라 걷고 있었다. 언제? 오늘 밤. 왜냐하면 그녀가 가게에 든 손님 앞에서 망신당하게 할 순 없으니까. 칼 스트란드, 듣거라. 난 청명한 대낮에 네 코를 납작하게 해 놓을 수가 있어. 설사 스톡홀름에서 제일 큰 광장에서 만난다 하더라도.

그러나 클레멘티나를 망신 줄 수는 도저히 없어. 총탄 든 것이 주머니 속에서 무겁게 느껴진다. 그자가 걸어간다. 가게로 가는 길목. 폐점 시간, 딱 좋은 시간이군. 클레멘티나가 문간에 서 있군. 무릎이 떨려 왔다. 결국 문제는 클레멘티나니까.

그 총, 그런 쇠붙이를 가지고 다니는 이유는? 강이 보이는군. 풍덩 하면 너와 나는 이별인 것을. 어쨌든 해야 할 말은 주먹으로써, 분명한 말로써 해야 해. 아, 그녀가 저기 서 있군. 한 아이는 그녀의 스커트 위에 찰싹 붙었고 다른 아이는 방에서 소리를 질렀다. 전등 불빛 속에서 그녀는 창백해졌던 것이었을까? 그녀는 한 마디도 없이 그냥 거기 서 있었다. 내가 입을 열었다.

"클레멘티나, 나는 줄리어스요."

그녀가 대답했다.

"하지만 칼은 늦게까지 돌아오지 않을 거예요. 회합에 참석할 터이니까요."

나하고 둘이만이라는 사실에 그녀는 질려 버린 것 같았다. 또 침묵이 흘렀다.

"프리들뢰르 씨, 잠깐 앉으시지 않겠어요?"

한참 후에 그녀가 말했다.

어떤 자가 부엌에 앉아서 그녀를 지켜보고 있었다. 우리가 흔히 생각하는 가장 호화로운 가정이었다. 각자의 다이닝 룸이 있는—클레멘티나가 과거에 살던 방안—식탁은 최고급의 도자기로 차려져 있었고, 갖가지 종류의 유리잔들이 놓여져 있는 게, 곧 주연이라도 베풀어질 것 같았다. 자, 지금이다. 말없이 서로 얼굴을 쳐다봤다.

"클레멘티나, 당신에게 몇 마디 하고 싶군."

내가 말했다.

그녀는 잠잠했고, 아이들만을 자기 가까이로 바싹 끌어당겼다. 이윽고 그녀가 말했다.

"왜 프리들뢰르 씨는 부인과 동행하지 않으셨어요? 그러기를 원하실 텐데."

잠시 생각하다가 나는 말했다.

"내가 너무 늦게 온 것은 아니야."

그러나 그녀는 알아듣지 못했다. 그녀의 몸이 무거운 걸 보고 나는 그녀가 또다시 임신했음을 짐작했다.

"여기 너무 늦게 왔어."

그 말을 하자 그녀는 아이들을 방에서 내보냈다. 그녀가 말했다.

"하지만 칼은 나더러 프리들뢰르가……."

그녀가 말했다.

"나의 이름은 여전히 줄리어스야. 네가 그 이름을 잊어버리지 않았다면."

내가 말했다.

"노를랜드에서 결혼하여 아이들이 집에 가득하다고 그러더군요. 그게 사실이죠, 줄리어스?"

그녀가 물었을 때, 나는 그것은 영원히 저주받을 거짓말이라고 말했다. 그리고 나서 나는 내가 썼던 편지 얘기를 했다. 나는 돈을 저축해 왔고, 그래서 노인장의 돈도, 가게도 필요 없고 그녀를 손수 부양할 수 있다고 썼던 이야기를.

그때 그녀의 몸은 더욱 무거워 보였다. 그녀가 말했다.

"칼 스트란드는 좌익분자들과 함께 마어지를 도왔지요. 그인 무척 편지를 잘 썼죠. 그래서 그는 우편물 처리나 그 밖의 온갖 일들을 모두 도맡아 봤어요. 그후 아버지는 병들었고, 그리고 그 후에는—"

그녀는 모든 걸 말했다. 연약한 한 여자였다. 그녀는 울었다. 세상을 겪었고 노를랜드에도, 노르웨이까지도 가봤던 한 사내가 그것을 견뎌 낼 수 있을까? 우린 그렇게 앉아 있었다. 아이들이 소리를 지르며 들어오려고 했다. 그는 참담함과 저주스러움을 느꼈다. 그때 문이 열렸다.

"줄리어스, 당신은 가야 해요."

내가 나의 전 신장을 펴서 일어났을 때 클레멘티나가 말했다.

하지만 나는 아무렇지도 않았다.

"칼 스트란드 듣게, 자네는 근사한 회사랑 두툼한 궐련 속에서 영광스럽다 보니 나 같은 천박한 놈을 어디 알아보겠나? 핫, 나는 몇 가지 자네에게 할 말이 있어 고향에 내려왔네."

칼의 얼굴이 창백해졌다. 그리고 붉어졌다가 희어지더니 다시 붉어졌다. 그가 소리쳤다.

"도대체 이 작자는 여기 무슨 용무로 나타났지?"

그의 목소리는 스톨슨의 그것을 닮아 있었다.

"자, 칼 스트란드."

내가 말했다.

"이 고장에서 나는 지방 경찰들을 부를 수 있어. 그러니 일찌감치 물러나는 게 어때?"

그가 말했다. 그때 클레멘티나가 외쳤다.

"오, 하나님! 줄리어스. 하나님!"

그러더니 그녀는 털썩 주저앉았다. 죽은 듯한 고요가 깔렸다.

"천만에, 칼 스트란드, 내가 자네의 경찰관에 걸릴 줄 알면 오산일세. 세상 어떤 것에도 난 끄떡하지 않아. 이봐, 지금 당장 자네 이빨을 부러뜨려 놓진 않겠네. 무릎 꿇고 클레멘티나에게 그것을 감사나 하게. 하지만 알아 두게. 내 팔이 뻗쳐질 때 그때 자네는, 여지없이 돼 버리고 말 것이라는 걸. 클레멘티나와 자네 우상에게 감사하는 것이나 명심하게. 나는 아무렇지도 않네. 조금도 상관없으니까."

내가 말했다.

그러나 그때 내 팔에서 힘이 빠져나갔다. 마치 나의 팔다리가 절단되어 버리고 나의 머리가 완전히 빈 진공 상태인 것을 느꼈다. 내가 울기 시작했을 때 칼 스트란드는 너무도 놀라 클레멘티나 뒤로 몸을 피하였다. 그때 클레멘티나가 내 팔을 움켜쥐었다.

"줄리어스, 그만 가보셔요."

그녀가 조용히 말했다. 그녀는 그외 달리 어찌할 도리가 없었으리라.

그리고 나는 떠나 왔다.

그러나 나는 결코 자넬 용서하지 않겠네, 칼 스트란드. 이제 때가 왔다. 마치 철도조합에서 쐐기 말뚝을 박던 알프레드가 공중 높이 폭파한 다이너마이트를 밟은 후 다리가 절단 된 채 부러졌을 때처럼. 담배 한 모금만 피웠으면. 저 귈런들을 떠올리면서 한 모금을 생각하는 자.

프리들뢰르는 일어나서 그의 주머니를 뒤졌다. 이 코트는 노를랜드 적에 입던 코트만큼 낯익지 않아. 노를랜드 코트만큼 말이야. 빵 부스러기와 솔잎 바늘 몇 개밖에 찾을 수 없었다. 그러나 그것들은 파이프의 밑바닥을 채워 주었다. 그는 연기를 몇 모금 빨았다. 그러고는 끈을 매었다. 이건 튼튼한 가지야. 그는 그것을 확인했다. 됐어. 다 묶었어. 이제 때가 되었어.

그런데 신호등의 불이 깜박거리고 또 다른 기차가 지나가는 게 보였다. 프리들뢰르는 몸을 돌리고 응시했다. 야간열차도 있구나. 그렇다면 이 노선도 생각했던 것만큼 협소한 것은 아니군. 오, 하나님 낡은 스몰란드도 발전했군.

칼 스트란드, 결코 너를 용서치 않을 거야. 하지만 나 아무렇지도 않아. 상관치 않으니까. 그것은 이상한 말이다. —관심을 둔다는 것은— 프리들뢰르는 그 말을 자꾸 되뇌었다.

그 말은 의미를 가지고 있다. 저 아래 깊숙한 곳에서 반짝이는 의미를, 마치 파이프의 밑바닥에서 반짝이는 빵 부스러기들과도 같이. 그 말은 마치 이 어려운 순간에 그에게 힘을 주는 것 같았다.

그 말이 삶의 진실처럼 그의 귓전을 울리고 있었다. 흐르는 음악이나 불길처럼. 나 프리들뢰르는, 하늘에 계신 주에서—당신이 계시다면—가슴을 펴고 서는 나 프리들뢰르는, 모든 인간들 앞에서 그들을 정면으로 마주하여 가슴을 펴고 설 수 있는 나 프리들뢰르는, 비록 나의 더러운 생애 속에서도 수치스러운 것은 아무것도 없어.

아, 천만에! 칼 스트란드. 아침이 되어 지방 경관이 나를 끌어내렸을 때 자네는 내가 주는 선물로 이 끈을 가져도 좋아. 너의 경찰—갑자기 프리들뢰르는 격노했다. 커다란 분노가 그의 가슴을 그득 채우고 그의 팔뚝은 강철로 변하는 것이었다. 그의 발이 자갈 많은 땅 위에서 굴러댔다. 그는 끈을 낚아챘다. 가지가 부러졌다. 그는 당황한 채 소리쳤다.

아, 안 돼. 그럴 순 없어. 칼 스트란드. 이 교구의 어떤 경관도 나를 끌어내리는 쾌감을 갖게 할 순 없어. 이 교구에선 절대로 (클레멘티나는 프리들뢰르의 시체를 다룬 각별한 인물이다).

프리들뢰르는 다시 행길로 나아갔다. 그는 발을 멈추고 깜박이는 불들을 바라보았다. 만일 숲 저 깊숙이에서 어떤 자가 이것은 마지막일 것이고, 또 마지막이어야 한다고 중얼거린다면 돌아갈 수는 없어. 그자는 철로를 놓았지. 이 농촌에서 다음 교구까지 걸어가도 좋아. 난 개의치 않아.

그는 꿋꿋하게 무겁게 걸어갔다. 발자국에서 가락이 올라왔고 그 가락에서 그 말이 흘러나왔다. 프리들뢰르도 그 단어들을 아는 까닭에, 그 리듬은 좋았다. 그는 점점 더 걸음을 빨리 했다. 오랫동안 자유로워지고 싶었다. 그는 커다랗게, 또렷하게 말했다.

"그대로 두자. 이미 되어진 것은 되어진 것."

그는 노래했다.

훗사, 그이가 이국서 온다네
전쟁을 훌훌 벗어 버리고 싶어서
돌아오자 맨 첨에 한 말
내 사랑하는 연인은 아직도
살아 있느뇨?
그럼요, 당신의 연인은
살아있고말고요. 잘 살고 있대요.
오늘이 그녀의 잔칫날인 걸요.

칼 스트란드, 결단코, 결단코, 난 이걸 용서할 수는 없어. 비록 저 아래 음울한 땅의 옛 녀석이 내 앞에 나타난다 할지라도. 그제기랄 망령에게도 난 이 영원히 빌어먹을 이야길 해줄 테다. 난 아무렇지 않다고.

그러나 내가 원했던 것은 네 이빨을 부러뜨려 놓는 건데…….

옮긴이 약력

평남 맹산(孟山)에서 태어남.
한국외국어대학교 독일어과 졸업.
희곡작가

저서
〈초대받지 않은 사람들〉, 〈박제된 인간〉, 〈알라망〉,
〈마술사의 제자〉, 〈콤포지션 F〉, 〈송별연〉 등

역서
〈미시시피 씨의 결혼〉, 〈소년시절〉, 〈독일 콩트선〉 등 다수가 있다

욘손단편선집　　　　〈서문문고 162〉

개정판 인쇄 / 2007년 5월 15일
개정판 발행 / 2007년 5월 20일
옮긴이 / 김 창 활
펴낸이 / 최 석 로
펴낸곳 / 서 문 당
주소 / 서울시 마포구 성산동 54-18호
전화 / 322-4916~8 팩스 / 322-9154
창업일자 / 1968. 12. 24
등록일자 / 2001. 1. 10
등록번호 / 제10-2093
SeoMoonDang Publishing Co. 2001
ISBN 89-7243-362-4

※ 잘못된 책은 바꾸어 드립니다

서문문고 목록

001~303

◆ 번호 1의 단위는 국학
◆ 번호 홀수는 명저
◆ 번호 짝수는 문학